上官鼎與武俠小說

在武俠小說發展過程中，家人同心，戮力於武俠創作的拍檔，頗不乏其人，父子後先創作的，有柳殘陽及其父親單于紅；兄弟檔的有蕭逸、古如風及上官鼎，可以說都是武壇佳話。相較於柳氏父子、蕭家兄弟的各別創作，上官鼎兄弟三人合力共創同部作品，而又能水乳交融、難以釐劃的例子，則是迄今武壇上相當罕見的。

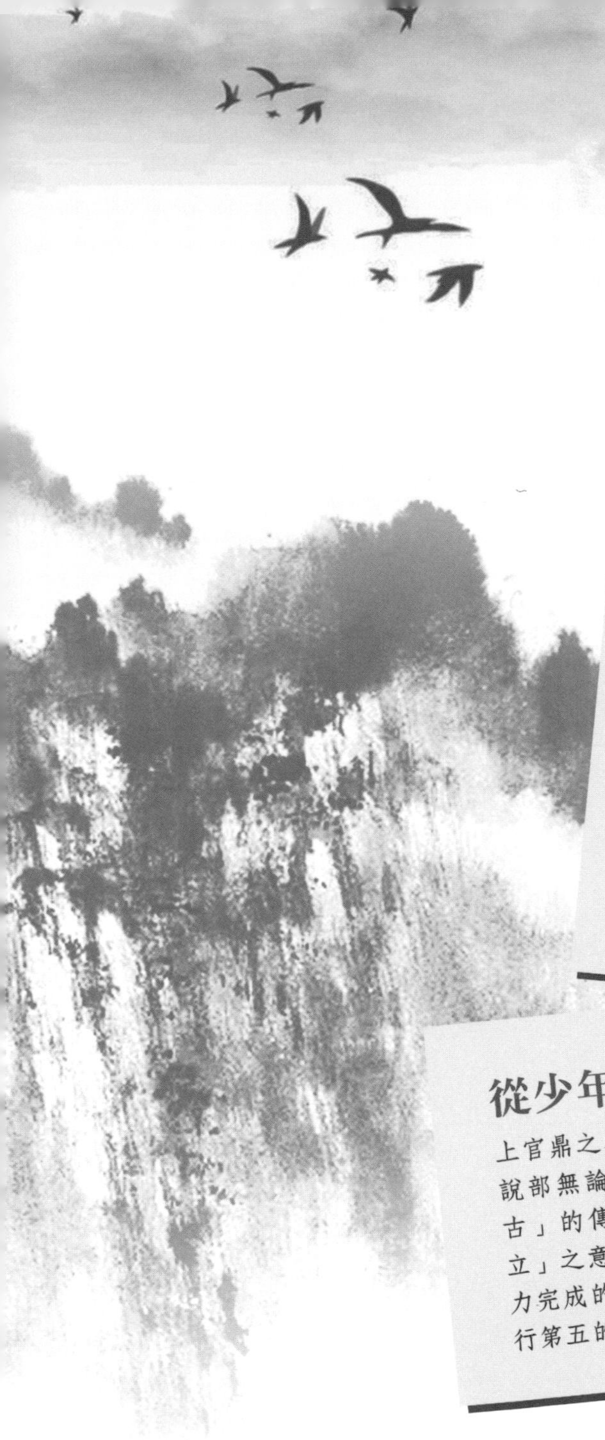

三兄弟協力，鼎取三足之意

上官鼎之名，為兆藜、兆玄、兆凱三兄弟協力共創小說的筆名，鼎取三足之意，大凡故事劇情、人物設定、重要情節，皆三兄弟於課餘閒暇商量討論而定，然後各負責其中章節，大抵兆玄擅於思想、結構，兆藜長於寫男女情感交流，兆凱則優於武打橋段，各有所長。

從少年英豪到調和鼎鼐

上官鼎之名，「上官」複姓源自於武俠說部無論是作者或書中角色刻意「摹古」的傳統；「鼎」字則取「三足鼎立」之意，暗示作品實由劉家三兄弟協力完成的。劉家三兄弟，主其事者為排行第五的劉兆玄。

劉兆玄和大多數的武俠作家一樣，
他喜愛武俠文學，
也投入武俠創作的行列，
或者，他只是將武俠視為他的「少年英雄夢」，
而成長之後，還有更重要的夢想該去達成。
上官鼎的「鼎」，尚有「調和鼎鼐」的功能，
與他之後所擔任的職務，或可密合無間了。

林保淳

七步干戈

(三)

上官鼎武俠經典復刻版3

上官鼎——著

七步干戈 (三)

目錄

卅六　神秘婦人

在另一方，黎明的時候，那一批少林寺退下來的西域高手們，到了鄭州城中。

他們走到一個酒樓上，西天劍神金南道吁了一口氣道：「真想不到少林寺還有這等高手，居然把天禽的威風都壓持住了——」

他身邊一個弟子道：「也許天禽溫萬里是浪得虛名，咱們不該與他合作——」

金南道喝道：「胡說，這話是你說得的嗎？直到現在爲止，我還想不出天下究竟有誰能叫天禽溫萬里吃鱉！」

一個弟子道：「奇的是爲什麼師伯你問天禽那人是誰，他卻不肯說清楚？」

金南道想了一想道：「我也就是懷疑這一點——」

一個弟子道：「如果天禽他們另有詭計，我們豈不就被利用了？」

金南道嘿嘿地笑了兩聲道：「不管他們安著什麼心，反正咱們也是利用他們的，絕吃不了虧。」

這時酒保送了酒菜上來，他們據案大吃，也不管酒菜好壞，反正比他們平日在西域吃的那些腥羶食物要好得多了。

吃完了，金南道揩揩嘴道：「咱們在這裡要住上幾天，你們自己去逛罷，可別惹事。」

這時，酒保上來算賬，一個異服弟子抓住他的袖子問道：「店小二，這裡可有什麼好玩的地方？」

那酒保堆得滿臉諂笑地道：「客倌們想必是初來的，咱們這好玩的地方可多啦，橋東有看雜耍賣藝的地方，橋北有鬥雞的院子，從咱們這直走下去的大紅房子是最熱鬧的賭場，還有，嘿嘿，南門外邊院子裡的妞兒可真標緻啊……」

那名弟子賞了酒保幾個錢，他一摸袋裡，低聲道：「師伯，咱們的銀子花得差不多了。」

若是平時，金南道便會叫他們晚上去做一案，可是現在他不想惹出事來，是以他皺了皺眉頭，伸手到懷中掏出一個墨玉雕成的馬兒來，道：「你找個古董店去把這賣了。」

那弟子叫道：「喂，喂，酒保你回來。」

酒保跑了回來，那弟子道：「這裡可有古董店嗎？」

那酒保道：「客倌要是買還是賣？」

那弟子喝道：「你少囉嗦，我只問你這裡有沒有古董店？」

酒保嚇了一跳，結結巴巴地道：「客倌問古董店嗎？咱們這裡雖然沒有正式的古董店，但是大街頭上有一個梁員外的『集粹堂』，梁員外與本地的仕紳古玩愛好家每天聚在那裡，品論一些古玩珍品，客倌要是有什麼古玩想出手，到那裡去是再好不過的了……」

那西域弟子揮了揮手，打發酒保走開，他們圍著桌子繼續地談論。

這時，大街上，有一個衣著華麗的貴公子正在緩緩而行，他正是離開了洛陽那令他留戀的地方的齊天心。

齊天心走到大街的頭上，抬頭看見一個大廳堂，上面寫著「集粹堂」三個大字。

他不禁有些好奇地走近去，只見門口站著兩個僕人打扮的大漢，正在口沫橫飛地談著。

只聽見左面的一個道：「那個老太婆也真是古怪，梁老爺和他老家的朋友在裡面聊天，她卻偏要闖進去，你想想，憑她那似老乞丐婆一般的身材打扮，哪會是什麼古董商人？」

右面的一個似在抬槓，故意道：「這個當然羅，咱們王大哥一向是看人先看衣裝的，要是那乞婆借一套好料子的衣服，只怕王大哥你要迎著她進去都來不及了呢。」

左面的道：「你不要貧嘴，奇怪的還在後面呢，梁老爺聽見門口有人吵鬧，便出來問問，那老婆子說什麼……什麼子的名畫，又說什麼稀世之寶的，梁老爺居然就請她們進去啦——」

那右面的道：「她們？」

左面的道：「幹麼不她們？你沒聽我說那老婆子還帶了一個小孫女呢，那老婆子一眼看上去就知道不是什麼好人，那個什麼孫女呀，九成是拐來的。」

右面的道：「我說王大哥，你嘴上也積積德成嗎？人家祖孫兩人就是嚷著要進去，也沒得罪你什麼呀，你怎麼這麼信口胡說呢……」

齊天心聽得好奇心起，便大步走上前去，那兩個大漢打量了齊天心一眼，見穿得富貴無比，連忙先行個禮道：「公子爺是——」

齊天心道：「敝人是洛陽城來的古玩商人，聽說梁員外好客愛寶，特地趕來看一看。」

兩個大漢忙道：「請進，請進——」

齊天心走進了大廳中，只見一個白髮蒼蒼的老太婆，老太婆身邊一個十分秀麗的小女孩，老太婆正從一個布袋中把一個畫軸拿出來，她緩緩地把那畫軸打開，只見上面畫著一長串起伏的石山，而在這串石山上，依著那石勢的高低畫著整整一百個羅漢，仔細看看，每一個羅漢都妙絕人寰，那毛髮肌膚之間，當真是栩栩欲生。

老太婆指著畫上的圖章道：「列位也都是大行家的了，試看看這吳道子的工筆墨寶，世上難道還有第二幅嗎？」

眾人立刻哄哄然地議論起來，這其中確有不少真才實學的古玩家，自然是識貨得緊，也有些附庸風雅的土暴發戶，硬要充內行，個個都嘖嘖稱奇地誇讚著。

眾人輪流著上來觀賞完畢，一個白白胖胖的土地主搖頭擺尾地開口道：「吳道子的真跡的確是稀世之寶了，只要看看他那份筆力，也就夠大飽眼福了。」

另一人附和道：「今日見了吳道子的真筆，方知平日一般古玩家中收藏的那些珍品，多是浪得虛名的了。」

又一個湊趣地道：「兩位仁兄的高見著實令人佩服，依小弟看來，像這樣的工筆真品，的確是世上稀有啦。」

這些人說來說去，全是些不關痛癢的廢話，目的只是在表示自己是個風雅人士罷了。眾人亂了好一陣子，總算有一個人問道：「這位老太太，敢問這一幅要索怎麼一個價錢？」

那老太婆伸出一個指頭來。那人道：「一千兩？」

那老太婆道：「不，一萬兩。」

此語一出，眾人都高聲喧嘩起來，那年頭生活極是低廉，有十兩銀子就夠五口之家過一個月了，哪有人肯出一萬兩銀子買一張畫？

眾人中也有幾個古玩商是真識貨的，他們還想在價錢上打打主意，便道：「老太太，咱們知道您這畫是稀世之寶，不過價錢上可不可以商量商量？」

那老太婆搖頭道：「一萬兩整！」

眾人又喧嘩起來，那老太婆四面望了一望，對身邊那秀麗的女孩道：「乖孫女，看來這裡是沒有識貨的人了，咱們雖急著要用錢，可是也不能辱沒了這張寶畫，咱們走了吧。」

她把那幅畫捲了起來，放回布袋之中，這時，一個年約五旬的老儒生上前道：「老太太，敝人願出六千兩，不知老太太肯不肯割愛？」

那老太婆搖了搖頭道：「要買便是一萬。」

那老太婆身邊的女孩已把布袋紮好，看樣子便要準備離去，忽然之間，那門外走進兩個奇裝異服的漢子來。

那女孩子眼尖，一眼便瞧見了，她的臉色陡然之間大大改變，似乎是見到了最爲恐怖之事，她扯了扯老太婆的衣服，顫聲道：「奶奶……他們追來了。」

那老太婆一抬頭，也是面無人色，她一時不知該怎麼辦才好，竟然呆住了。

那兩個異服漢子大踏步走了上來，其中一個指著那老太婆破口罵道：「臭婆子，咱們家收容了你多年，哪一樣待你不好，你竟敢偷偷地就跑了──」

那老婆子被他一罵，似乎反倒鎮靜了下來，她挺直了身軀，侃侃地道：「七爺，我老婆子蒙你們收留，實是身受大恩，可是玲兒是我的命根子，你們要逼死玲兒，我老婆子便是拚了性命也不能答應，還請七爺回上老爺，說我老婆子來世變牛變馬也要報答大恩……」

她說著就跪在地上拜將下去，那異服漢子看來頂多也不過三十不到，那老婆子少說也是古稀以上的高齡了，她跪在地上磕頭，那兩個漢子居然一動也不動，只是不斷地冷笑著罵道：「臭婆子，你逃到天涯海角，也逃不出爺們的手掌，九爺看上你孫女兒，那是她幾世的造化，你若再要不識抬舉，只怕要你不好看了。」

眾人本來正在好好地做著生意，被這兩個異服漢子一進來，便搞得烏煙瘴氣，有幾個瞧不過眼的便上來說道：「二位仁兄有話等生意做完了再說，何必逼迫老弱幼女？」

那兩個漢子一言不說，劈面便是幾個耳光打將上去，那幾個人被打得滿面是血，痛得昏了過去。

人群中有些義憤的人便衝了上來干涉，只聽得兩聲慘叫，兩個人已被那異服漢子打死在地上。

「出人命啦……」

眾人鬧將起來，沒有人再敢上來，大家都悄悄往門外溜，那兩個異服漢子對於殺人似乎是習以為常的家常便飯，對地上被打死的人看都不看一眼。

只是片刻之間，所有的人都溜走了，只剩下那老婆子祖孫及那兩個異服漢子，還有——齊天心。

那老婆子拉著她的孫女也跪在地上央求道：「七爺你行個好，就放過咱們吧……」

那兩個漢子只是不住地大罵，但是忽然之間，他們停止了罵聲，因為他們同時忽然發現這廳中居然還有一個人留著沒有走

他們一齊向那「沒有溜走」的人打量過去，齊天心依然抱著手臂，斜斜地靠坐在牆邊，望著兩個異服漢子，只是不停地冷笑。

那兩個異服漢子乾瞪了齊天心一會，一個喝道：「你還不滾嗎？」

齊天心緩緩站了起來，淡淡地道：「我要等著買這個老太太的畫呀。」

那異服漢子喝道：「買什麼鳥畫，快快滾出去吧！」

齊天心冷笑了一聲，走近了兩步，忽然對那跪在地上的兩人道：「你們都起來吧，這裡沒有事啦。」

他倒像是這兩個異服漢子的老子似的，口氣大剌剌的，好不藐人，那兩個異服漢子火氣上衝，其中的一個猛一伸手，就向齊天心臉上打來，齊天心輕輕一閃，倒像是毫不受阻礙地走了過來，那兩個異服漢子反倒是退了一步。

他們現在知道齊天心是武林中人了，左邊的一個道：「你叫什麼名字，說給大爺聽聽！」
齊天心狂傲地哈哈大笑道：「齊天心便是我，有什麼指教？」
那兩個異服漢子全都吃了一驚，入中原來耳中聽的全都是齊天心如慧星般在武林陡然升起之事，想不到齊天心就是眼前這位衣著華麗的少年。
齊天心得意地道：「怎麼樣？如果害怕的話，就請便罷。」
那兩個異服漢子勃然怒哼了一聲，左面的一個一言不發，伸掌便向齊天心拍到，齊天心年紀輕輕，但是一身神功委實已達驚世駭俗的地步，他舉掌相迎，硬碰了一下，感覺中似乎比在張家口相遇的那三個異服漢子要略遜一籌，他冷笑道：「你們兩個人一起上吧。」
如果換了是董其心，他即使已經把握得穩穩地可以得勝，他也決不會說出這一句話來，這正是齊天心和董其心這兩大年輕高手性格上最大不同的地方。
那兩個異服漢子與齊天心碰了十掌以後，他們發覺這新近成了中原武林第一熱門人物的齊天心，委實有一身不得了的功夫。
齊天心可不管那兩人會不會一齊上，反正他是同時攻擊兩人，每一招都是同時兼攻二人，招式之神妙，真是令人歎爲觀止。
「轟轟——」兩聲大震，那兩個異服漢子面色大變地退出了五步，齊天心全身的衣衫如魚鱗般地一陣暴抖，他腳下的石磚駭然裂了五方。
齊天心仰天大笑道：「兩位有意思再打下去嗎？」

那個賣畫的老太婆，駭然地凝視著地上的裂痕，那是由於齊天心雙掌同時各接下了驚人的一掌，把那排山倒海般的力道全傳到石磚地上的緣故，那老太婆望著龜裂的石磚，望著齊天心的面孔，忽然一步一步走了近來，她走到齊天心的身邊，忽然顫聲問道：「公子……你方才雙手那一圈一推的……可是叫做『臥龍伸爪』？」

齊天心大吃一驚，叫道：「老太太，你怎麼知道？」

那老太婆抖顫地低聲道：「你……公子……你可是姓……姓董？」

齊天心驚得幾乎大叫起來，他壓根地想不出自己和這陌生的老太婆有什麼關連，他口呆目瞪——

就在這時候，大門被推開，走進來一個人。

齊天心身形好比旋風般轉了過來，只見來人白髮蒼蒼，身後兩個少年一齊呼道：「大師伯。」

齊天心心中微微一驚，方才他激戰中已覺出那兩個少年武藝不弱，來人竟是他們的師伯，功力必然更為高強了。

金南道打量了大廳一眼，只見桌翻椅倒，忽然看見那老太婆，驚咦道：「黃媽，你怎會在這兒？」

那老太婆恭恭敬敬行了一禮道：「大老爺，我……我……」

金南道冷冷道：「孔青，你們逼黃媽幹什麼？」

那兩個少年之中一人正是孔青，他面上一熱，慌忙答道：「師伯，您有所不知……」

金南道冷哼一聲，他望了望齊天心，這個年輕人氣度倒是不凡。

孔青接口又道：「黃媽，她是逃出來的！」

金南道哼一聲道：「我知道，但你們師兄弟竟對她動武？……」

孔青道：「咱們並未動手，是這個臭少年多管閒事，咱們才和他打起來。」

齊天心冷冷一笑不語。

金南道噢了一聲道：「你們兩人和這少年相戰？」

孔青面上又是一熱，點首道：「這臭少年狂得很，弟子們想好好教訓他一頓。」

金南道心中暗驚，他明白孔青等人的功力，以二敵一，竟似並未佔得上風，想不到這美少年的武功竟是如此高強。

齊天心此刻心中疑念重重，那老太婆和自己素昧平生，卻知道自己家傳心法，並又叫出自己真實姓氏，加之她面上神色是如此激動，由此可見這老太婆黃媽與自己有很大的關係了。

這時金南道仔細又打量了他一眼，揮手止住孔青多說下去，冷冷一哼道：「你這少年叫什麼名字？」

齊天心冷笑不語。孔青道：「他就是齊天心。」

金南道嗯了一聲道：「我料必是他，中原武林少年高手僅他一人。」

齊天心到底是少年人，被對方一捧，加上自己名頭竟如此大，面上不好意思再板下去了。

金南道又道：「喂，姓齊的少年，你爲什麼要伸手管咱們的事？」

齊天心道：「這兩位惡言相罵婦人，齊某看不過眼。」

他說什麼話都帶有幾分狂傲，金南道不由雙眉一皺，冷冷道：「但你要知道，這兩人乃是咱們家人，咱們家中之事，要得你來管嗎？」

齊天心登時爲之語塞，他想了一想，怒道：「齊某路見不平，一律要管，理你什麼私仇私怨！」

金南道面上陡然罩上一層寒霜，峻聲道：「少年人，你是太狂了。」

齊天心陡然仰天大笑道：「老兒說得對，齊某管定這樁事，倘若你有不滿，儘管劃下道來，單打群毆，齊某隨時奉陪。」

金南道也仰天一笑道：「少年，你這真叫作目中無人了。」

齊天心冷然道：「老兒，你報名吧！」

金南道怒極而笑道：「老夫金南道，你聽過嗎？」

齊天心想了想道：「沒聽過！」

他雖身出武林世家，但對江湖武林人物，卻一無所知，是以連西天劍神金南道這等名人都未聽過。

金南道面上不由一熱，比較起來，他聽過這少年名頭，而這少年卻不知自己何等人物，看齊天心模樣，並非僞作不知，心頭不由羞怒萬分，冷聲道：「小子，你目中無人，想必自視甚高了，老夫今日教訓教訓你，也好讓你知道個厲害。」

齊天心冷笑道：「你出招吧。」

金南道冷笑不絕，大踏步上前跨了兩步，面對面站在齊天心身前不及一丈之處。

齊天心雙足釘立，雙手背負，但從架式上看來，他全身已如在弦之矢，一觸即發。

陡然之間，金南道面上笑容全斂，左掌一平，右拳虛空一按，大吼道：「接招！」

齊天心上半身陡然平橫而下，雙足一點，整個身形向後倒竄而出。

金南道不待雙掌落空，身形已騰空而起，凌空速踏，剎時已和齊天心追得首尾相接。

金南道冷冷一笑道：「倒下！」

兩拳一直一立，交互並擊而下，拳風強烈，發出嗚嗚怪聲！

齊天心陡然大吼一聲道：「接掌。」

呼地一聲，他右掌忽在左脅下反出一揮，砰地一聲，霎時天空人影一錯，齊天心輕飄飄落在地上，冷冷說道：「掌力不過如此！」

金南道萬萬不料自己絕對優勢竟爲對方一揮而破，不由怔在當地，好一會才冷冷道：「小子，你果然還有兩套。」

齊天心冷冷道：「來而不往非禮也，姓金的，你敢接這一招嗎？」

金南道冷笑道：「老夫讓你三招。」

齊天心陡然轉念忖道：「這老兒武藝果然驚人，再加上他倆個師侄，說什麼我也抵不過，在這大廳之中動手，可能還累及這黃媽婆孫兩人，我不如引他們到外面一戰，必要時要逃也較爲方便些。」

他心念一定，開口道：「姓金的，齊某有一建議。」

金南道問道：「什麼建議？」

齊天心道：「咱們要打，到外面去打個痛快！」

金南道雙目一轉說道：「你可是怕傷及黃媽？這個你放心，黃媽是咱們自己人，我決不會讓她受傷，走，咱們四人一起出去吧。」

齊天心吁了一口氣道：「如此甚好，姓金的，你先請吧。」

金南道轉身走出大廳，齊天心跟著走了出去，然後是孔青等兩人。

其實此時齊天心大可一走了之，聽金南道的口氣分明對黃媽頗爲關注，自己何必再管閒事，只是一來他生性驕傲，自幼養成天不怕地不怕的性格，凡事決不肯中途而廢，二來那黃媽似乎知道許多有關自己的事，是以他仍跟著金南道等三人一路行去。

轉出街道就是一座不大不小的山丘；四周都是叢叢樹林，金南道兩個起落便來到山邊。

齊天心亦步亦趨，身形一落道：「就在這裡動手吧。」

金南道長笑道：「小子，你拿出兵器來吧。」

齊天心雙眉一挑道：「齊某從不攜帶兵刃。」

金南道冷笑道：「那麼，小心老夫劍下無情。」

齊天心微微一哂道：「齊某雙掌足夠防身，姓金的你放心出招就是了。」

金南道號稱劍神，一生與人動手都是人到劍至，他右手一閃，「嚓」地一聲，寒光閃處，一柄長劍脫鞘而出，他用力一振，劍尖呼呼跳動，激蕩空氣發出嗡嗡之聲。

齊天心心中暗暗一驚，看這出劍的姿態，便可知道對方是劍法的大行家。

他微吸一口真氣，再也不敢托大，微微向後踏出半步，凝神以待。

金南道長劍平舉，忽然身後孔青大叫道：「師伯慢著！」

金南道一怔道：「孔青，你要幹什麼？」

孔青上前一步道：「師伯，讓弟子先和這小子拚幾招。」

金南道心知這個師侄生平不肯服輸，瞧他氣怒如此，分明方才吃了虧，他心中忖量道：「這少年神定氣閒，不測高深，要孔青去試他幾招也好！」

心念一定，頷首道：「孔青，你上來吧。」

齊天心沉著面色，冷冷道：「姓孔的，你不是對手。」

孔青雙目冒火，咬牙切齒一字一字道：「齊天心，你不要太狂。」

齊天心冷冰冰地道：「姓孔的，是你自找麻煩，可怪不了齊某。」

孔青此時已被激得怒火千丈，大吼道：「少廢話，接招！」

他猛然上前一掠，右拳筆直撞出。

齊天心身形輕輕一飄，孔青拳風劈空，呼地遙擊在左側一株樹上，震得枝葉飛折。

齊天心冷冷一笑，孔青雙拳運出，齊天心身形有如流水行雲，左右閃躲，孔青連發十拳，卻沒有一拳能夠擊中。

高手過招最忌心浮氣躁，孔青此時已犯大忌，金南道旁觀者清，冷冷道：「孔青，你火氣太大了！」

孔青陡然領悟，長吸一口氣，倒退三步。

這十拳孔青是含怒而發，甚是消耗真力，此時靜止不由氣喘不已。

齊天心面上陡然殺氣一掠，冷冷道：「姓孔的，你也該接齊某兩招了！」

他左掌一分，右掌「毒蛇出洞」，一點而出。

孔青只覺這一拳來勢好不飄忽，一驚之下，忙退三步，同時一式「橫關手」防守中宮。

齊天心陡然長嘯一聲，右掌原式不變，左拳變爲雙指並立如戟，破空一點而出。

「嘶」一聲，周遭空氣似乎爲之撕裂，這一指功力強勁可想而知！

孔青不明究竟，右肘一曲，仍想以「橫開手」變爲「雲手」相比，金南道只急得雙目圓睜，大吼道：「金剛指！」

說時遲那時快，孔青只覺指力透體而生，他聽到師伯大吼一聲，卻來不及分辨那是什麼聲音，本能地化內力爲外功「散手」蹦出，打算與敵俱毀。

齊天心面上殺氣森然，到這個地步，他想收手也來不及了，只見他雙指點出，右掌同時一封。

這一封之勢，恰巧和孔青臨危所發「散手」外力相撞，齊天心只覺右肩一震，半個身子都是一麻，但左手的「金剛指」力已端端擊在孔青心脈穴道附近。

「砰」地一聲，孔青身形踉蹌倒退三步，他雙手撫胸，雙目怒睜，才一開口，哇地噴出一口鮮血，翻身倒在地上！

金南道身形好比出弦之箭，一把扶起孔青，口中吩咐那一個正撲向齊天心的弟子道：「陳百行，你住手！」

陳百行落下身來，金南道摸摸孔青的心脈，一語不發，轉過身來冷冷望著齊天心。

齊天心此時運功調息被孔青震痛的穴脈，他心中確也暗悔下手過重，但在這種時候想收手不發，那麼受傷的就是自己！

陳百行悲聲道：「師伯，孔師弟怎麼了？」

金南道冷冷道：「心脈震碎，已經死去。」

陳百行大吼一聲道：「小賊種，你下的好毒手……」

齊天心雙眉一揚，那一絲內疚的心意登時爲上升的怒火所消弭，他冷冷道：「咎由自取，怨我不得。」

陳百行的雙目中冒出火來，一步步走上前去，驀然金南道冷笑道：「百行，你回來。」

陳百行停下了足步，金南道長吸一口真氣，長劍舉起，他盡量用平靜的聲音道：「齊天心，一命還一命，你今日是死定了。」

齊天心瞥見他面上森然的殺氣，不由微微一寒，後退半步，就在這一剎時，金南道發了神劍。

金南道外號「西天劍神」，劍術造詣可想而知，只聞「嗤嗤」之聲大作，齊天心連連後退，漫天劍影中，齊天心始終找不出一絲可以還擊的空隙。

金南道面寒如冰，劍法愈來愈密，到這時候齊天心才意識到功力和經驗的重要。

他一著失先，全盤盡墨，只見金南道長劍左刺右挑，齊天心全神防守，雖不致受創，但足上連連後退，逐漸已退到小山中腰。

這一場惡戰只見雙方全是拚命出招，任何一方只要一失手，性命立失，陳百行在一旁緊張無比地看著，也跟著一步步爬上山丘。

到了第八十招，齊天心已退到山腰一處二丈方圓的平地，就在這一剎時，齊天心發現了一絲破綻。

時間不容許他判斷這一絲破綻的真假，他想也不想，右掌一記「翻虎出洞」斜抓而出。剎時金南道左脅一動，齊天心右掌才揚，面目全赤，脫口暴吼道：「不好！」

說時遲，那時快，金南道長劍盤空一顫，森森寒光一起，發出他「白虎劍術」奪命三式！劍光陡然大盛，有如驚濤拍岸，空氣中「噓、噓」之刺耳聲大作，齊天心滿面冷汗，連閃兩下，呼一聲，左肩一塊衣襟被長劍削去，他頭急然一偏，呼又是一聲，長劍擦面而過，削下一大片頭髮來。

齊天心雖不熟知對方劍法，但憑經驗可知第三式必然更爲險惡，他猛吼一聲，陡然之間，本已蒼白的面孔掠過一抹紫氣。

「呼」一聲，金南道長劍才遞出半寸，突覺勁風已離心脈要穴不及半尺！

他根本來不及思索對方爲何有這麼快的速度，本能地一收鐵腕，長劍反飛而回，倒封面門。

叮一聲，齊天心雙掌對合，平平夾擊在金南道長劍劍身。

剎時漫天劍影全收，金南道只覺右手手心一熱，大驚之下，立發內勁，兩股力道一逼，長劍嗡然一震，彎如弧形。

立時兩人都吐出內家真力，陳百行呆呆地站在一邊，他幾乎不敢相信親目所睹，在西域絕傳「白虎奪命三劍」從容發出後，仍有不倒地的敵人！

他只覺最後齊天心的身形似乎一花，半丈多的距離好像只有尺寸，但那曼妙的身形，使他感覺沒有絲毫危急勉強，一時之下，不由呆怔當地。

「叮叮」數響，陡然使他驚覺過來，他看看場中，兩人足下山石不斷作聲，內力拚夠，仍是不勝不敗之局。

他臉上忽然升起了一個可怕的表情，回首望望山腳下，隱隱約約仍可看見倒在地上的孔青，於是，他雙目中血色大增，緩緩上前兩步。

他吸一口真氣，一拳對準齊天心頂門「泥丸」宮疾劈而下。

拳風疾蕩處，他只覺金南道表情驚詫，齊天心急怒的面色在眼前一閃而過，他嘿地吐氣發力。

剎時裡齊天心忽然一偏頭，雙掌閃電般一放長劍，一式大摔碑手拍向陳百行！

陳百行做夢也沒有想到齊天心竟能脫出金南道的內力壓迫，他拳勁雖發，但已擊偏，只擊在齊天心左肩之上，而齊天心的雙掌結結實實按在他胸腹之上。

「轟」一聲，夾著陳百行的慘呼，齊天心的悶喝，齊天心放開內力，與敵俱傷後，被西天劍神金南道驚天動地內力擊了一下，長劍在他肩口劃開長長一道，鮮血隨著劍尖飛濺！

齊天心再也支持不住，踉蹌倒退了好幾步，一跤仰天倒跌——

怔在當地的金南道還來不及改變他的驚怒表情，驀地又是一聲驚呼，只見齊天心重創後一跌倒下，立足之處卻是一個山石缺口，呼地一聲，齊天心一個跟斗倒跌了下去！

金南道身形如風，一掠而至崖邊探首下望，只見離只二三十丈不算太高的山丘洞口下，卻是茫茫密林一片，齊天心不知已跌到什麼地方去了！

卅七　五毒病姑

其心從死裡逃生，他用計逃出天魁之手，心中卻並無半點得意之情，他自行走江湖以來，所會高人頗是不少，可是像天魁這種令他招招受制的高手，卻是絕無僅見。

他武功雖是傳自父親，但從未見父親施展過，他邊走邊想，心中尋思這天魁只怕是生平所見第一高手了，自己一些精妙怪招，威力奇大，然而對天魁，卻如石沉大海，不見功效，這主要原因，只怕功力相差太遠了。

他這人沉著多慮，雖在新敗之下，並無半點羞怒激動，猶能冷靜分析敵我形勢，真是天生奇才，如果換了齊天心，八成是和天魁拚命，就算僥倖逃去，此刻也只是在計劃如何雪恥出氣了。

其心走了很遠，他知天魁縱有通天徹地之能，也不能憑空越過那絕壁深淵，是以暫時放心，他心中想道：「怪鳥客原來就是上次張家口冒充姓齊的闊公子跟班的人，真是出人意料，他和天魁也有關係，他約我決鬥，原來安排下這種陰謀，想置我於死命，天座三星在江湖上是何等地位，竟會親自出手對付我一個無名小卒，這倒是奇了。」

他百思不得其解，其實他哪知道，從他掌震莊人儀，鐵凌官，在張家口和郭庭君、羅之林交手，露出了昔年震駭湖海的絕傳功夫「震天三式」，早被怪鳥客許爲僅見的對頭，這才誘他到了青龍山，想除去他以絕後患。

其心走著走著，沿著山上小徑向東走去，他亂闖亂走，運氣倒還不差，竟走了一條捷徑下山，他心想蘭州城不能再作逗留，便乘夜東行，直往開封而去。

他這次從中原到了蘭州，原本是想弄清楚怪鳥客的來路，而且他知父親董無公西行崑崙，還存了想和父親碰面的念頭，不然以他如此持重的人，豈會爲爭名鬥氣遠遠跑到西北，想不到幾乎喪了性命，這倒是未能預料。

其心心想那天魁如果一路趕來，自己真還難以避過，打是絕對打不過的，這東行之路又只有這一條大道，不如先在途中找個地方隱伏幾天，等那天魁和怪鳥客都走過去，自己再動身。

他出江湖以來，雖是小心翼翼，倒還從未退縮過，此時對手實在太強，其心心知硬拚徒然自尋死路，太不划算，不如先避一下。

次日他經過一個靠山的小村，便裝作西行患病行旅投宿下來，他估量天魁及怪鳥客一定還在蘭州城內搜尋自己，是以潛伏村中，小心翼翼不露痕跡。

他內功精湛，裝起病甚是真切，北方人寬和忠厚，他投宿那家主人殷殷照顧，其心心內大是感激。

這日下午薄暮冥冥，村中戶戶人家炊煙升起，一片寧靜氣氛，忽然山中傳來陣陣淒厲虎嘯豹吼之聲，其心聽著豹嚎，驀然想起數年之前，自己目睹南海豹人伏誅的一幕，他靈光一閃，心中忖道：「對了，這世上似乎只有那青衣怪客能和天魁一拚，甚至可以說是勝過天魁也不一定，我這幾回心中惶惶，怎麼竟忘了青衫怪客，只道天魁是天下無敵的了。」

他轉念心生一計忖道：「那姓齊的闊小子和青袍怪客關係一定不淺，如說有人能出手抵住天魁，除了青袍怪客而外，只怕再無第二人，只須想法讓那姓齊的小子和怪鳥客幹上，那青袍怪客豈會袖手旁觀？」

其心並不知青衣怪客和齊天心的關係，他只憑推斷，倒被他料得全中，他心中反覆忖道：「要想個法子讓齊天心出手，以他那種大少爺脾氣，這事倒並不困難，只是那青袍怪客和他倒底是何關係？若不肯爲他樹此強敵？這天魁行事陰鷙，功力深不可測，看他模樣非殺我不可，我有此大敵，處處惶然不安了，非設法消此心腹大患不可。」

這時虎嘯豹嚎之聲漸漸隱約遠去，想是這些猛獸已返深山，其心聚精會神，只顧安排一個妙計，好使天魁受挫，不覺天色已黑，其心忽然想起，上次在張家口，齊天心也是要尋怪鳥客霉氣，這真是大好機會了。

他心中盤算一定，不由大感輕鬆，那主人的孩子捧了兩碗稀飯送來，其心這幾日來心中都甚惶恐，食不知味，這時心事一去，竟覺那小米包穀粥又香又甜，他一口氣便喝完兩碗，只感甚是樂胃。

這山村村民早起早睡，天一黑便都擁被而眠，節省油燈消耗，其心乘著眾人已睡，悄悄走出屋外，漫步向山前走去，這山脈是祁連山分支，高聳入雲，堅巖挺峰，氣勢也頗雄壯，其心仰望山巔，黑茫茫的只見漫天星辰，也不知到底是山高還是天高。

他輕吁一口氣，心忖道：「那齊天心人雖驕傲凌人，但我總覺他極是親切，以他好事的性格，我找他幫忙，大概不會被拒絕，只要他肯和我聯手，就是青袍怪客不出手，那天魁要想故意逞兇，只怕沒有這等容易了。」

他轉念又想道：「我定一個計要怪鳥客和齊天心碰頭，如果天魁出手，我出手再幫助齊天心，這豈不是更好？」

他處處細密，料事如神，就如一個飽經江湖歷練的老前輩一樣，地煞董無公一生豪放無滯，視世間毀譽猶江山清風，天際浮雲，真想不到會生這麼一個足智多謀，城府深沉的好兒子來。

他漫步愈走愈遠，山徑分歧極是雜亂，山風疾起，呼嘯之聲甚是懾人，其心住步佇立，在這夜半荒山，其心並未感到半點恐懼，只是在內心深處，有一種落寞的感覺，近來他已經好幾次有這種不解的心情。

其心默默又吸了口氣，空氣冷凜清新，他腦子一清，又回復現實來，忽然前面火光一閃而滅，黑暗中一團團慘綠微光閃爍，陰森嚇人。

其心心中一震，暗忖這荒山之中，難道還有什麼鬼怪不成，他全身佈滿真氣，站著注視前方，忽聞一陣低沉呼吼這聲，接著卡喳卡喳之聲亂響，其心略一沉吟，恍然大悟，敢情前面遠處是一大群野獸，正在搶食，他心中暗笑自己疑神疑鬼，正想轉身回村，突然一個低低的聲音道：「五毒病姑明日便可來此，咱們也可交差了。」

另一個人道：「我們守住這株仙草，等病姑一到，她老人家採去煉藥，咱們便可回中原了。」

其心只覺後來講話那人口音極是熟悉，他苦思這人口音。那起先發話的人又道：「李大哥，你千里奔波，不辭辛勞，奉秦大哥之命，將凌月國主說動了也便夠了，他不過想利用凌月國主來報莊人儀之仇，你卻又去請五毒病姑，這人脾氣乖張，動不動便要害人，你不怕惹火燒身嗎？」

其心心中驀然想起來，他們所講姓秦的只怕就是莊人儀莊上的蒙面人，此人一身都是秘密，今日鬼差神使，總算又被自己碰上他的使者，萬萬不能放過了。

那姓李的歎口道：「賢弟有所不知，中原武林以天座三星與地煞最負盛名，而我那仇人就是天劍董無奇，地煞董無公兩人。

另一人道：「所以李大哥你搬弄是非，想引起中原武林和西域對拚，以報私仇了。」

那姓李的默然不語，半晌才道：「此事說來話長，賢弟生性直率，又未染上江湖氣息，此事不知也罷。」

另一人道：「李大哥，咱們事後到哪去？」

姓李的道：「我得回洛陽找杜良笠和莊主小姐。」

另一人道：「小弟想投奔馬大俠去，聽說馬大俠行俠仗義，小弟跟隨他做些好事，也不枉父母生我一場。」
其心只覺此人言語直爽，而且句句都是誠摯肺腑之言，這樣赤誠漢子，怎麼會跟姓秦的一黨。
那姓李的道：「賢弟千萬不可如此，馬回回僞善一生，浪得虛名，說穿了賢弟也許會失望得緊。」
另一人問道：「大哥，你說什麼？」
姓李的道：「馬回回殺師逆徒此事千真萬確，是秦大哥親口告訴於我，而且還有確切證據，不久他便要被人揭穿，身敗名裂。」
其心心中大驚，他下意識一摸懷中，他從冰雪老人手中搶來之血書，竟然已不翼而飛，他這幾日急於趕路躲避，一直沒有注意到。
其心心道：「如果這血書落在姓秦的手中，以他陰鷙狡詐，不知要引起多大風浪，這事幾十年來江湖上只怕無人得知，不然馬回回怎能樹此名望？這姓李的又怎會知道？一定是血書失落到他之手了。」
其心定神一想，這一路上小心翼翼，絕不可能有人跟蹤而竟未發覺。那姓李的又道：「賢弟休要煩惱，令尊臨去時托我這個作哥哥的照顧於你，你只管放心，以兄弟身懷異術，前程豈可限量。」
那另一人道：「小弟是個渾人，一切都仗大哥指點，只是小弟認爲咱們引外國人來欺凌自己人，總是不能安心。」

那姓李的乾笑兩聲道：「這個……這個……兄弟你便不懂了，咱們這……這只是一種手段……嘿嘿……一種手段而已，等咱們自己羽毛已豐，還受蠻子的氣嗎？」

那另一人道：「大哥既是如此說，小弟雖是不懂，但想來定有道理，小弟一切都聽大哥的便是，除了動手替蠻子殺人外。」

姓李的道：「這才是好兄弟，你那驅獸之術，普天之下豈有第二人，兄弟你可得好好利用，成就非常之名。」

那人道：「家父傳授此術時曾說過，驅獸為惡必遭天譴，這狼血草究竟是什麼玩意，每天都得以狼子鮮血灌溉？」

那姓李的道：「這個為兄的也不知道，反正五毒病姑把這草種交給我們，我們將它種大便交差了，過幾天秦大哥從西域回來，咱們便去找他。」

兩人又聊了一陣，其心這才明白，姓秦的原來跑到西域去了，難怪自己遍尋他不著，那五毒病姑又是何人？

他心中疑雲重重，一長身快步上前，走了一會，只見前面山洞之中透出火光，洞前臥著十數隻灰色大狼，一隻隻目光放散，馴服無比。

他輕身功夫絕倫，裡面的人並未發覺，他右掌一揮，洞內燈火立熄，黑暗中那姓李的已迎面撲來，其心微微一閃，飛起一腳，直踢姓李腰間穴道。

那姓李的身形一挫，閃過其心攻擊，其心右手一顫，五指已扣住對方脈門，他在暗中突起攻擊，已是佔了先機，兩人武功相差又遠，對方自然一招施展不住，便被他手到擒來。

其心冷然道：「你是姓秦的什麼人？」

姓李的中年漢子瞪眼一瞧，立刻兩目緊閉，其心伸手一點，錯開他經路脈道，姓李的只覺全身痠痛無比，再難忍受，豆大的汗珠顆顆爆出。

其心這幾下動手快捷無比，他順手將敵人放在一邊，忽然風聲一起，其心知道洞中另外一人攻了過來，他不避不退，又依樣飛起一腳。

那洞內之中年約三旬，滿臉忠厚之色，其心手起足落，另一招又將那人逼入洞中，那人情急之下，一聲呼嘯，群狼紛紛立起，目露凶光，作勢欲撲向其心。

其心招式一緊，點中對方啞穴，那群狼見主人一倒，便像待斬囚犯一般，一隻隻頹然臥倒，其心暗暗稱怪不已，心想此人驅獸之法，真是不可思議。

他回頭一看，那姓李的已是痛得臉色發紫，其心心一硬冷冷道：「你如果將姓秦的陰謀都講出來，在下也不爲難於你。」

那姓李的忍不住點頭道：「在下認栽了。」

其心上前一拍，那姓李的全身痛苦一失，隔了半晌不發一語，其心甚是不耐，他催了催，只見姓李的似乎面臨生死關頭，全身發顫不能自已。

又過了一會，那姓李的道：「目前大勢已定，哼哼，虧你也是武林高手，你現在神氣活現，不出一月，只怕屍骨無存了。」

其心想不到他考慮半天，竟是說出這種狠話來，他心中又是好氣，又是好笑，作勢點姓李的五陰絕穴，那姓李的倒也光棍，他搖手阻止其心動作，侃然道：「告訴你也無關係，你知道凌月國主是誰？他就是……」

他話尚未說完，驀然一陣狂風，一片淡紅色雲彩瀰漫，其心何等機靈，他迎風而上，立在高起的一塊石上，只見人影一閃，一個瘦小的身形直入洞中。

其心運氣全身，只覺並無異狀，那層紅雲卻是愈來愈密，山風雖疾，並不能吹散分毫，他定神一看，四周的草木，都漸漸發白，枯萎在黑暗中顯得十分刺目。

其心心中叫苦不已，他不敢再事逗留，連忙飛奔下山，心中尋思道：「只怕是五毒病姑來了，可惜那姓李的剛一吐露真相，便被來人阻住，那紅雲不知是何毒物，叫人心寒不已。」

他回到小村中，大不甘心，可是自己血肉之軀，卻是無法和那種毒物相抗，他想起適才情景，如果慢了一步，後果真是不堪設想的了。

他又想到這西北之地，怪異之事極多，父親目下不知身在何方？不禁更是掛念，這一夜輾轉難眠，次晨一大早便告別主人，悄悄又向山裡走去，走了一個多時辰，走到昨夜所至山洞，只見地下白森森的盡是獸骨，靠洞口倒著兩具骨骸，白中透灰，不見一絲血肉，地上也不見血跡。

其心仔細一看，心想這兩具骨骸多半就是姓李的和另外一個人的，姓李的死有餘辜，倒是另外那人吃自己制住穴道，這才中毒而死，不禁大爲不忍。

那殘亂獸骨，想是那狼群之遺骸，天下竟有如此毒物，能在一夜之間，把血肉化去半點不餘，真是駭人聽聞。

其心不願多留，他心中只是想著：「這五毒病姑是怎麼樣一個人？她如攜毒赴中原傷人，那真是防不勝防，她殺死姓李的多半是爲滅口，看來她和凌月國主是一路人啦！」

他盤算天魁及怪鳥客今日定已走遠，想到中原如遭此毒姑蹂躪，只怕最先遭殃的又是丐幫諸俠，說不得只有兼程趕回中原，見機行事。

其心不再逗留，兼程趕路，一路上並未見天魁及怪鳥客蹤跡，知道他們已經走遠。這日過了天水，正是正午時分，只見原野上牛羊成群，水草青葱肥美，牧人悠閒地騎在馬上，偶爾吆喝幾聲。

其心行得口渴，便向那些牧人討口水喝，這時正是午飯時刻，散在四野的牧人都騎馬回來，草原中間放著一口大鍋，有人已開始生火，燒沸一鍋水，將揉好的麪削入鍋中。

其心要了水，牧人留他吃麵，他急於趕路，謝了眾人，正待上馬東行，忽見羊群中一亂，一個病容滿面的中年婦人，趕著兩頭瘦小綿羊，從山上下來，直從羊群中通過。

那中年婦人有無氣力地道：「快給我挑一百條精壯公羊。」

她雖說話有氣無力，可是一派命令的口吻，那些牧人見她形容枯槁，倒不好惡言相對，其中一個牧人道：「現在是羊群產哺繁殖時節，咱們的羊是不賣的。」

那中年婦人不住冷笑，半晌道：「好，不賣便不賣，我再給你們機會，待會後悔就來不及了。」

那些牧人不再理她，紛紛坐下開食，其心覺得奇怪，不由停下看那中年婦人到底意欲如何，那中年病婦忽然一聲驚叫，手中所牽雙羊脫繩奔入羊群之中，這草原上密密麻麻何止萬頭綿羊，半刻之間，便混入羊群中，再也難得分辨。

那中年病婦不住尖叫道：「你們賠我的羊，賠我的羊。」

那牧人中有一個年輕的上前道：「這位大娘也真奇怪，你自己拉不住你的羊，這個怪得誰來？」

那中年病婦只是亂嚷，一個年長牧人道：「大娘，你一個女人家我們也不爲難你，你就隨便捉兩頭羊去算了。」

那中年病婦也不稱謝，上去便要抓羊，那些年輕牧人，若非見她是女子，早就上前圍毆了。

那中年病婦行動遲頓，抓了半天，好容易才抓住一頭綿羊，她忽然驚叫道：「怎麼好生生一條羊忽然死了！」

其心定神一看，那條白綿綿肥羊果然直挺挺倒在地下，眾牧人上前一看，那綿羊嘴角潰爛，再一查看羊蹄，每個蹄中都有一粒紅點。

眾人驚叫道：「口蹄瘟！口蹄瘟！」

那年長的牧人臉色慘白，呆呆望著羊群，忽然身子一撲，倒在地上，幾個青年連忙上前扶起，每個都是驚怪失色地叫道：「爹爹，你怎麼啦？」

那老牧人舒了口氣道：「完了，完了，咱們辛苦幾年的功夫完了，不出十天，這一群綿羊就會死光，咱們原指望這群羊賣了還債，替新兒取房媳婦兒，唉！一切都完了。」

他說著說著，白髮亂顫，再也說不下去，那中年病婦不動聲色站在一旁，那樣子好像在看好戲一般。

其中一個少年道：「爹爹，咱們趕快把患病的羊殺光，也許還來得及挽救。」

老年牧人道：「來不及了，目下只有將羊群趕到枯草原去燒死，不然這口蹄瘟傳播起來，西北再無牲口了。」

那中年病婦忽然冷冷道：「不用趕到枯草原去，老頭子，只要你便宜點，我可以將這群羊全部買下。」

那老牧人一怔，不知她到底是何意思；中年病婦忽然從懷中取出一個大包，解開一抖，金晃晃的有數十錠赤金，紛紛落在草地上。

那中年病婦道：「你只要答應，這些金錠便全是你的了。」

那老牧人強嚥了一口口水，眼睛注視著那堆金錠，他知有了這些金錠，一切困難便可解決了，他想到欠人家債的痛苦，又想到新兒的媳婦兒，心中怦然而動。

其心也不解那中年病婦到底是何用意。那老年牧人放目四望，只見草原千里，一片碧草，想到自己初來此處還不是身無長物，這偉大草原替他娶了妻子成了家，只要有生命，只要有草原，不還可以從頭再幹起麼？

他再瞧瞧自己三個兒子，只見他們臉上對那病婦都是厭惡之色，並不注意地下的黃金，老牧人一陣慚愧，目中一陣神光，像是疲乏的老兵，打勝了一場艱苦戰爭的心情一樣，他緩緩道：「這個我可不能答應，這口蹄瘟傳染之快，不消半月，草原上再也見不到牲口吃草了。」

那中年病婦用手拾起金錠，她不住拋在空中，又落在地下，她冷然道：「老頭子，你是決定了嗎？」

老牧人肯定地一點頭，忽然之間，他覺得年輕起來，他望著羊群，又望望老繭叢生的雙手，只覺心安理得。

那中年病婦又是那句老話：「不賣就不賣，待會後悔來不及了。」

其心心念一動，忽然想到這羊群突然發瘟，只怕和這中年病婦有關，但再厲害之瘟疫，也不會如此厲害，立刻即能傳染。

他正自沉吟，那老牧人長子道：「爹爹，只怕是那女人的羊帶來的瘟疫。」

他此言一出，提醒眾人，大家對那中年病婦都怒目而視，那中年病婦只是冷笑，眾人更是有氣。那個老牧人緩緩道：「這口蹄瘟隱伏牛羊體內，十天才會發作，天命如此，咱們也不能怨人，孩兒們，吃完了咱們快趕羊到枯草原去。」

這時羊群不斷悲鳴，一時之間草原上氣氛極是淒愴。那中年病婦道：「你是真的不肯賣了？」

老牧人不再理她，眼見數年心血漸漸毀去，老牧人真是欲哭無淚了。那婦人指著後面，忽然尖叫道：「那是什麼，那是什麼？」

眾人回頭一看，原來是數隻老羊病得痛苦，竟然互相撞擊而亡。

那中年病婦手飛快一揮，其心此刻對中年病婦大起疑心，對她動作十分注意，只見那婦人揮手，並無半點異狀，那些牧人回轉身來，繼續從鍋中挾麪，才吃了數口，忽然砰砰之聲大作，十幾個牧人一個個麵碗掉地，直僵僵倒斃地下。

其心心想那中年病婦揮袖定有陰謀，待他想起警告眾人不要吃麪時，已是遲了半刻，他眼見此慘劇，竟是不能阻止，心中又急又氣，臉上卻是神色不變，靜觀那中年病婦動作，心中暗思此人恐怕就是五毒病姑了。

那中年病婦驀地哈哈狂笑，從地下抬起一根鞭子，在羊群中亂揮，只一刻便將羊群趕散，她立在草原當中，笑了一陣，又忽然大哭起來。

其心見她神智不清，心想此時除她正是良機一刻，他輕步上前，只見那中年病婦哭得淚若泉湧，似乎悲不可抑，他不由一怔，忽然哭聲一止，那中年病婦驀然轉過頭來，厲聲道：「小子，你以為我沒有看見你，老娘見你生得不討厭，不像北方人，放你一條生路，你非要送死不成？」

她說得又快又軟，其心這才聽出還是江南口音，他一時之間，想不出什麼對答之話。那病婦又道：「小子你還不滾？」

其心冷然問道：「你就是五毒病姑了？」

那病婦人道：「是又怎樣，不是又怎樣？」

其心沉聲道：「那晚上在山上洞裡施毒的也是你了。」

中年病婦一字不改道：「是又怎樣，不是又怎樣？」

其心慢慢運氣，待真力遍佈全身，就是千鈞之擊也傷他不得了，這才緩緩道：「如果是的話，在下可……可容不得你。」

那中年病婦大叫一聲，雙掌平推過來，其心心想要給你一點厲害瞧瞧，當下也是雙掌平推，四掌堪堪相接，其心突然想起一事，雙袖一捲，掌勢硬生生收回，直拂對方面門。

那中年病婦見對方極是機智，雙掌一沉一錯，右手雙指點向其心咽喉。

其心見她招招致人死命，心中不敢大意，他處處要防對方下毒，攻擊自然收住三分，那中年病婦武功也頗不弱，一時之間，竟無敗象。

其心對五毒病姑這個名號根本就不熟悉，可是適才見她手段毒辣，早已把她認爲就是五毒病姑，而且已安下心要替江湖除害，那病婦見其心武功高絕，自知力敵無效，她忽然倒退三步，其心不敢怠慢，也追前三步。

其心揮開掌勢，不容對方有絲毫喘息機會，那中年病婦突然一個踉蹌，左肩閃動一頓，其心乘隙掃了一指，那中年病婦順勢向左邊倒竄而起，她身形尚未落地，其心已是先跟了過來。

那中年病婦在空中飛快地一抖雙袖，身子才落在地上，其心已跟著落在她身前，只見頭上一朵紅雲急速罩下，眼看就要被罩住，其心身子一曲，那紅雲恍若是活的一般，也跟著急速一沉，其心驀然往後便倒，身子離地只有數寸，雙腳後跟運勁，倒竄一丈以外，那朵紅雲已端端罩在中年病婦身上。

那中年病婦道：「小子，你本事不錯，我破例放你走啦！」

其心道：「你肆意害人，我豈能袖手不管？」

那中年病婦道：「小子，你懂得什麼，天下武林中人皆該殺，而西北這地方的人更是人人該殺。」

其心道：「剛才那羊群發瘟是你弄的鬼？」

中年病婦點點頭道：「我五毒病姑做事豈有不敢承認的。」

其心忖道：「此人果然就是五毒病姑，我倒要小心了。」

五病毒姑又道：「老娘培養三年，才培養了這兩條病羊，真可謂集萬種病毒於一身，比起那口蹄瘟何止厲害萬倍。」

其心道：「你和那老牧人有仇嗎？」

五毒病姑道：「有仇？嘿嘿，整個北方人都該殺。」

其心顧忌五毒病姑身邊紅色毒雲，五毒病姑對其心武功也甚忌憚，兩人竟一問一答談了起來。

其心道：「原來你只知道向普通老百姓逞兇，要是遇到真正武林高手，卻是連動都不敢動了。」

五毒病姑怒道：「小子！你別臭美，你自命高手麼？老娘收拾你起來，只怕連骨頭也難剩下了。」其心不斷激她出來打鬥，那五毒病姑也頗機警，口中罵得甚是惡毒，雙腳卻是半步不移，他一時間想不出妙計，只有和她乾耗著。

五病毒姑自言自語喃喃道：「三十年前我向西北狗討一杯羊乳給病人吃，都受盡冷嘲熱諷而不得，現在——嘿嘿，大草原上靠牛羊吃飯的都得餓死啦！」

其心問道：「什麼？」

五毒病姑道：「告訴你這小子，好教你長長見識，我那兩頭病羊都是乳羊，現在正是羊群產哺之時，只要吃了我那病羊的奶，嘿嘿，就是病羊了啦！別的羊再吸又是病羊了，嘿嘿，那可不只兩隻了，如此下去，不消幾天，小子，你看如何？」

她陰森森說著，神色得意已極，其心早已猜到她這陰謀，可是卻不相信兩隻病羊有如此破壞力，聽她如此一說，只覺此事大有可能，那萬頭病羊已被五毒病姑趕散，此時怔怔無計可施。

五毒病姑又道：「牛羊死光，靠牛羊吃飯的人也就差不多了，嘿嘿，我本無意動手殺那老頭，他卻要將我那兩頭病羊燒死，說不得只好下毒手了，我不沾一點血腥，哈哈，草原上至少有一半人要餓死；真是有趣得緊。」

其心聽得作聲不得，他一著之差，目下已無可收拾，其心暗怪自己，心中忖道：「我是愈來愈沒有勇氣了，適才只因要弄清事態，有把握再下手，想不到造成如此大錯，如果剛才是齊天心，他早就出手了，也不會弄成這個結果。」

五毒病姑喃喃道：「孩子，你死得不冤，姆媽替你報仇了。」

她柔情蜜意地說著，似乎真像在對面前孩子說話，其心驀然想起一計，忖道：「目下只有到草原上去到處警告牧羊人，看到野羊一律殺死免得傳染。」

他無暇再和五毒病姑相持，騎馬便走。五毒病姑忽然叫道：「喂！只要你依我一事，我可設法解過此危，只需預服了我的藥，那好的牛羊便不會傳染了。」

其心心念一動，立馬停行，忽然想到此人心如毒蠍，爲了昔年別人不給她一杯羊杯，竟施下如此毒計，和她交易，無異與虎謀皮，她多半是想阻礙自己前往草原各處警告，當下一提馬韁，忽聞五毒病姑又道：「你只要依我這帖上所爲，我五毒病姑一定不會食言，那預防法子就寫在背後啦！」

其心回身一看，五毒病姑擲來一張帖子，其心正待伸手去接，忽然跨下馬腿一軟，竟然臥倒地下，其心一震之下，雙抽一揮，那硬紙帖落在坐騎背上，上面白白的當中繪了鮮紅骷髏，那馬背立刻烏黑一大片，皮毛盡潰，已然氣絕身死。

那五毒病姑見計未得逞，她開口冷冷道：「小子你倒機警，命也不小。」

其心心中震驚無比，他知目下危機重重，一個不當心便要遇害，五毒病姑施毒真有鬼神不測之機，舉手投足都是詭謀，他在馬背上運勁一縱，忽見適才馬立之處，草色枯黃，原來五毒病姑在退後時已經暗暗灑了毒藥，難怪坐騎中毒倒斃了。

董其心身在空中不敢落地，腰身一曲，竟然橫裡飛出丈餘，他這招是董無公從崑崙「龍飛九天」的輕功身法演變而出，雖是比不上「龍飛九天」在空中洒洒自如，折飛倒轉，可是施展出來，就如疾矢般，突然直角改向而飛，也是駭人聽聞了。

五毒病姑忍不住喝聲彩，其心落在地上，他本想說句硬話：「只要有我董其心在中原，你休想在中原逞兇。」後來想想空說無益，一言不發便走了。

其心施展輕功在大草原上跑了一天，總算找到幾批牧人，他苦口婆心的告誡，那些牧人懷著半信半疑的眼光瞧著他，其心無奈，心想已盡人事，便啓程而去。

他這一路上更加小心，生怕五毒病姑跟來暗中下毒相害，又數次認破五毒病姑奸計，他儘量夜間行路，食物飲水都試之再三這才下口，不數日已走進關中，一路上江湖漢子都眉飛色舞地談著近來武林一件大事，西域西天劍神在少林寺鎩羽而歸，而挽救少林寺的竟是少林棄徒丐幫第十俠醉裡神拳穆中原，少林方丈打破百年之例，重收穆中原入門。

董其心很是高興，他知穆中原天性雖是無滯，可是對於被少林逐出門牆，一直耿然於心，此番他捨命救援少林，只怕也是這一番心思。

其心直往開封趕去，他這段路上固然沒有撞上天魁，那五毒病姑似乎也沒有跟蹤而來，這日他經過一個小鎮，忽見街角圍著幾個大漢，其中一個粗壯大漢正用皮鞭抽打一個稚齒男童，其心上前一瞧，那幾個人都是袖手旁觀，那男童上身赤裸，鞭起鞭落，身上條條血跡，其心心中雖是氣惱，可是那些大漢臉上冷漠一片，既無憤恨之色，更無同情之色，他心中不由起疑，暗想這幾個大漢難道木雕泥塑不成？

那圈中漢子見其心來到，抽打得更是精神，其心大起疑心，他神色不動，上前就地拾起一根枯柴，右手一振捲住那大漢皮鞭，一拉一放，那大漢再也立身不住，仰面四腳朝天翻跌在地。

眾大漢一齊狂笑，那漢子惱羞成怒，翻身起來，惡狠狠瞪著其心，卻是不敢行動，他轉眼又瞪那男童，一口氣罵了十句粗話，猶似不能消氣，順手拾起一塊石子，向那孩子頭上砸去。

其心明知有詐，畢竟忍耐不住，他一伸手拉開那男童，忽然面前烏光一閃，那男童竟乘勢五指抓向其心面門，這一下又近又疾，那男童手指上套著尖銳鋼環，其心看似閃無可閃，其實他早就胸有成竹，右掌五指一彈，那男童呼地發彈飛起，半空中五指鋼環直射其心，其心哈哈一笑，長袖連揮，將那鋼環擊落，那些大漢一陣呼嘯，走得無影無蹤，其心見地上那鋼環藍中透烏，分明是淬了劇毒。

其心也不追趕，心中暗暗叫苦，他知這又是五毒病姑詭計，如果自己一個大意，真會遭那孩子暗算，那孩子年紀小小，瞧他那發暗器手法竟是不弱，五毒病姑神通廣大，行蹤又極詭密，看樣子她早跟定自己，自己卻沒發現，明暗之間便吃了大虧，只有更加謹慎了。

他出了小鎮，前行是一片密茂棗林，那棗子半紅半青，色彩極是鮮俊，其心沉吟一會，刷地拔出背上長劍來，他自行走江湖，從未用過劍子與人對敵，這時怕禍生不測，竟持劍而行。

他長劍在手，自忖隨便遇上什麼凶險，都是可以應付，他邁步入林，走了不久，只見前面分歧之處一棵大樹，樹皮被人割下，上面劃了一個箭頭寫著幾個大字：「死亡之路。」

其心微一沉吟，昂然照著箭頭所指方向而去，心中忖道：「這疑兵之計豈騙得倒我？」

他心中雖如此想，卻不敢疏忽半點，走了半天，並無異狀，忽然前面一亮，已然穿出棗林，不遠之處又是一片林子，其心心想這林中又暗又密，最易遭到暗算，雙足一併，呼地一聲躍上樹梢，踏枝而行。

忽然他身形一停，前面樹枝上吊著一具女屍，伸舌突目，神色極是可怖，其心放目四周未見異狀，他仔細一瞧，這一驚非同小可，原來竟是五毒病姑。

其心幾乎不敢相信自己眼睛，那一路上有若冤魂不散跟著自己的五毒病姑，竟然會吊死在此。

其心只覺這林子似乎隱藏著重重危機，他步步為營，猶覺時時刻刻大禍即將臨頭，他對天魁大戰時，雖是心寒，可是還冷靜想法逃走，這時竟感一股涼意直冒上來，一生之中，他是第一次感到恐懼。

那五毒病姑屍身吊在樹上，隨風晃動，她原病容滿面，此時伸舌突睛，更是難看嚇人，其心遠遠地繞過樹梢前行，他才一走遠，那吊繩一斷，五毒病姑好生生地落在地上，她喃喃道：「這小子好生賊滑，只要他走近十尺之內，就是大羅神仙也難逃我桃泥之毒，這小子能從五毒病姑手中數次逃走，本事倒不小。」

其心又前行數里，發現林內草木狼藉，似乎不久有人在此打鬥過，其心踏著樹枝憑空飛渡，這種走法雖是快捷，可是連番提縱，真氣消耗不少，額角已見汗珠，只見林中草木愈來愈是雜亂，突見地上血跡殷紅斑斑灑在下面小徑上。

其心前望這片林子至少還有十數里方圓，他提氣前縱，那血跡漸漸稀落，林中樹木愈生愈密，下面是一片黑黝黝的，什麼也瞧不清楚。

突然背後風聲一疾，其心從一株樹躍到另一株，身子正在凌空，他力聚下盤，硬生生在空中打了個圈，身子尚未轉過，一劍已是循聲劈去，呼喇一聲，兩物墜地，其心運神一瞧，原來竟是一頭巨大蝙蝠，鮮血所濺之處，草木盡枯，瑩瑩放著磷光。

其心將長劍在樹皮上擦了擦，心想這蝙蝠血中劇毒，一定是五毒病姑的伎倆，可是她卻已吊死樹上，難道她是詐死不成？他想到此，覺得大有可能，更是不敢大意。原來那五毒病姑身懷瑜伽異術，練就一種緩慢呼吸，可以閉氣個把時辰。

再往前行，眼看密林漸稀，其心知道快走上大道，走到寬闊大道，不但對方難在暗中下手，就是事起倉促，也是較易應付，足下不由加緊，幾個起落已來林子盡頭，只見陽光一亮，道旁又是斑斑血跡。

其心順著血跡一看，不遠之處一人，背著他靠石而坐，那血跡一直到達大石旁邊，顯然是那人受傷所流，其心悄悄繞到旁邊去一看，當下就如雷轟頭頂，身子一晃，幾乎翻下樹來。

山風竦竦吹著，那人鬚髯飄起，雙目緊閉，臉上白慘並無半點血色，早已死去多時，那寬廣額門，那挺直高鼻，還有那一襲灰衫，顯得如此瀟灑，這不正是自己天天惦念的爹爹？這不是名滿天下的地煞董無公嗎？

其心揉揉眼睛，眼前影像並未半點改變，不錯，絕對錯不了，他只覺熱血一齊上湧，接著就是一片空白，什麼都沒有了，什麼都看不見了。

他雙手發顫，右手劍子抖動發出沉悶之聲，這一刻，什麼都不能想，就連上前去查看父親的傷勢也想不到，但就只有這短短一刻，翻湧的激動慢慢平靜了，復仇的怒火倒使他異常冷靜起來。

他心中忖道：「我此時衝動神智昏亂，敵人暗算豈不大是容易，其心啊其心，這是生死關頭啊！你千萬不能再衝動了。」

他覺得口中一鹹，嘴唇上的鮮血滴入口中，心中更加冷靜，他轉望四周，靜悄悄的只有風動群木，蕭蕭不絕。

他凝視著父親遺容，心中又微微發痛，「不成，這時候再也不能亂了心神。」其心心中狂呼著：「什麼是我目下最該做的，將父親遺體埋葬嗎？是了，總不能讓父親暴屍荒野。」

他躍上樹枝向前走去，驀然一個念頭上來，他心中忖道：「如果對方在父親屍首上下了什麼詭計，我豈不是著了道兒？」

他沉吟之間，忽然發現一樁事情，胸中狂跳不已，他心中想道：「我雖數月未見父親，爹爹難道愈來愈年輕了？」

他腦中靈光一閃，想起莊人儀莊上那件假製父親面孔的人皮面具的事來，就如在大海中浪濤洶湧，忽然抓住了一根依附之物，喜得心中發抖。

他心中存此念頭，再看那石邊之人，愈來愈不像爹爹，地煞董無公殘身多年，容顏大是憔悴，只有其心知道，而那靠石之人，雖然像極爹爹，可是依稀之間，還是個中年秀士。

其心痛思一消，心地更是清晰，他想道：「五毒病姑怎知道我是地煞的兒子，這詭計一定又是她擺下的。」

他頭也不回往前便去，他走後不一會林中又閃出一男一女來，那男的相貌出眾，端的頭角崢嶸，步履之間，直是龍行虎步，威儀非凡，那女的卻正是五毒病姑。

那男的道：「此子心思周密，真是千百年來少見之奇才，病姑，你安排的計謀又失敗了。」

那五毒病姑平日何等狂妄，可是在這中年男子面前，卻是恭敬已極，她輕聲道：「妾身自信能逃過五毒病姑手中的人，只怕還很難得找到。」

那中年漢子沉吟一會道：「此人在悲哀之下，猶能如此持重冷靜，假以時日，中原武林重鼎非此子莫屬。」

五毒病姑道：「妾身負責除去這人便是。」

那中年漢子道：「在下也未料到，我昨日叫你安排此計，原以爲一定能成功，想不到功敗垂成，不知道被他發覺了什麼不對。」

他說話很是柔和，可是卻有一種頤指氣使之氣，那五毒病姑只有聽的份。

中年漢子沉吟半晌道：「今晚你再守在此地，據我看來，此子雖生疑念，可是畢竟親情連心，晚上只怕還要來探查。」

五毒病姑連連應是，那中年漢子心中暗道：「此子身負失傳絕藝震天三式，看來地煞董無公已練成這至上掌功，我本有把握打敗地煞，可是對這震天三式卻是毫無把握，好歹要從此子身上探出這掌法之精妙來。」

中年漢子揮揮手道：「病姑你守在此，看看我所料如何？」

五毒病姑連道：「陛……相公料事如神，一定錯不了的。」

那中年漢子微微一笑道：「你可要小心，莫要洩了我的底子，我潛入中原一年多，對中原武林尚未調查清楚。」

那五毒病姑道：「相公神出鬼沒，豈是中原人士所能料到，妾身接到西天劍神托姓秦的相邀之書，為煉狼血草耽擱了半月多，不知西天劍神怎樣了？」

那中年漢子道：「金南道總是太急，他這次攻少林受挫，我也懶得見他。」

五毒病姑道：「他也是惦念陛……不……相公安危，一去一年多並無消息，恰好天禽天魁又來相邀，這才傾力而去。」

那中年漢子道：「天劍在少林寺，金南道他們怎能成功？病姑，以後要靠你的手段了，狼血草效力如何？」

五毒病姑道：「任是大羅金仙，也能使他迷失本性。」

那中年漢子點頭讚許，他緩步走出林中，心中卻又蘊藏了另一個陰謀。

卅八　狼血毒草

夜，林子裡靜靜的，偶而幾聲夜鳩的咕咕叫聲，更顯得淒厲可怕。

其心又潛回林中，他心中雖是認定此乃敵人陰謀，可是想到上乘內功能使人返老還童，又不禁悚然心驚，因爲那石旁之人實在太像董無公了。

其心換了一雙鹿皮靴，戴了一雙鹿皮手套，怕敵人在路上下毒，他走一步停一下，端的目觀四方，耳聽八面，漸漸地又走進山間那塊大山石旁。

那屍體仍然靠在石上，其心打量四周，卻不敢上前，忽然一聲暴響，兩條黑影穿林而來。

其心連忙閃身樹後，只聽到一個女子的聲音喃喃道：「那小子又被他逃脫了，我病姑還有何面子？」

她劈枝砍草，似乎極是惱怒，其心對自己所料更有信心，他心想道：「這五毒病姑果然是詐死騙我。」

五毒病姑又接著道：「那小子原來是董無公的兒子，你這計謀本不錯，可是……可是……」

她忽然吞吞吐吐起來，其心心中緊張得緊，他就是要聽後面的話，另一個男子的聲音道：

「這……這本是天衣無縫，不知怎樣，那小子對他老子好像並無半點情感。」

其心熱血上衝，那兩人愈說愈低，其心傾耳全神聽去，不知不覺，竟鬆懈了戒備。

那五毒病姑低聲道：「難道……這……死人……死人……不像嗎？」

她聲音低沉無比，其心只聽清楚「死人」兩字，他屏除一切雜念，聚精會神聽去。

那男子的聲音道：「這面具與董無公維妙維肖，絕無半點漏洞，只要見過地煞的，都絕認不出，怪就怪在那小子，竟好像沒事兒一般。」

他聲音粗壯，雖是低聲說話，但是其心卻聽了個真切，他疑雲一消，心中狂喜不禁，忽然鼻間一縷異香，只覺眼前金花直冒，一口真氣再也提不起來。

其心心中恍然忖道：「這兩人知道我來，故意說給我聽，我處處小心，然仍著了他們道兒。」

那五毒病姑不愧是施毒神聖，其心只吸進半絲異香，竟然閉氣不住，全身一軟，倒在地下，只覺右手一痛，臂上中了五枚金針，排成梅花形狀，根根深入於骨。

其心閉目待斃，他中毒之下，功力已是全消，可是靈台之間卻極是清靜，那五毒病姑滿臉得色走上前來，突然有人一聲暴吼，一個蒙面人從天而降，只見他雙手一揮，狂飆大起，竟將五毒病姑一個身子震飛數丈，就如斷線風箏一般，跌倒地上，其心只覺腰間一緊，已被來人抱起。

耳旁忽聞一聲巨響，其心回頭一看，原來一棵碗口粗細大樹，已然吃五毒病姑身子撞斷，來人掌力之強，可見一般了。

那人抱著其心飛奔而去，其心只覺那人身法如行雲流水，並無半點凝滯，耳畔風聲颯颯，也不知到底走了多遠，身上所中金針，毒素漸漸上升，脅胸之間，難過無比。

那人又走了一陣，忽然腳步放慢，在一棵大樹旁站定，他輕輕將其心放下，右手中指食指微微一合，有如鳥啄，他長吸一口真氣，一股熱氣慢慢從指尖發出，他眼簾低垂，右手略略顫動，出指如飛，已然點中其心三十六大脈道，其心胸中一暢，頭腦昏迷，沉沉睡去。

那人輕輕拉開臉上蒙巾，嘴角露出一絲淺笑，月光下，只見他鳳目挺鼻，真是少見的好相貌，正是日間和五毒病姑談話那人。

他沉吟一會，又抱起其心前行，心中卻暗暗忖道：「這天罡三十六指的閉目打穴，卻正是少林百步神拳的剋星，不死禿頭倒好對付，金南道加上天禽就足夠了，可怕的就是天劍地煞董氏兄弟，這兩人真是神乎其技，以我所學之博，卻也無從琢磨。」

他轉念又想道：「好歹要從這小子身上騙出一些底細來。」

他心中盤算，不由又走了兩個時辰，他輕功高妙，手上抱著一個人，並無一點影響，身形如風掠過，如果此時有江湖漢子在旁，定然以爲是天座三星，或是地煞董無公蒞臨了。

過了很久，其心悠悠醒轉，他知覺一恢復，立刻運氣調息，這是一般內家高手自然養成之習慣，只要血脈暢通，就是一息尚存，也可運氣療治，其心只覺真氣渙散，心知毒素已散入體內，自己再無能力逼聚出來，目下焦急也是無用，先看看所處之環境再說。

其心放目瞧去，只見屋中雕龍漆鳳，金碧輝煌，佈置得十分氣派，那屋角四根巨樑，粗可數人合抱，卻是結頭突生，仍爲原來生長本色模樣，未加修飾，可是表皮光滑晶瑩，竟可立見倒影。

其心只覺一陣陣輕香撲鼻，他瞧四下並無香花蘭草，何處放出這等怡人之香，他心中忖道：「這甘蘭道中除卻草原綠洲，便是一片牛羊，何處見到過這等華屋大廈，這倒是奇了，難道我昏迷了幾天，被人救回中原來了。」

他心思細密，立刻想道：「如果我昏迷了數日，一定飢餓難當，此刻並不覺得，難不成是夢中幻景。」

他睁眼再瞧，這四巨樑蟠龍似地聳立，端的古意盎然，那陣陣香氣，竟是從木中發出，其心一驚忖道：「聽人說這種檀香木乃是極名貴之物，尋常以斤兩計之，這四隻巨樑，少說也有十幾萬斤，以檀木爲樑，主人真是富可敵國了。」

他胡思亂想一陣，只覺仍無頭緒，目下功力盡失，如果主人是救自己，那就是命不該絕，如是落於五毒病姑或是天禽之手，那麼也只有聽由擺佈了。

四周靜悄悄的只聞風動窗櫺，其心心中雖是如此想，可是仍免不了暗暗好奇著急，要走是絕不可能的，瞧瞧主人的底細再說，那恢復功力之事，他連想都不想，只有到一步走一步了。

忽然腳步聲一響，其心正想循聲瞧去，忽然心念一動，眼睛閉上裝作昏迷未醒，他心中暗暗忖道：「我目下手無縛雞之力，就是發覺敵人有害我之心，卻又能怎的，倒不如裝昏妥當。」

腳步聲愈走近，其心忽覺一隻手溫柔地按在他的額角，一個低沉的聲音道：「此子中了五毒妖女的挪魂香，又著了百毒金針，幸虧遇上了爹爹我，不然豈有生路？」

另一個人聲音尖嫩，顯然是個女子的說道：「爹爹你花了這麼大心機，這人還是半死半活不見醒轉，我看咱們心力已盡，媽媽還在病中急等著爹爹所煉的丹藥服用哩！」

那低沉的聲音歎氣道：「孩子，你娘素來體質薄弱，她產你之際身受毒瘴陰毒，已是深入骨髓，她這病拖拖延延，也不在乎這幾天，只要你大哥捕到那雪山玉蟬，這付主藥一到，才能開爐煉丹。」

那女子聲音道：「爹爹，雪山玉蟬捉到，你煉的丹藥穩能治好娘的病嗎？」

她聲音極是焦急，其心想來這女子母親之病，一定由來已久，用盡法子卻是無效。

那低沉的聲音道：「筱兒，爹爹一生精研醫藥，對於內功也有所窺臻，只是……只是……」

那女子急道：「爹爹，難道娘的病就……就……沒有痊癒的法子？」

那低沉的聲音道：「玉蟬乃天地間至陰之物，以陰制陰，原犯醫家大忌，可是卻能收毒毒相剋之效，雖則不能拔除你娘體內陰毒，但延個三、五年倒是不成問題，唉！你娘命薄如此，我做爹爹的夫復何言？」

他說到後來，已帶哽咽之聲，其心聽這父女一口江南語聲，心中更覺不解，這西北邊陲荒僻之地，竟有江南人士居住，真是奇事了。
那女子嗚嗚地哭了，半晌才道：「爹爹，你既無法醫好娘，咱們何不遍求天下良醫，出重酬以求良方，說不定還有希望。」
她又急又快地說著，其心十句中倒有三句不懂，她爹爹沉聲道：「筱兒，這世上再無比你爹爹醫道高強的人。」
他一個字一個字說著，聲音飄揚在空中，甚是自豪肯定，可是卻含著一種說不出的沉重悲哀，其心心忖道：「此人醫道想是極爲高明，可是對於妻子之病卻束手無策，這心情夠人難受的。」
那女子又道：「爹爹，常言道眾志成城，咱們廣取天下良醫之方，說不定能出奇蹟。」
她爹爹怒道：「筱兒，你怎麼如此幼稚，爹爹自信醫術已達……已達……貫古通今地步，華陀先師再生，也未必強過你爹爹。」
那女子不敢再說，其心想這人如此自負，看樣子他是成心醫治自己，說不定有幾分希望。
那醫者喃喃道：「這孩子已經昏迷四天四夜了，應該醒轉過來啦！」
其心心中一懍：「四天四夜，我怎麼好像猶在昨日，看來我此時已遠離甘蘭，來到中原了。」
那女子插口道：「爹爹，此人四天四夜滴米未進，餓也餓死啦！」
那醫者道：「已灌了他一杯碧芝液，十天半月之內，元氣不會散失，只等他一醒轉，便好著手治療了。」

那女子驚道：「碧芝液？爹爹……你……這人和咱們非親非故，碧芝液何等珍貴……你……」

她言語間充滿了不滿，那醫者柔聲道：「筱兒，你年紀太小，懂得的事實在太少，唉！說來你也不懂。」

筱兒氣道：「好！好！爹爹，我是什麼都不懂，可是我卻知道，那碧芝液是大哥拚命取得，他……他上次幾乎死在那毒蛇之口，不是爲了這碧芝液嗎？」

那醫者道：「筱兒，一個人要是能夠無酬無求去幫助別人，那種快樂豈可形容，爹爹一生最大的快樂就是愛瞧看病人痊癒時的笑容，但求自得其樂，唉！從前你祖父家中窮無立錐之地，祖母有一年又染了時疫，那時爹爹年紀還小得很，小得很……」

他悠然說著，神色甚是神往，他女兒雖是氣憤，可是聽到爹爹忽說起故事，也便住目凝聽。

那醫者道：「爹爹眼見祖母一天到晚又吐又瀉，只消兩天人已瘦得只剩骨頭架兒，卻只有哀哀痛哭，束手無策，第三天，忽然來了一個遊方道士，他替你祖母摸了手脈，笑笑開了一張方子，一言不說飄然而去，我和你祖父爹兒倆抱著一線希望，照方抓了藥，一劑服下，你祖母吐立止，一口氣悠然輕過，第二天便能下床了。」

筱兒道：「那遊方道士真好本事。」

醫者道：「爹爹當時眼見你祖母從死返生，心中真是百感交集，就如做夢一般，筱兒，當爹爹看到你祖母重新睜開眼睛那一剎那，那感激是多麼深沉，孩子，儘管是金山銀河，珠落玉盤，取之可得，可是那喜悅比起眼前親人死中得生可就差遠了，唉！你年紀太小，這話你也許根本不曾理會得了。」

他懇摯地說著，就如已參大道的高僧現身說法，那聲音平淡得出奇，沒有一點高潮，可是卻有無比重量，其心只覺一陣激動，傳過胸中，作聲不得。

筱兒插口道：「爹爹，我已經十九歲，你別老把我當孩子。」

醫者又道：「孩子，世人誰無父母兄弟親人，我治好一人，說不定是能安慰一家人，這種多利的生意，豈不是好做嗎？」

筱兒黯然道：「爹爹你治好天下人也是枉然，卻治不好娘的病。」

醫者歎口氣道：「生死有命，如果世事皆如人願，人間豈有傷心之人？你娘的病並非無法可治，只是此法已然失傳多年，舉目世間，再難相求。」

那筱兒急道：「爹爹你快說，只要有法子使娘病好，就是上天下地，筱兒也要辦到。」

那醫者緩緩道：「此事說也無益，此法絕傳已達百年之久，筱兒，你好生看護這娃兒，他一醒來，就立刻告訴爹爹。」

筱兒如何肯依，她不斷纏著父親說出，那醫者微一沉吟，邁步入了內屋，其心只聽見筱兒喃喃道：「爹爹明明知道治娘病的法子，可是卻不肯說，一定是絕無希望，我可不管上天下地，一定總得套出那治病方子。」

她轉身瞧著其心，只見其心雙目緊閉，面若金紙，心中有說不出的厭惡，她瞧瞧四下無人，伸手取了一根竹杖，將其心翻來撥去，就像搬弄行李一般，她心中只道如此可催使病人醒轉。

其心心中氣惱，心想眼前處境真是行屍走肉，任人擺佈了，那筱兒見他仍不醒轉，氣道：「分明已是死了，爹爹還要我守住這死屍，真是倒足了八輩子楣，如依我性子，早就丟到野外去餵野狗了。」

她低聲自言自語，聲調冰涼沒有一絲同情之意，其心雖未瞧見她面孔，可是眼前卻想像出一個血盆大口，黃牙森森，甚至塌鼻豎眉的女子。

其心心想道：「這女子心地怎的如此涼薄，真是虎父犬女，她父親那種悲天憫人的性子，她怎麼沒有遺傳到一點點兒？」

筱兒又喃喃道：「這人身中病姑兩毒，聽爹爹口氣，他竟還有生還的希望，看來定是內家高手了，其實武功好又怎樣，現在不是像死豬一般死相。」

其心聽她愈說愈不像話，心中不與她一般見識，只當撞著了瘟神一般，忽然轉念一想，大驚忖道：「這女子一副挑戰模樣，難道她瞧出了我是在裝昏？」

其心等了半晌，不見筱兒動靜，他聽腳步聲，筱兒已經走到窗邊背向著他，他偷偷睜開眼睛一瞧，只見那筱兒體態輕盈，婷婷玉立，如從背影來說，分明是個姣好少女，其心無聊地想道：「如果這女子臉孔像背影一般好看，那就真的可怕，常人道面若春花，心若蛇蠍，只怕就是指的這類女子吧，我倒希望她醜陋不堪。」

那女子佇立不動，一襲輕風，室間香意更濃，其心心中想起他所相識的女子，那女扮男妝的總督千金，她布衣荊裙，仍是掩不住天生高貴，世間之人但知爭名逐利，女子愛虛榮乃是天性使然，此女卻安貧樂業，雖不見得是真的如此，但可愛得緊，還有那青梅竹馬的朋友小萍，上次見面時卻若陌路人，世事真是多坎坷難以逆料，最後他又想到莊玲。

其心愈想愈昏，眼前似乎又瞧到了齊天心瀟灑地攜著莊玲，漫步在長長的大道，其心只覺眼前一花，臂上劇痛，他側目一瞧，原來那五根金針仍然深深插在臂上，並未拔去。

其心一痛之下，立刻屏除雜思，對於剛才胡思亂想，甚是愧慚，目前難關重重，自己一向臨事不亂，怎麼在這當兒還會生出雜念！過了半晌，他心中一片空白，雜念盡除，然而他心中卻暗暗警惕，爲什麼每當自己真正感到寂寞無依時，便會油然想起那莊玲小姐來，爲什麼，他也不知道。

那少女轉過身來伸手探探其心鼻息，其心只覺額間一涼，一隻又滑又涼的小手拂過頰邊，晨風生寒，那女子顯然在窗前凝立了很久。其心裝作驀然醒來，睜開眼睛，只見一個美艷似花的臉孔就在眼前。

筱兒高聲道：「爹爹，那人醒來了。」

其心定眼瞧去，只見內室走出一個老者，那老者笑容滿面，似乎極是喜悅，其心只覺老者目中有一種攝人之威，雖是白眉蒼然，步履之間卻是龍行虎步，氣勢威而不猛。

其心心中暗暗稱奇，這屋中佈置貴比公侯，這老者更是高華照人，他正想開口，那老者搖搖手道：「小哥子不必多言，你此時中毒未除，氣血兩虧，既然遇到老夫，好歹也將你治好！」

其心道：「老丈仁心如此，小可感激不盡。」

那老者只是微笑，神情極是親切，其心呆呆瞧著他，老者和睦可靠，好像是極其親近之人，那滿頭蒼蒼白髮，令人油然生親，眼神中也沒有那種懾人的神色了。

那老者道：「筱兒，你將這位大哥扶到內室去，此處夜風凜寒，不適病體居留。」

那筱兒鼓起嘴兒，極不願意，其心下得床來，竟是舉步維艱，這時這足智多謀的少年，才從心底泛出一絲寒意，那一身武學就如此輕易地離開他了嗎？

其心走入內室，只見四壁均是繪花的薄紗，室中自然是淡藍色，案頭養著一對白鸚鵡，正在呱呱學語。

那老者待其心睡下，又伸手替其心探了脈，柔聲安慰道：「小兄弟，如非老夫眼花，你一定身負上乘內功。」

其心點點頭，那老者又道：「那五毒病姑性子狂顛，誰撞著她都要倒楣，她號稱世間施毒大王，老夫雖不善施毒，但自信對這瘋女所施之毒，倒能藥到毒去。」

其心點頭正待附和幾句捧場之話，那老者又道：「所以小兄弟不用擔心，老夫包管還你一身武功來。」

其心問道：「老伯原也是身負絕技之人，如非晚輩瞧錯，老伯功力之深厚，已臻於高手之列。」

那老者見其心改口叫他老伯，心中微微一笑，知道其心戒意已除，自然和他親近，他緩緩道：「老夫爲救小哥，這才不得已和五毒病姑交手，老夫偷襲於她，她正躊躇滿志，自易著了道兒，我原以爲小哥昏迷不醒，不意仍被小哥子瞧見，此事還望小哥子代爲守密爲好。」

其心點頭應允，老者道：「如果別人得知老夫會武，老夫便不能如此安逸了，小兄弟稍忍痛苦，明日老夫等一個人回來，那時再來替小兄弟療毒。」

其心道：「這五枚金針可否請老伯先拔除。」

那老者搖頭道：「五毒病姑的金針乃是雲南大山風磨銅所製，附骨而沾，如果運勁拔除，那在肉內半截一定折斷隨血流入心脈，老夫遲不下手便是此故，老夫已差人去一友人處借吸星石，只須此石一到，立可吸出金針。」

其心道：「這百毒金針之毒想必被老伯用藥逼住，不然小可先前數日已感心胸之間毒氣上溢，這數日反而暢然無覺。」

老者哈哈笑道：「小哥子真是料事如神，她五毒病姑能煉就百毒草，我老兒便能煉成解除百毒之藥丸。」

他沾沾自喜，極是得意，又扣其心脈把了一陣，這才走了出去，其心只見四壁雖是輕紗，但卻瞧不到外面的情景，他心中惦念老者之話，見那老者沉著，不由對老者信心大增。

他安安穩穩睡去，一覺醒來，已是月殘星稀，長夜將盡，室中藍色陰沉，一種陰森之色，忽然一個輕輕的腳步走到床前，一個青年男子的口聲道：「妹子，就是此人嗎？」

另一個女聲正是那年輕女子筱兒，她輕輕耳語道：「大哥，乘他尚未醒來，咱們出手斃了他，爹爹知道了，也是木已成舟，他總不能和咱們反目。」

那青年男子道：「聽爹爹口氣，好像要將玉蟬給他服用，解五毒病姑所下挪魂香，那麼姆媽的病豈不是又成泡影，只是爹爹脾氣你也是知道的，說不定當真不能諒解我們，那就失了咱們兒女一番心意了。」

那筱兒道：「一切都由我承擔，大哥你只管下手便了。」

兩人沉吟半晌，其心只覺掌聲一起，一隻手掌迎頭擊下，他面臨生死關頭，在這千鈞一發當兒，腦中轉過許多念頭，卻是一無管用，他乃是機靈沉著之人，從不受激，爲虛名而吃虧，在這無奈之際，只有高呼求救了。

其心正待呼叫，忽然那隻手緩緩收回，筱兒低聲說道：「大哥，你真沒出息，你瞧我的。」

她雖說得很低，可是卻句句清晰進入其心之耳，其心驀然一震忖道：「她既怕我醒來聲張，可是她說話之聲卻足以驚醒我，難道是故意說給我聽的？」

他此念一生，只覺背脊發寒，一生之中，從無此時感到如此恐怖的了。

他尚不及細思，那筱兒掌起掌落，已然臨近太陽穴，驀然一聲輕輕破空之聲，筱兒低哼了半聲，腳步一陣零亂，其心偷眼望去，那老者臉色鐵青，立在門邊，那青年男子和筱兒雙雙垂手而立。

老者壓低嗓子怒道：「逆兒你好生膽大，你既未將我這爲父的當父親看，你就滾出家門，我姓凌的不要你這等畜牲現眼。」

那青年男子嚇得跪下不斷求饒，筱兒倒還義氣，也跟著跪下認罪，那老者似乎疼愛小女兒，歎口氣低聲道：「你替爲父的好好看待病人，如有差錯，咱們父子恩義立斷。」

那老者說完便走，他步行輕輕地怕驚醒其心，那一對兄妹氣呼呼地退出室外。

其心這才舒了一口氣，他運神思索，只覺腦子昏亂，無法凝神會思，那老者凜然正氣，而且心地柔慈，再怎樣也難說他是個壞人，可是那筱兒和青年竟欲加害自己，雖說是怕老者用玉蟬來救自己，誤了他們母親之病，但其中令人起疑之點頗多，那兄妹倆要暗害自己，又絲毫不小心分明要驚醒自己，難不成是要自己和他們搏鬥，再裝作失手殺害自己？

其心雖參悟不透其中關鍵，但總覺得此事大有可能，這時天色漸明，其心不知是禍是福，只得閉目養神。

直到日已高起，室內紗影藍光柔和已極，那老者含笑而來，手中捧了一大包東西，說道：「小哥子真是運道好，不但吸星石借到，小兒還捕到專解迷藥的至寶——雪山玉蟬。」

其心連忙稱謝，忽然門外擊掌聲響，那老者神色不悅回頭叫道：「叫你們不要打擾爲父行醫，你卻偏要如此，有什麼事快說。」

室外青年男子道：「爹爹，真有急事，請快出來。」

那老者無奈，向其心歉意望了一眼，步出室來，只見那青年男子刷地一聲拔出長劍，橫在脖子上，那老者又急又氣道：「逆子，你這是幹什麼？」

其心見又生枝節，他身子坐起，從半掩門中，只能看見三人品字似地站著，那老者神色激動，不斷呼喝著。

那青年悲聲道：「父親在上，如果您要以玉蟬救那小子，孩兒只有一死以抗。」

那筱兒也尖聲道：「爹爹你雖是觀音菩薩心腸，普救世人，可是姆媽跟你受苦一輩子，到頭來你卻不管她，反倒去救外人，這算什麼好漢英雄？」

她急不擇言，竟然對父親頂撞起來，其心知她心意是要自己聽見，不能損人利己，那老者似乎怕其心難堪，連忙將二人拖開，他連走邊說道：「這玉蟬並不能治好你媽的病，只不過是拖延罷了，就是不用玉蟬，你媽也可拖下去，只須得到那失傳的法子，你媽保管會好，唉，這玉蟬對孩子倒是對症一藥，你……你們……」

他愈走愈遠，漸不可聞，其心一挺身，雖是身子軟弱，但這一夜休息，精神已大好轉，他悄步下床，裝作入廁的樣子，閃身在廊中暗處，凝聽那三人談話，他雖凝神聽去，可是相隔甚遠，有些竟聽不真切，如是他功力猶在，便是再遠數倍，也是字字可聞，忽然砰地一聲，那青年劍子被老者打落，老者沉聲道：「爲父決定之事，永不更改。」

了。

其心一陣激動，幾乎自持不住，要現身勸解，老伯忽又低聲說了一大段，其心已聽不清楚了。

那青年忽斷斷續續道：「父親大人，你……你此話當真？」

筱兒道：「爹爹你真答應告訴我們醫治媽的法子？」

那老者喟然道：「爲父豈會失言於你們，培兒是愈長愈不成器了，你動不動以死相脅，這是對父親的態度嗎？」

那年輕男子立刻跪下請罪，那老者長歎一聲道：「醫者有割股之心，你兩個小冤家豈能理會。」

他邁步走回，其心早已躺在床上，那老者一言未發，從懷中取出一塊黑烏烏非金非玉的東西，他用起內勁，一托其心脅下，只聽見嘶嘶之聲一作，五枚金針已連根吸在石上，半截都已發黑。

其心只覺臂上一輕，老者右手不斷運氣，其心手臂愈來愈粗，紅中透著一股黑烏，那老者取出小刀一劃，一股黑血如箭矢激射，滴在地上，立刻焦黃一片。

其心暗暗吐舌，心想如非這老者醫道高明，自己這次只怕有死無生了，他抬眼一看老者，那老者衝著他微微一笑，目光中包含了無比信心和安慰。

其心心內一熱，他見老者悉心醫治，爲了救自己，父子幾乎反目，江湖上人心險惡，能碰到這等熱心人，也真是自己造化了。

他這時胸有感激之情，一切疑念都化爲烏有，只覺這老人是世間少有好人，倒覺得自己以小人之心忖度君子，甚是卑鄙。

老者又從懷中取出一隻晶瑩透明蟬兒，他向其心道：「小哥子，你別看這小小玩意兒，端是解毒聖品，天下無雙。」

他說罷從包中取出一個小瓶，那瓶中裝滿墨色汁液，那老者倒了數滴到小碟之中，出外摘了一大把野草，順手一沾，只須沾上半滴液體，便立即枯萎死去，老者緩緩說道：「這是蛇中之王赤練之毒，任何生物觸之即爛，只有這玉蟬是它剋星。」

他說完將蟬翼撕下一葉，投入那小瓶中，只見瓶中泡沫大起，不一會顏色愈變愈淡，最後變成白色，那老者舉瓶一飲而盡道：「任是天下至毒，如果碰上玉蟬，都化而爲水。」

其心心道：「這老者適才一番表演，是怕我心疑不肯服用玉蟬，天下有如此醫者，以靈藥相贈，還怕病人生疑？」

他沉吟片刻，心想玉蟬並無異狀，便接過服用，這玉蟬確是人間至寶，其心服用半刻，胸中一股真氣暖洋洋地到處亂竄，其心微一運氣，已然引氣歸竅，全身筋脈暢通，內功盡復。

其心歡喜欲狂，再也按不住喜意滿面，他這種感覺就如死裡逃生，重到安全之地，他心中明白，武功就是他生命最貼切實在的保障。

其心功力恢復，他對老者稱謝，半晌卻說不出一個字來，只因心中過分感激，竟不知從何說起，適才生的一些疑念，又都拋之九霄雲外。

那老者見其心喜不自勝，他點點頭走出屋子，臉上掛著一副高深莫測的神色，心中忖道：「這孩子千伶百巧，真如行走江湖數十年的老油條，卻是年輕若斯，適才我一時過分小心，怕他心疑不肯服食玉蟬，反而露了馬腳，幸虧他在狂喜之下，無暇細細深究。」

其心盤坐又調息了一周，體內毒已除盡，老者又走進來看道：「小哥子毒雖除盡，尚須服食清血瀉毒之劑數日，不然腹肺之間難免受傷，減了異日壽歲。」

其心此時對他已是言聽計從，當下忙道：「如此打擾老伯了。」

老伯呵呵笑道：「好說，好說！」

其心道：「那五毒病姑下毒竅門真是五花八門，防不勝防，小可自認尚稱得上機智，卻仍著了道兒，現在想起，真是膽寒不已。」

那老者道：「漫說小哥你，就是江湖上行走一世的人，只要招惹這個瘟神，也是絕無倖免的。」

其心道：「如果五毒病姑知道老伯救了小可，老伯豈不是煩不勝煩嗎？」

老者傲然一笑道：「她五毒病姑雖是橫行猖狂，要惹到老夫頭上，她倒也要考慮一下後果。」

其心套了一句話道：「想老伯當年一定也是大大有名的人物啦，小可出道太晚，對於一般前輩英風俠行真是仰慕得緊，就只無緣參拜，真是生平恨事。」

那老者暗暗一笑忖道：「老夫當然是大大有名之人，如果武林中人知道老夫行蹤，只怕要天翻地覆哩，你這小子倒想盤老夫海底來了。」

老者道：「老夫平生只是精研歧黃，何曾在江湖上混過。」

其心知他信口胡扯，也不便追問，老者聊了一陣便走了，其心推開窗子，只見滿院花開如織，彩蝶飛翔穿梭來往，好一片春日艷陽，心懷大暢。

那院子廣大，種植的盡是奇花異卉，難得的是竟會百花齊放，真是盛景無邊，美不勝收，其心望著那彩蝶大得異常，都愛停留在一種白色花朵上，他心中好奇，不由走出屋去觀看，原來那白色花朵正是野生草蘭，不知用何方法培育，那花朵比平常大了十倍不止，而且淡淡放出一陣陣馥香，難怪那些彩蝶留連不已了。

其心在院子中站了一會，他正待回到屋中去，忽然想到一事，心中忖道：「我趕往蘭州已是仲夏時分，此時該是夏末秋初，怎會還有蘭花開放，此地到底是何處，怎的春到如此之遲？」

他沉吟不解，忽見那筱兒迎面走來，兩人打了一個照面，筱兒俏臉一板，轉身便往回去，這時屋中又走出一個丫環模樣少女，衝著筱兒一笑行禮道：「佛來米兒。」

筱兒瞪了她一眼，那丫環模樣少女一伸舌頭，筱兒回頭一看，其心身子背著她在看花，臉色一寒進入屋中。

其心心中喃喃道：「『佛來米兒』，這是什麼意思？筱兒深怕我聽見了，這難道是什麼密語暗號不成？」

他直覺這一月來經歷奇異，憑自己竟然每每不能明瞭，心想這道上能人異事甚多，自己孤身一人，只得更加小心行事。

星夜其心不敢熟睡，他雖是疑心重重，可是那老者出手救他復原，卻是千真萬確不可抹殺之事，如說要於自己不利，又何必救活自己。

月光又悄然透入薄紗，灑在地下一片碧然，其心心想就是強如天魁，只要是面對面的幹，總有法子抵抗，最可怕就是高深不可測，連善惡也摸不清的人。忽然腳步聲大起，往院中走去。

其心悄悄下床，就如一襲清煙也走了出去，只見那父子三人，正坐在石山之旁，其心自忖謹慎，決未被人發覺，便也隱身暗處。

那老者道：「你倆個兄妹真是天生的一對，心中存不得半點事，爹爹說過告訴你們，又豈會混賴了，這深更半夜硬拉爹爹出來，好，好，告訴你們便了。」

筱兒道：「爹爹你說，什麼法子能醫治媽病痛？」

那老者沉吟半晌，緩緩道：「你娘是中的陰毒，天下只有至剛至上內家真力的震天功可療。」

那兄妹兩人對這名稱從未聽過，便不覺十分驚奇，黑暗中的其心心中狂跳，那老者又道：「可惜此功已經失傳將近百年之久。」

那兄妹兩人默然不語，其心卻暗忖道：「震天功並沒有失傳，我受老人活命之恩，應該爲他妻子盡些力。」

那老者站起身來道：「我窮一生醫道，推敲多年結果，除以震天功化去你娘體內陰毒，別法均是治標下策。」

他說完撲撲長衣，邁步走向屋子，其心暗下決心：「受恩不報，終是不能心安，不管如何，我用震天功替老人妻子治療便是。」

他盤算已定，悄然回室，次晨一早，他正在梳洗，遙見老者手捧一碗煎好之藥汁，那筱兒跟在後面不住向老者使眼色，低聲耳語，其心只作未見，待這父女倆走進自己屋中，這才緩步踱回，他站在門旁，從門縫望見那父女兩人還在爭執不已。

筱兒道：「爹爹，你又在藥中加了十幾滴碧芝液，你當我不知道嗎？這芝液何等難求，給這小子一再服食，豈不是糟蹋了？」

那老者道：「筱兒休要胡說，人命關天，世間豈有重過人命的藥物？這孩子體質雖健，但總是中毒大虧之後，需要補補元氣。」

筱兒不住抱怨，最後突地端起碗喝了一大口，那老者瞧著這頑皮的小女兒，真是啼笑皆非。

其心大感慚愧，他處處防人，別人其實卻是在為他好的，他推開門來，那老者笑著道：「小哥子你來得正好，這藥已快冷了哩！」

其心連忙接過藥碗，一口飲盡，筱兒冷眼望著他，一言不發。

其心謝過老者，他心想不如早些替老者妻子治病，此事一了，便趕快離開此地，當下對這老者道：「小可得知目前所服玉蟬，乃是伯母救命之物，小可心實難安，但事至此，只有退求補過之計。」

那老者連忙搖手，他橫了筱兒一眼道：「又是你這丫頭挑舌，小兄弟快莫如此，拙荊病體一如往昔，這玉蟬也治不了她。」

其心緩緩地道：「小可獲知伯母所患乃多年陰毒，小可有一套家傳武功，叫做震天三式，乃是至陽之功，化陰毒最是有效，不知老伯以爲如何？」

那老者大喜，砰地一聲手中所執搗藥玉杵跌落地下，破成碎片。

那老者顫聲道：「小兄弟此言當真？」

其心正色道：「小可怎敢欺騙老伯？」

筱兒一聳鼻子道：「諒你也不敢。」

那老者連忙喝止，他喜極發抖，半晌才說道：「事不宜遲，明日小兄弟體氣便可完全復原，那時再替拙荊化去積年陰毒，老夫感同身受。」

其心道：「小可受老伯救命之恩，些許之勞，何足掛齒。」

那老者道：「小兄弟內功高強，如能再運氣調息數次，一切便不妨事了，老夫不打擾了。」

其心點頭稱是，那老者喜容滿面攜著筱兒走開，其心望著兩人背影尋思道：「爹爹傳我震天三式時何等慎重，那老者瞧來功力非凡，我施此功時切莫讓他瞧得真了。」

他忽又轉念忖道：「就是他想偷學，這震天三式運氣法子完全異於常理，這三招招式簡單，人人都是一瞧即會，可是如果運氣不對，卻是頂平常的招式，絲毫沒有威力。」

他想到此，不覺對自己多疑啞然失笑，他服藥之後，體內真氣源源，精神極是健旺，心中對於老者感激不已，便漫步四周，原來這華廈竟是建築在群山凹中，四下都是沖天高峰，孤拔筆立，光禿禿的巔峰都在白雲渺渺之中，就如擎天巨柱，氣勢雄偉，其心從未見過如此山川，不禁暗暗喝彩。

忽然從雲端飛來一隊巨鳥，遍體雪白，張翼竟比大人還寬，爪如別鉤，神駿非凡，一瞥間閃電般飛過頭頂，又沒入白雲間，這時風起雲湧，白茫茫空中儘是雲氣，其心不由想到兒時所念唐詩中那兩句道：「回顧射鵰處，千里暮雲平。」

一時之間，他若有所感，這目前的景象大非中原風光，家園迢迢，自己不知身在何處。

忽然背後破空聲起，他轉身一瞧，筱兒正拿著一柄硬弓望空射了一箭，那箭勢又疾又強，呼地也沒入雲中，其心微微一笑忖道：「這女子功力不弱，難怪凶霸如此。」

那箭矢力盡跌落下來，雲端傳來幾聲尖銳鳥鳴，像是譏諷一般，筱兒氣得滿面通紅，引滿硬弓，呼又是一箭，忽然背後一個柔和的聲音道：「妹子，你別白費勁了。」

筱兒氣道：「這扁毛畜牲好不氣人，昨天又將我養的小白羊偷吃了十幾頭，我非射死牠幾隻不可。」

那青年說話之間已然走近，向其心點頭招呼，神態大是改善。筱兒向那青年眨眨眼道：「大哥，咱們到山下去，我有要事和你商量。」

她不斷睨視其心，神色甚是鬼祟，其心眼望遠方只作不知，她哥哥笑道：「你有什麼要事，還不是頑皮事兒，我懶得和你去。」

筱兒偷偷指指其心，她哥哥微笑不理，筱兒賭氣一個人走了，其心瞧在眼裡，暗暗好笑。

其心只盼明日醫好病人，便可離開，那老者待他一片赤誠，可是他感到此地神秘無比，晚飯後他藉著散步，又在四周查看，正走近山下，忽見黑影閃閃，他連忙躲在樹後，從旁偷眼一瞧，卻見山下坐著的是那雙兄妹，正興高采烈地談著。

那青年忽道：「你……你到底把那人怎樣？」

其心心中一震，筱兒道：「那還不簡單，待他醫好媽的病，就請他……」

她比了一個手勢，四下黑暗其心瞧不清楚，她哥哥道：「什麼？爹爹他許下宏願，只要有人救了媽的病，妹子，你也答應過的呀！怎樣害羞了，哈哈！」

筱兒道：「我怎麼害羞了，我是答應過只要救了媽的病，便……便……」

她哥哥接口道：「便以身相許報答，哈哈，如果那人真的治好媽的病，可就成為……成我的小舅……好，好筱兒，大哥不說了！」

其心心內一鬆，真感到哭笑不得，這兄妹兩人原來在談論自己，他正想離開，忽見人影一閃，那老者大步走來，那雙兄妹雙雙迎身起立，老者面對其心坐下。

如果這老者不在此時出現，其心只怕這一生就改了樣子，偏生他忽然到來，其心偷聽別人背後談話，他怕露出行跡難堪，便索性躲在樹後。

那老者道：「為父的瞧那小兄弟紫氣上臨華蓋，全身瑩然有光，以他年歲看來，決不可能到達這種地步，所以定是傳了蓋世神功震天三式，培兒、筱兒，你媽的病包管治好，為父一想至此，真喜得坐立不安。」

那青年道：「孩兒也是又緊張又興奮，媽媽如果好了，我第一先要帶她遊覽天下，還要……」

筱兒接口道：「還要將天下所有奇珍異味都做給媽嘗嘗，媽這十幾年來，口舌就從來沒有味道過。」

那青年搶道：「還有……還有……還有多得很，我……我要媽變成世上最快樂的人。」

他神往地說著，似乎母親已然病好了，那歡天喜地的樣子，其心心中大是感動，他自幼喪母，從未享受過母愛，這也是養成他堅忍深沉的一大原因，此時眼見別人母子情深，也不禁暗暗感染那份高興。

那老者道：「你兄妹平日一定以為我對你媽的病不太關心，其實以為父之醫術竟不能救得你媽的病，為父內心何等痛苦，我每當苦思良方不得，竭盡心智之時，抓胸拊臂，那光景豈是人所能忍受，你們瞧瞧看。」

他敞開衣襟，那兄妹兩人一聲驚呼齊聲叫道：「爹……爹……你……你……」

卌九　危機重重

忽然四周一亮，月亮爬過山巔照在地上，其心只見周圍一片月色，那三人一舉一動看得清清楚楚。

那兄妹倆臉上驚惶失色，張大口作聲不得，其心定眼一瞧，那老者胸前傷痕交錯，都是粗糙可怖的疤痕，月光下就如小蛇糾纏，顯得十分恐怖。

老者緩緩道：「我這十年所運心思何止常人數十年，總算老天有眼，竟鬼使神差的著了這個少年人來，而且竟又負了絕傳多年的神功。」

那筱兒掩臉不敢看，囁嚅地道：「爹爹，你……你快穿好衣服，……你……你怎可……如此自……自殘身體？」

那老者歎道：「筱兒你怎能理會，大凡才智愈高之人，愈是容易鑽入牛角，精研一種學問，如能登堂入室，領悟其中道理，一定會窮索其源，不死不休，爹爹總想想出一種代替震天神功的法子，可是卻是毫無結果，往往煩躁灰心，幾乎就想一死了之。」

那青年道：「爹爹，那震天神功當真能療得陰毒嗎？」

那老者道：「這個決錯不了，筱兒，爲父一生行醫，治人無數，這也算是蒼天報應，如果爲父不悉心醫治那少年，豈會有此善報，所以筱兒你記住了，爲人但須厚道，你聰明有餘，卻忠厚不足。」

他接著重重地教訓了筱兒一頓，筱兒沉聲不語，心中賭氣不已。

那老者停了停又道：「世間唯人命關天，財富寶物是身外之物，爹爹年紀輕時貧無立錐之地，現在卻富可敵國，但死後又能帶走什麼，所以培兒你做人必須正正經經，不要太過貪財。」

那青年恭身應是，筱兒道：「人家是看那碧芝液和玉蟬，都是大哥冒生命危險採給媽的，這才捨不得讓爹亂用，誰又不願救人了。」

那老者呵呵笑道：「好筱兒，你嘴真能說！爹爹說不過你啦！」

他沉吟一會忽又道：「筱兒，如果那少年治好你媽的病，我們無可報酬，你從前說過……」

他尚未說完，筱兒道：「要什麼都成，女兒以前所說的話可不能算數！」

其心見老者又將提起那事，他心內忖道：「這老者自己救人之事絲毫未掛在心中，可是別人對他施恩卻是斤斤計較，世間還有如此忘我之人，真教人羞慚極了。」

那老者道：「爲人首重信義，豈可自食誓言？」

那青年道：「咱們報答他的法子正多，何必一定要迫妹子許身於這陌生之人，再說咱們誓言別人也不知道。」

老者喝道：「你知道什麼，人無信雖生猶死。」

筱兒正色道：「女兒死也不能從命！」

那老者見筱兒一臉堅強的神色，他心中一軟歎口氣道：「唉，別人瞧不瞧得上你還是一個問題，明天回你媽家還要趕個幾十里路，你們早早休息吧！」

筱兒心中不服，嘴也不停地說：「要被那種死相的人看上，可真倒足了楣！」

老者喝道：「筱兒你說什麼，只要他醫好你媽的病，從明天起，他便是我們凌家恩人，只消吩咐，你兄妹必須無所不從。」

他凜然說著，其心心內道：「你凌家待我如此，異日凌家有事，我董其心又豈能袖手，千里之外，也必星夜趕到。」

其心從未對人如此感恩過，心中一陣激動，腳下踩折一段枯枝，咔嚓一聲，他偷眼一瞧，那老者眼神正瞧往這邊，老者眼睛飛快一閃，似乎根本沒有注意。

其心暗忖還好沒有被人發覺，不然自己並非壞人，倒易被人誤會了，那老者站起身來待要回去，忽然一個念頭閃過其心胸中，其心輕輕拔出一隻短匕，迎月一揮，光芒掠過老者面門，那老者仍是視若無睹，安步前行，筱兒兄妹也跟著走了。

那老者漸行漸遠，這時其心看不見他的面部表情，老者臉上掛著一絲微笑，久久未泯。

那老者心中喃喃道：「此子料事如神，如非大反常情，焉能奏功？」

其心躲在樹後，他胸中突然湧起一個可怕念頭，他真不願被自己料中，可是眼前情景，卻不能不使人生疑。

「那老者分明知道我在旁，我揮匕發光，他也只當不知，他這番話又是有意說給我聽。」其心回想這數日間之事，愈想愈是生疑：「每次那兄妹要害我，老者都是及時趕來，而且表現得那麼正直凜然，而且我每次偷聽他們談話，都是爲我好的，難道都是串通編好的嗎？」

他想到此，心中發寒不止，轉念又想道：「如說是那老者想學我的震天三式，他只要我治好他妻子之病，這震天三式若非口口相授，而且需要天資敏悟，內功極強的人，才能學會，我不去傳他，他豈能學會？最奇的是他怎會知道我身懷絕傳武功？難道他出手救我，已知我底細，就早安排下這一段事故來？」

其心運盡心思，他知此時面臨一個極大危機，他秉賦端的過人，這事千頭萬緒，他想著想著，雖則不能得結果，常人一定躁急不堪，可是他倒反愈來愈是冷靜，那起先浮躁緊張之情都已化去，白皙的臉孔微微發怔。

其心仰望天空，那山峰聳立，任是狂風疾雨，這千萬年來並未絲毫蝕減，仍是高聳在雲端之上，其心想：「如果他老早知道我底細，那麼他出手擊倒五毒病姑，難道也是作僞？他千方百計使我覺得受恩感激，其目的難道就是要震天三式？」

這一連串問號，其心雖不能肯定，但自覺已接近問題中心，他轉念又想道：「可是那老伯並沒有要求我什麼，還是我自告奮勇要替他妻子療病，他也是大行家，一定也曉得如此高深武學，並非可以偷學的，他雖是有意說好話給我聽，但其中並無半點惡意，難道還有另外陰謀不成？」

其心緩緩站起，他默默對自己說道：「其心，其心，你只要小心行事便得了，明日便見分曉。」

次晨一早，那老者又捧了一大碗藥汁，他放下藥碗道：「老夫整理一下行裝，小兄弟快服藥。」

其心心中一轉忖道：「他目前一定是要利用於我，定然不會弄手腳。」

他拿起碗來，正待一口喝盡，忽然又想：「如果這老者先人一著，他揣透常人心理，就在這一般決不可能的當中弄了手腳，說不定他妻子生病之事根本是假造，我豈不是上了當？」

他正在沉思，眼角只見那老者面色柔和，絲毫看不出深淺來。其心一端碗放近嘴邊，一口而盡。

那老者微微一笑道：「恭喜小兄弟大好了，休息一會，咱們便上車到寒荊所住之處去。」

那老者才一出屋，丫環便進來收拾碗盤，其心衝著她道：「佛來米兒！」

那丫環臉一紅道：「多西尼米。」

其心笑笑，那丫環臉帶喜色，碎步而去，其心心有所感，恍然若有所悟，他忖道：「這老者一家均非中國人士，佛來米兒是什麼話，瞧那模樣，一定是句稱讚女子美好的意思。」

他這番猜測，真是半點不差，他轉身走近窗邊，半晌才回轉身來，那老者正要接他上車，其心忽然目光呆視，仰天跌倒地下。

那老者慌道：「怎麼啦，小兄弟？」

其心牙根咬得緊緊的，雙目睜開，卻是知覺全無，那老者待了半刻，一拍手掌，那青年進來跪下，老者揮揮手道：「快送這人入密室去，兩個時辰後再來叫我。」

那青年道：「小的遵命。」

那青年抬起其心往內走去，筱兒如彩蝶一般投入老者懷中，她嬌聲道：「陛……啊老爺子，你真是計通天神，這小子年紀雖輕，可也是狡若狐狸，真難應付得緊。」

那老者一抹臉上，取下一副人皮面具，立刻恢復原來面目，正是那堂堂中年漢子。

中年漢子臉色凜重地道：「我十年之內，微服進入中原三次，也不知相過幾許中原英雄，從未見過這等機智對手，此人真是一代人傑，假以時日，天下還有咱們的嗎？」

筱兒灌迷湯道：「饒他是一代人傑，也只有在老爺子手中俯首聽命的份兒。」

那中年漢子笑道：「五姑的狼血草，聽她說也是沒法解救這迷魂失性毒劑，這小子功力奇高，日後倒是好幫手。」

他說完抖抖手袖，彷彿釋去重擔，神色極是滿足，過了半個時辰，那青年跑來跪下報告其心已然醒轉，中年哦了一聲，進入內室。

那中年對其心一笑，柔聲道：「好孩子，你醒過來啦！」

其心茫然點點頭，他仰起頭來似乎是苦思問題，過了半晌他喃喃道：「你是什麼人？我怎麼從來沒有見過？」

那中年臉色一正道：「我是你的首領，你今後一切都得聽我的話，否則慘禍臨頭，首身異處。」

其心睜大眼睛，眼光甚是癡呆，他似懂非懂地點頭道：「這是什麼地方？我從來沒有來過的呀？我……我……我……我。」他想了半天，似乎仍是一片空白，兩眼翻白，急得額上青筋暴露，豆大的汗珠直往下流。

那中年柔聲道：「孩子，只要你聽命行事，你一定可以活得很好，咱們也不會爲難你的。」

其心忽然一聲尖叫，他用力敲頭揣胸，什麼也想不起，驀然他哈哈笑道：「你……你不是怪鳥客嗎，哈哈！敗軍之將，豈敢在我面前逞兇，哈哈，小子拿命來。」

他語無倫次地說著，那中年漢子目光凝注著其心，好半天一句話也不說，兩道神光瑩然，其心漸漸安靜下來，他像是經過長途跋涉，疲倦萬分地問道：「我又是誰？」

那中年漢子見他性子完全迷失，心中一凜忖道：「五毒病姑好厲害的毒藥，如果這小子真的忘卻一切，那麼我一番心機豈不白費了？震天三式學不到，要和董家兄弟幹，實在沒有把握。」

其心呆呆四下張望，不一會竟睡著了，那中年漢子搖搖頭喃喃道：「馬上就去找五毒病姑去，這小子用處極大，豈能如此廢掉。」

他略一沉吟，立刻就吩咐備馬，筱兒撒嬌不讓他走，他笑著道：「小乖乖，我替你帶寶貝回來。」

筱兒道：「我什麼都不要，只要老爺你的人。」

中年漢子哈哈一笑，口中連說「好甜的小油嘴」，他一揮手叫那青年推起其心，雙雙上馬而去，那筱兒和青年雙雙跪在地下叫道：「王爺珍重，奴才這就返國。」

那中年漢子微微一笑道：「李將軍，你好好保護貴妃，如有差錯，唯你是問。」他輕描淡寫地說著，可是極有威儀，那青年不住叩頭應是，蹄聲得得，其心隨著那中年漢子走遠了。

這兩匹馬竟是世間罕見神駒，奔跑起來疾行如飛，其心只聞耳畔風聲大起，兩邊景物不住後退，也不知跑了多久，並未半刻停留，直到日退黃昏，走到一個大鎮，那中年漢子走到一家客舍投宿，叫人用上好黃豆飼馬。

其心跟在他後面，中年漢子道：「咱們天一破曉再趕路，這一陣疾趕，至少行了五六百里，至蘭州是不遠了。」

其心臉色一驚，立刻應聲，反覆道：「蘭州，蘭州，明天就到蘭州去。」

那中年漢子瞧了他一眼，他舉止雖是高華無比，可是手面並不闊綽，只訂了一個單人房間住下。

兩人第二天又趕了一整天，這兩匹馬當真是日行千里，夜行八百的駿駒，經過兩天疾奔，馬不停蹄，不但不見疲倦萎靡，反而更見精神，這日下午，已經趕到陝西境內，其心愈是呆板，整天難說上一句話，那中年漢子問他，他也是答非所問。

到了晚上，兩人走到漢中，漢中乃是陝甘川交通必經之地，市面甚是繁榮，那中年飯後走到街中，其心如木偶一般跟在他後面。

中年漢子忽然停在一家店前，那店中生意興旺已極，擠滿了訂貨之人，那中年瞧著店兩旁貼著一副對聯：

「但願人間壽，

何妨生意閒。」

原來這家店子是個棺材鋪，中年口中吟著這副對子，心中想道：「這店東倒是不俗。」他正在沉吟間，忽然從店內走出一個五旬左右老頭，雙目已瞎，其心臉色又是一變，但馬上恢復，中年漢子已然瞧在眼裡。

那中年漢子忖道：「這棺材鋪子生意如此興隆，五毒病姑只怕就在附近。」

那瞎老頭低聲對夥計道：「今天都有些什麼人來買棺材？」

那夥計道：「秦五爺、馬六爺家人，還有漢中帆揚鏢局分局，都採購上好柳木棺材。」

瞽目老者眉頭一皺，喃喃道：「又是十幾條人命，昨天柳老大說這些人死法都一樣離奇，全身並無絲毫傷痕，一定是被人下了無影之毒。」

他自言自語地說著，眉間皺得更深了。那中年漢子對其心道：「你認識這老頭子嗎？」

其心茫然道：「我……我不認得。」

他此言一出，那瞽目老者歡聲叫道：「小兄弟，是你到了啦！」

其心木然不應，那瞎子又道：「小兄弟，你不認識我了，我是唐瞎子呀！」

其心苦思半晌道：「我怎麼一點也記不得了？」

唐瞎子呼的一掌抓到，正待捏住其心脈門，那中年漢子手指一抖，唐瞎子以耳代目，手一鬆一個跟斗倒翻出去。

四川唐門武功極強，這唐瞎子又是數代之中傑出人物，可是那中年漢子只輕易一招，便將他逼得用下作招式逃過。唐瞎子雙耳靈敏，可是敵人出招無聲息，待他發覺攻到，只有翻身躲過這一招可施了。

唐瞎子脾氣雖是火爆，可也粗中有細，他乃是放毒施毒的大行家，本想一探其心脈門，看看是否中毒受人制住，就在這一剎那間，只覺來人實在太強，唐瞎子心中一凜，琢磨不定，怔怔地不再糾纏。

他心中急躁，恨不得能見一見其心表情，好了解其中真相，可是眼前一片黑暗，多年以來，他從未感到瞎眼是這麼不便。

那中年漢子冷冷道：「老闆你是認錯人了。」

他說完拉著其心便走，才一走進店中，只見室中赫然坐著五毒病姑。

五毒病姑見到這中年卻是乖戾之氣全無，她恭身肅立在一旁，那中年點點頭道：「外間棺材店生意興隆，我便知你在此間，你還是以前一樣規矩麼？」

五毒病姑道：「這西北的人沒有個好東西，我瞧不順眼便給收拾了，倒便宜那棺材店老闆了。」

那中年淡然一笑道：「那棺材店老闆乃是四川唐瞎子，久聞此人在毒學方面是個大天才，他開棺材店說不定是想藉此線索找你較量哩！」

他這幾句話只說得五毒病姑暴跳如雷，口中不住叫道：「明天我就在他棺材店下把毒，將他店中大小良賤都給毒死光。」

那中年道：「你此行主要任務是擾亂中原武林，喂，五姑，你那狼血草真是厲害，這姓董的好像變成廢人了。」

五毒病姑得意道：「我那狼血草乃是照五怪真經上面煉成，怎會出差錯，大凡服了此草之汁，本性迷失，一切都是聽人吩咐，最妙的就是服過此汁清醒後，只記得所見第一人，所以聽命於此人。」

那中年道：「眼下此子好像什麼都忘掉了。」

五毒病姑道：「不會，不會，服此藥三天之內，昏昏沉沉，現在一切功力已恢，不信陛下試試看。」

那中年漢子橫了五毒病姑一眼，五毒病姑連忙縮口，那中年依言對其心道：「喂，你是不是會一種功夫叫震天三式？」

其心想了想喜道：「是啊！是啊！」

他說完就比劃起來，正是那震天三式，中年漢子見他招招威猛絕倫，不由心醉不已。

五毒病姑得意道：「陛……不公子爺，你瞧如何？」

那中年漢子仿若未聞，他雙目凝注其心所施招式，細瞧之下，這招式起落之間極是平常，半點不見出奇之處，可是施展之間，卻無堅不摧，無可抵禦。

他是武學徹悟之人，心知其中訣竅，不在招式，他正想開口，問出其中竅門，忽見五毒病姑虎視眈眈也在注視著其心施招，心念一動，便將一句嘴邊的話忍住。

那中年瞧了一陣道：「好了，好了，你可以休息去了。」

其心一怔，立即垂手走開，那中年雖是深沉，可是眼見這等強勁對手，也被自己制倒擺佈，再也掩不住得意之情。

那五毒病姑道：「我這就去找唐瞎子去。」

中年搖手道：「如果他不犯你，你何必自惹麻煩，唐門之毒藥名能夠威震武林數十年，又豈是平庸之輩。」

五毒病姑滿臉不服之色，可是又不敢頂撞，她見那中年閉目凝思，知道是要她走開，不要在旁打擾，以她如此乖傲囂張，還是恭身行了一禮，悄然退去。

那中年漢子心中盤算道：「明日路上再命那小子說出震天功之內容。」

他如意算盤打定，便回房去睡。第二天又和其心往東前去，走到荒郊之處，他勒住馬正待開口向其心追問，忽然反身叫道：「唐瞎子，快給我滾出來。」

大石後，唐瞎子挺立著，他怪聲怪氣叫道：「我算定你一定從此經過，早在此地等你了，你下了什麼毒將我小兄弟給迷住了？」

那中年冷冷道：「唐瞎子，老爺不願殺人，你可識相點兒。」

唐瞎子道：「今日非把我小兄弟留下不可，不然老頭子和你拚了。」

那中年不屑地道：「憑你也配！」

他向其心揮手道：「你替我收拾這瞎子！」

其心應聲而去，呼地就是一掌，朝唐瞎子當胸擊倒，這掌極是威猛，四周氣流激起呼呼嘯聲。

唐瞎子一陣心痛，他和其心雖然相交不久，可是共經患難，他這人是天下第一熱心人，就和丐幫藍老大差不多，早就將其心視爲忘年之交，此時見其心竟然不認故人，如瘋虎一般攻到，他又驚又痛，嘴唇咬出血來，只是不住後退。

如果他知道其心是地煞董無公之子，真不知作何感想了。

唐瞎子見其心愈攻愈緊，不得已只有出手抵擋，其心功力本就遠勝唐瞎子，此時又佔了先機，自是穩居上風，打得頭頭是道。

唐瞎子步步後退，他眼看抵敵不住，對方險招漫天而來，他並非魯莽之人，不然如何能將莊人儀莊中弄得雞犬不寧，他邊戰邊退，心中忖道：「看來小兄弟真是迷了本性，我唐瞎子發誓要救他復原，此時如果傷在他手上，真是天大笑話，目前三十六著，走爲上著。」

唐瞎子盤算一定，猛攻幾招，便要抽身而退，驀然其心一掌飄忽而來，不但他沒聽見這掌如何擊出，就是那中年漢子也是愕然，他只覺胸前一震，一般熱流傳入體內，耳畔其心一聲暴吼：「去！」

唐瞎子只覺一股力道將他身子抬起，去勢疾若狂風，他心知此掌心肺定碎，長吸一口氣要阻逆血上升，身子一沉，一跤摔在地上，一動也不動彈。

那中年漢子讚了句：「好掌法！」他看也不看唐瞎子一眼，這便和其心上馬而去，他適才醉心於其心那飄忽的一掌，對於情勢並未注意，心想那唐瞎子吃其心當胸真力一震，定是死多活少了。

其心這招乃是上次和冰雪老人交手學到，他雖是瞧了一個大概，可是施展出來也有幾分精神，這招原是冰雪老人多年積悟而出，是以連中年漢子也出神不已了。

兩人走了很遠，唐瞎子爬起身來，他運氣只覺血脈暢通，並未半點受傷，他一怔之下，對於剛才所發生之事大是不解，他心想，其心剛才攻式洶洶，非殺他而後已，可是自己中掌卻絲毫不傷。

看來那掌多半是招虛招，力道全無，他愈想愈對，他性子鍥而不捨，剛剛死裡逃生，又往前追趕上去。

中年漢子和其心又走了一段，前面不遠之處便是官道，中年漢子忽地勒馬道：「喂，董其心，你把那震天三式運功方法講出來。」

其心點點頭便滔滔不絕地說了起來，中年漢子屏息聚神而聽，聽了半天，只覺其心句句都是武學至理，頭頭是道，可是反來覆去繞著圈子說理，對於那練功法門卻是一句未提。

他瞧了其心一眼，但見他流暢地背述著，顯然是瞭然於胸的東西，再怎麼也瞧不出是在作僞，他正待開口發令，忽然腳步聲起，漫天銀光閃爍，直往他頭上罩下。

中年漢子雙袖一拂，雙掌發了出去，一時之間風聲大起，那漫天銀色細針，都像活的一般，一起轉了方向，倒往四周飛去，一個蒼勁的聲音道：「好厲害的劈空掌！」

人影一閃，從來路又走出唐瞎子來，那中年漢子臉色一變，斜睨其心，其心恍若未見，還在背誦那武學大道，中年漢子不發一言，身形一閃，迎空向唐瞎子攻到。

他這臨空一擊，在空中就換了數招，唐瞎子聞聲辨招，右閃左閃，招招都在間不容髮。

唐瞎子躲過三招，判斷敵人攻擊已盡，正舒了一口氣，忽然腰間一麻，全身軟了下來。

原來那中年漢子，雖只臨空一擊，可是一招之中包含了七八個式子，變招之速，真足以駭人聽聞了。

那中年漢子對其心道：「董其心，你去將他腦袋割下。」

其心正在背誦，他刷地拔出短匕，一步步走上前去，中年漢子雙眼瞪著他半點不放。

其心走近唐瞎子，舉起短匕，口中仍不斷背道：「氣出丹田，五心向上，納而歸肺，七孔皆張。」

那中年聽得一怔，不由叫道：「你再講一遍！」

其心短匕下刺之勢一慢，那中年漢子走近來，其心喃喃道：「氣出丹田，五心向上……」才說了一半，那中年漢子忽然道：「先殺了這廝再說！」

「納而歸肺，七孔皆張，就是這樣。」

他比了一個招式，足跟運勁，匕首往下便刺，身子剛欲轉動，驀然「噹」地一聲，他的手中匕首竟吃一物擊飛，他真氣下轉，全身力道都聚集腳下，硬生生將一個身子釘在地，沒有轉動一分。

那中年冷眼一看，原來遠遠來路上又跑來兩騎，一個如鐵塔般大漢挺直坐在馬上，他身旁那匹馬卻坐著一個如花似玉的少女。

那大漢高聲道：「劍下留下！劍下留人！」

他人未到，順手拋了一塊石子，十丈之外竟能將其心手中短匕擊飛，此人武功也著實驚人了。

那少女坐騎尚未跑到，口中早已高聲叫道：「喂，姓董的大……大哥，你瞧誰來了？」

其心漠然瞥了她一眼，那少女見他冷淡如此，又急又羞，臉上紅若朝霞。

那中年漢子冷冷對大漢道：「你就是馬回回了吧！」

大漢點點頭道：「正是在下。」

馬回回雖在數年之前和其心在莊人儀莊中見過，可是這幾年其心已由小童長成少年，身態自然改變不少，馬回回已然認不出來。

咐。

那少女正是甘青總督之女，其心呆然看著中年漢子的臉色，意思就是詢問他有無其他吩

唐瞎子自認必死，在生死一線之間，突然來了救星，而且是名滿西北的第一條好漢，他雖和馬回回不認識，可是心儀已久。

那中年漢子道：「聽說你在西北混得很不錯呀，手下有幾百名好漢，尊你為盟主，只聽你馬回回一句話。」

馬回回一聽摸不清他的底細，一時之間沉吟無語，那中年漢子又道：「其實西北武林都是魯夫莽人，根本就是烏合之眾。」

他此語大是輕藐，馬回回這數日受了少女一肚子窩囊氣，他涵養再好，也忍耐不住，當下冷然道：「盟主這稱號是好朋友送給我鬧著玩兒的，我何敢擔當？我馬回回雖是德薄能鮮，但也非那種眼短腹淺，目空一切的妄人。」

那中年漢子陰陰一笑道：「罵得好，罵得好！看你氣魄昂藏，確是一個好男兒，可是食古不化，唉，殺了你真如焚琴煮鶴，我心裡也自可惜，可是又不能不借你人頭一用，唉，可惜呀可惜！」

他自說自唱，好像已掌握馬回回生命，竟自口心相商起來，馬回回心中吃驚，氣反而消了下來，那少女卻忍不住了，她正想開口叱罵，馬回回已道：「閣下到底是何許人士？」

中年漢子忽然臉色一沉道：「這個你還不配問！」

少女怒道：「好大的口氣，喂，我問你，你是什麼人？」

她出生大貴之家，通常都是質問別人，此時自然流露出那種頤指氣使之氣，那中年漢子見她生得可愛，逗逗她道：「小姑娘，你父親是大官不是，瞧你身手矯捷，一定是將軍之女了。」

少女鼻子一聳，不屑地道：「將軍算什麼?哼!」

中年漢子道：「啊，那麼定是巡撫了。」

那少女冷冷看了中年漢子一眼，那中年漢子啊了一聲道：「那比巡撫還大，那麼一定是總督了。」

少女傲然不語，那中年漢子道：「啊!原來是總督千金，總督嗎?管個兩省便不得了啦!比起小官來是不錯的了，可是比起真正大官來，卻還只是個芝麻官兒。」

那少女大怒，半天才說出一句罵人的話來：「總督是芝麻官兒，可是要殺像你這樣的人，百把個倒是隨心所欲。」

那中年漢子哈哈大笑，馬回回見那少女認真的面孔，心中吃了一驚，原來這如花似玉的小姐，還是一個總督千金，難怪自有一番氣度了，她在甘蘭道上行走，只怕就是甘青安大人的小姐。

那中年道：「只聽說殺人的強盜，可沒聽說過殺人的官兒，喂，小姑娘，比總督還大的是什麼？」

那少女想了想道：「大概是什麼尙書之流了吧！」
中年漢子又說了一句道：「比尙書大的官呢？」
少女本待不理他，但忍不住道：「那就是丞相囉，喂，你問這個幹什麼？」
那中年漢子搖頭笑道：「還要大，還要大！」
少女氣沖沖道：「難道你是皇帝不成？」
那中年漢子臉色一正道：「正被你猜中了，你們既知我身分，更是留你們不得，也怨不得我手辣心黑了。」
那少女拍手笑道：「馬回回，這人原來是個失心瘋的漢子。」
馬回回注視著他，沉聲說道：「大丈夫行不改姓，坐不改名，何必鬼鬼祟祟，藏頭隱尾的像個娘兒們？」
他出言相激，那中年漢子尙未開口，倒激了那少女，她氣呼呼地道：「娘兒們又怎麼，馬回回，你說話留心點。」
馬回回不理，那中年漢子道：「我就是小姑娘猜中的了，我乃是當今……」
他正說到這裡，後面一聲輕咳，他忽然身子一轉一掌劈出，眾人眼一花，一個灰袍道人長身立在前面。
那中年漢子這一掌乃是蓄力而發，非同小可，可是就如石沉大海，也不知來人怎樣化解了，中年漢子心中大爲吃驚，臉上卻是不動聲色。

那灰袍道人打個稽首道：「各位施主請了，貧道想向各位打聽一個人，不知各位見著沒有？」

那少女問道：「是怎樣一個人？」

她見那道人年紀雖大，可是神態瀟灑已極，那灰袍一塵不染，更顯得仙風道骨，早就有幾分好感。

那道人道：「此人雖然出道江湖不久，可是在江湖上卻大大有名，眾人多半知道他的姓名。」

馬回回道：「北方武林在下倒還熟悉，道長只管請問。」

中年漢子冷眼打量那道人，心中狂跳不已，原來是此人到了，他一生之中，發招還從未被人順手破過，這人功力之高，真是不可思議了。

那道人道：「此人是個很……很年輕，很……很標緻的少年，姓齊名天心。」

四十　凌月國主

馬回回道：「原來道長問的是齊天心公子，齊公子俠行遍天下，上次在洛陽義救孫帆揚，一擲數十萬金，其實他與孫老鏢頭卻是素不相認，此事至今武林中人還津津樂道哩！」

那少女插口嗔道：「人家問你齊公子行蹤，你說了這一大堆話，卻都是毫不相關之語，有什麼用？」

馬回回苦笑不再說話，西北數百鐵錚錚的好漢，都肯爲他上刀山滾油窩，可是如果看見他們這位盟主，竟然受一個少女所制，真不知如何作想了。

那中年漢子素知馬回回之威望，目睹這情形也是稱奇不已，他見馬回回一臉無可奈何的樣子，心想難道這西北道上第一條好漢，竟然迷戀這少女不成？可是馬回回年過中年，比起那少女差不多大了一倍，兩人一個粗壯豪邁，不修外表，一個卻是嬌弱年輕，明麗似花，此事看來大不可能。

那道人見眾人不語，又打了個稽首道：「想來諸位也是不知，貧道這就告辭。」

他眼光一掃，只見地下躺著的唐瞎子，他昔年行走江湖，曾與唐瞎子有一面之緣，素聞此人是個血性男兒，當下心念一動道：「這位朋友和貧道相識，不知因何原因得罪各位，貧道斗膽，有個不情之請……」

那少女搶著道：「老道人，這人是他打倒的，和咱們可沒有關係。」

她指指中年漢子，那道人目光一轉，平視中年漢子道：「請教閣下高姓大名？」

中年漢子道：「在下是江湖上無名小卒，不說也罷。」

那道人道：「貧道斗膽，請閣下高抬貴手，放過這位朋友一馬。」

那中年漢子臉色陰暗不定，看不出他到底是答應或是拒絕，那道人臉色不悅，冷冷望著中年。

那少女忍不住道：「你到底準備怎樣，總要說句話啦！」

她畢竟是孩子心性，剛才其心冷淡不理她，她心中又氣又苦，可是現下道人和中年針鋒相對，說不定馬上便有好戲看，不由大感興趣，那悲傷之心已去了大半。

馬回回推了她一下，示意要她少說惹事，她卻狠狠白馬回回一眼，馬回回苦笑忖道：「你一個女孩家不在閨房刺繡女紅，終日在外拋頭露面，已是大大不該，又是如此好事，他回哪個男子娶你爲妻，可是有一輩子的苦頭吃了。」

那中年緩緩地道：「此人乃是在下深仇大敵，道長之命，恕難應允。」

那道人雙眉一揚，他相貌飛揚瀟灑，本就不像個堪破世情的出家人，適才長眉低垂，還掩不少風采，此時目放神光，鋒芒畢露，一時之間彷彿年輕了十歲，他冷冷道：「貧道生平從未求過任何人，這年邁之年血氣大衰，不再有與人爭鬥興趣，貧道再向閣下相求，懇請閣下高抬貴手。」

中年漢子道：「道長只管請便，在下也有個習慣，平生率性而行，絕不受別人支配左右。」

那道人哈哈一笑道：「後生可畏，來者難誣，貧道算是開了眼界了。」

他話音一頓，身子已如箭矢一般閃到唐瞎子旁邊，一伸手解了唐瞎子穴道，那中年漢子並不阻攔，待道人身子立定，雙掌一抖，一股力道如排山倒海般擊向那道人胸前。

那道人臉色一變，也是一掌擊出，兩股力道一撞，兩人互望了一眼，那中年漢子拖著其心上馬而去。

道人也不言語，反身去了，他才走出數十丈，忽然坐下身，雙目下垂調息起來，過了半刻，臉上紅潤已極，有如落霞天邊，隱約間還罩著一層青濛濛的雲氣，他口一張，吐了一口鮮血。

道人長舒一口氣，心中震驚已極，他不住忖道：「天下除了天魁天禽和我那不成才的弟弟外，誰人還有如此功力？我一時托大，竟幾乎吃了大虧，天魁天禽，雖和我齊名，可是我自信千招以外，或可佔得上風，那中年功力有如大江大海，似乎深不可測，我竟毫沒有把握，此人究竟是誰？」

他轉念又想道：「我那掌力可說是密無間隙，無堅不摧，可是那人力道怪異，竟能發出旋勁透入。」他忽然心一動喃喃道：「難道是那主兒來了？」

道人略一沉吟，往前便走。就在這時候，那中年漢子忽然身子一顛，竟從馬背上跌落下來。

他斷聲道：「董其心，快扶我到路邊林子裡去。」

其心下馬將他扶進林子，那中年漢子似乎氣力已盡，靠在樹上，臉色蒼白嚇人。

過了好半晌，那中年漢子這才回轉過來，他心中忖道：「我乘他輕敵之際，施出致命一擊，卻是未佔到半點便宜，我這五陰散手的劈空旋勁，原是近來才練得，本是持以問鼎中原武林時和天劍地煞對拚，此時不但露了底，而且看來並奈不何他，天劍真是名不虛傳。」

且說那少女安明兒眼見一場大戰竟然一觸即終，心中不由十分掃興，她又見其心騎馬遠去，這才想起其心並沒跟她說一言半語，似乎根本就不認得她一般，心中不由一涼，那藏在心中，自己編織似水柔情，美麗遠景，一時之間，都破碎片片。

她面色灰敗，再無那種高不可攀的神色，馬回回見她突然花容慘淡，他人雖不笨，但是一個魯男兒，昔年就是因爲不懂女子心情，造成一樁悲劇，這時見少女剛才還眉飛色舞，此時便淚光瑩瑩，更是摸不著頭腦。

馬回回道：「喂，安小姐，咱們走吧！」

安明兒搖搖頭叫道：「我不要走了，我不要走了，我什麼都完了。」

她叫著叫著，竟然嗚嗚哭了起來，馬回回更是奇怪，心想道：「不走便不走，這又有什麼好哭的？」可是他把柄抓在那少女手中，不敢出言相衝，只有好聲好氣地道：「別哭了，別哭啦！你有什麼難事，我馬回回替你解決便是。」

那少女聽別人柔聲安慰，更哭得傷心，她是少女情懷，初次看中心上人，雖只和其心交談數次，可是一縷柔情卻早有所繫，她家世顯赫，眼界自是高級，常人求之不得，可是其心對她一直冷漠，她愈想愈是傷心，像是受了天大的騙一般。

她這一廂情願的想法，只道自己如此，別人也當深情待她，哪知世上情感豈有常規？如果她年紀略長，也就不會如此了。

安明兒只是哭泣，那四川唐瞎子穴道早解，正在調息內傷，見她哭得傷心，真是柔腸寸斷，他雖瞧不見安明兒容貌，可是見她聲音如乳鶯初啼，悅耳已極，心想她一定是個絕色少女，不由先生了幾分好感。

那唐瞎子忍耐不住，叫道：「小姑娘，誰要欺侮你，我唐瞎子請他吃幾粒餵心毒的鐵蒺藜，包管他媽的直挺挺攤屍。」

他行走江湖，口上自然帶上幾句粗話，早已成了口頭禪，也忘了人家是千金閨秀。馬回回忍不住笑道：「你唐瞎子可沒有人敢招惹。」

唐瞎子唱了一個諾道：「多謝馬兄謬讚，適才若非馬兄相救，我瞎子已去見閻羅王！馬兄先受瞎子一拜。」

他邊說邊拜，樣子甚是滑稽，就像戲台上唱戲的動作一般，安明兒瞧得有趣，哭得慢了。

馬回回忙道：「小弟聞唐兄高義，只是無緣拜見，今日一會，真是幸何如之。」

兩人一說一搭寒暄起來，安明兒收淚道：「馬回回，我不要去中原了，我要回家去了，咱們就在此分別了吧！」

她臉上淚痕重重，聲音又絕望可憐，瞧著她那楚楚可憐的小模樣，就是鐵石心腸也會油然而生同情之心，大凡女子如是生得美麗，任人便會先讓她三分，若是加上哀哭之下，就只有任她爲所欲爲了！

馬回回道：「你要回蘭州總督府去？我也順路回去，便送你一程吧！」

安明兒堅決地道：「我不要你送，我一個人走，就是被虎狼吃掉了也好，反正這世上沒有一個人真的關心我。」

她說到這，眼圈一紅，又是哽咽不已，那唐瞎子也可算是天不怕地不怕的煞星，可是偏生聽不得女子哭啼，不然立刻便亂了方寸。

唐瞎子連忙搖手道：「小姑娘，只要你不哭，一切都好商量，你有什麼事，包在我老唐身上，唐瞎子雖然年老不濟，去殺個人或是跑跑腿，倒是俐落得緊。」

他口舌流利，而且機智多謀，可是一生不近女色，就和馬回回也差不多，對於女子心情是一竅不通，他說了一大堆話安慰安明兒，可是卻心中空空洞洞，一點把握也沒有。

馬回回也道：「世上沒有什麼事不好解決的，你只要說出來，何必悶在心裡？」

唐瞎子見機不可失，連忙湊上一句道：「常言道三個臭皮匠，勝過諸葛亮，你一個人悶在心中，不如說出來，大家替你想想辦法。」

安明兒沉吟一下，她心中連轉幾次，其心的模樣只是在眼前晃來閃去的，她心中不由歎口氣忖道：「我這一生是不能拋開他的影子了，難道我就如此輕易退下，讓自己終身痛苦不成？」

愛的力量使這純良少女智慧開朗了，她一時之間拋開了身分和羞澀，聽馬回回唐晧子這兩人一吹一唱，好像蠻有把握，心中不由怦然而動。

馬回回見這少女忽然低頭垂頸，眉梢緊皺，臉上紅暈時露，心中也不知她到底搗什麼鬼。女人心意變化多端，少女性子更如黃梅天氣一般，陰晴難測，這兩個大男人加起已有百多歲，可是卻是一竅不通。

安明兒心道：「他倆人又有什麼方法？我……已經不顧羞慚，幾次主動尋他，對他表示好感，他卻無動於衷，這次我東行中原，不也是爲了尋他麼？」

她想到其心的無情，心中不覺又是一痛，她脫口道：「講給你們聽也沒有用，你們都聽不懂，聽不懂的。」

唐晧子急道：「你沒講出來，怎麼便知道咱們不懂，不說馬兄智勇雙全，就是我唐晧子，也是三川五江跑遍過，不知會過多少高人，見過多少大場面，怎能說我不懂。」

唐晧子心感馬回回救命之恩，是以處處捧他，唐晧子性情激烈，別人如對他有恩，那他真是恨不得掏心相報，如果別人對他有仇，也如寒天冰水，點點心頭，永不會忘記的了。

安明兒忽然心念一動忖道：「人言智者千慮，必有一失，愚者千慮，必有一得，我卻試試看不妨。」

她抬起頭來，只見馬回回和唐瞎子都是一臉殷切之情，她一路上對馬回回多端要脅，此時反而真心關切自己，她不禁大感羞慚。

安明兒低聲道：「如果……如果有一個人，他……他全沒良心，你護他救他，以真心待他，他……卻是稀鬆平常，沒有事兒一般，這……這個怎麼辦？」

唐瞎子脫口道：「這種人豈可深交，你疏遠他不理他不就行了。」

唐瞎子這句話言者無意，可說中了安明兒心事，她臉一紅，只道這唐瞎子機靈，已瞧破她心事，當下厚著臉皮沉吟道：「可是……可是……這人是你很親……親近的人，你掏心肝給他，他卻忘恩負義……」

唐瞎子怒道：「對付忘恩負義小人，我倒有個頂乾脆的方法，我老唐一把鐵蒺藜，豈不是解決了嗎？馬兄你道如何？」

馬回回點點頭，安明兒見弄了半天，得到這種結果，真是哭笑不得，她心中不覺有氣，脫口叫道：「你們兩個都是大粗……大粗人，給你們說這個真是對牛彈琴。」

馬回回見她突然發怒，他忽然像發現一件大事一般，喜不自禁地道：「你的意思是那人是你親人，他雖爲惡多端，對你忘恩負義，你卻不忍心對他怎樣是不是？」

安明兒臉一紅點點頭，她心中卻想道：「那人見了我理都不理，怎能算是親人？」

馬回回想了半天，正色道：「爲了顧全道義，我想還是大義滅親，好教江湖上人欽服於你。」

安明兒又氣又笑，她知道和這兩人商量一定不得要領，便站起身來道：「感謝兩位好意，我要回家去了。」

她說罷頭也不回地往西而去，馬回回怔怔望著她的背影，這一個多月來，雖是受了她不少閒氣，可是細想起來，她天真調皮，可愛處比討厭處多得多，此時分別，竟會依依不捨。

安明兒愈走愈遠，風吹起她的布裙，更顯得那麼纖弱，馬回回心中忽發奇念，暗道：「如果我有這麼大一個女兒多好！」

耳畔唐瞎子叫道：「喲不好！和這小姑娘磨著，我那小兄弟只怕已和那中年惡漢走遠了。」

他慌忙轉身欲走，馬回回道：「那中年身旁少年你認得？」

唐瞎子道：「他就是昔年一掌斃了莊人儀的董其心！」

馬回回一驚，喃喃道：「原來是那孩子，數年不見，已然長大成人了，唉！歲月悠悠，我馬回回當真老了，連昔日救命故人也記不得。」

唐瞎子道：「馬兄珍重，只要我唐瞎子不死，他日馬兄有事，水裡火裡都少不了我唐瞎子一份。」

他說到後來，身形已在十丈以外，他是英雄行徑，雖是寥寥數語，卻是千金一諾，凜然氣概。

馬回回也高聲叫道：「唐兄珍重了，咱們一見如故，但有小弟效勞之處，千萬別不夠義氣，忘了小弟。」

他那粗壯豪邁的聲音在空中激盪不已，唐瞎子卻已行得遠遠了，馬回回忽然想道：「董其心昔年年才稚齡，已是功力高絕，如今數年不見，想是功力更強了，怎麼對那中年漢子唯命是從，那中年漢子胡稱他是什麼皇帝，不知到底是何底細？」

他轉念又想：「董其心和唐瞎子識得，他怎麼要殺死唐瞎子？一定是受那中年之命了。」

他正自尋思，忽然遠遠一個聲音叫道：「馬回回，你走了沒有？」

馬回回叫道：「安小姐，我在原處！」

過了一會，安明兒又跑了過來，她走近馬回回，忽然從袖中取出一物，交給馬回回道：「這個還給你。」

馬回回雙手發顫，伸手接過那卷陳舊皮紙，正是他師父血書遺書，心中激動不已，也不知是感激還是悲傷。

他半天才顫聲道：「安小姐，你心地純良，善惡自有分曉，絲毫不苟，你一定會得好報。」

他原是一個氣吞牛斗的好漢，此時竟說出這種祝福冥冥報應之言，實在是心中感激太深，一時之間露了真性，卻和常人一般了。

安明兒甚是感動，大凡英雄豪傑，往往將自己本性都隱藏甚深，如能見著他真性流露，那光景確是動人，安明兒喃喃道：「你卻不必謝我，這皮卷並非我搶到手的，我豈有這麼大的本事能打過冰雪老人？」

馬回回緊張道：「我一直以爲小姐女扮男裝，上次在林中搶了冰雪老人所持血書，想不到另有其人，那麼小姐你又從何處得來？」

安明兒道：「告訴你吧，這血書正是剛才那中年漢子身旁姓董的少年搶回，他一時大意，將此物掉落，被我揀著了。」

馬回回聽得作聲不得，心中忖道：「這東西對我何等重要，豈可隨意失落，如果是落在別人之手，那董其心少年救我一番心意豈不白費，總算老天有眼，落在這善良小姑娘手中，我雖受了她些閒氣，可是我豈能和小姑娘一般見識。」

安明兒忽道：「馬回回，我還有一件事要告訴你。」

馬回回一怔，安明兒雙目正視，正容說道：「這件事，我非告訴你不可，不然我憋在心難受得緊，我……我一直就不信你是這種人，你定是受了天大的冤枉。」

她堅決地說著，挺直的巧鼻不住往上聳，這是她習慣的對一件事加強語氣動作，馬回回這時真是激動得鮮血直往上湧，恨不得立刻爲她死去，他忘形之極，一手握住安明兒小手道：「你說的可是真話？」

安明兒正色道：「當然是真話，我假借這個把柄威脅你，其實我心中也並不舒服，我……我只是一個人走路，路途不熟，所以逼著你陪我。」

她愈說愈低，怯生生的，就像做錯事的小女孩，又害怕受罰，又不敢不說，馬回回心道：「瞧你這模樣，就是受了你天大之氣，我馬回回也只有罷了的份兒。」

安明兒說罷，便又回走，馬回回手中握著卷血書，一時百感交集，師父，師妹，往事像一場惡夢，夢醒了，一切都完了，剩下來的就是這如山深冤。

他忽然想道：「董其心兩次救我之命，他和那中年漢子一路，只怕是受騙上當，我豈能袖手不管。」

當下不假思索，快馬加鞭東行而去。

且說那中年漢子又調息了好一會，仍覺體內真氣不能運用自如，對於天劍的功力，更是心寒不已。

又過了好一會，這才和其心馳馬繼續前行，一路上穿過數個小鎮，來到一處大城鎮才要順官道進城，前面塵土大起，四騎迎面而來。

中年漢子眉頭微微一皺，那四騎已然奔近，突然一齊止住，四個異服少年齊齊翻身下馬，直挺挺跪在地上。

那中年漢子低叱道：「你們是作死嗎？這是什麼地方，還不給我滾起來？」

四個少年連忙站身起來，其中一個少年道：「稟……陛……稟老爺，師父就在前面市鎮之內，他老人家到處打聽您……老爺的行蹤，有要事報。」

中年漢子揮揮手道：「好了，好了，你們到了中原，想要偷襲少林，這個我老早得聞，要想偷襲，便得作周詳隱密一點，你們自己瞧瞧，這一身衣服，不是活招牌嗎，金南道真是愈老愈糊塗。」

那四個異服少年定眼一看，立在中年漢子旁邊的竟然是少年高手董其心，他們其中三人都吃過其心的虧，但是他竟和主人站在一起，真是大惑不解了。

那中年漢子道：「晚上叫你們師父來，我住在城東『東來仙居』。」

那四人齊聲應是，還得替中年漢子開道前行，只見那中年漢子臉色一沉，不敢多言上馬而去。

那中年和其心馳到城東，中年對這市鎮甚是熟悉，兩人在「東來仙居」落了店，吃過晚飯，二更時分，忽然窗外一聲輕輕擊掌之聲，那中年低聲道：「進來！」

來人正是西天劍神金南道，他向中年屈膝待要跪下，那中年揮手制止道：「師兄不必多禮，你有什麼事情要說？」

金南道想了想道：「上次我和天禽聯合攻打少林，想要先除卻武林主力，可是想不到卻發現一個天大秘密……」

他瞧了瞧其心低聲道：「此人據小徒說是中原罕見少年高手……」

中年漢子不耐道：「不妨事，你只管說下去。」

金南道道：「原來天劍董無奇隱身少林寺，束髮做了道人。」

那中年淡然道：「這個我老早就知道了，我路上還和他交過手。」

金南道原以爲這是天大消息，想不到中年漢子老早便已得知，他結結巴巴對道：「那……那天劍引開天禽溫萬里，我一人大戰少林三大高僧，衆弟子本來已破羅漢大陣，可是突然來了一個青年乞丐，拚命抵住缺口，我得天禽暗號知道不易得手，這便退下少林。」

中年道：「九大弟子都安好嗎？」

金南道道：「臣罪該萬死，臣無能，有兩名弟子被人下毒毒死，兩名被人在長安打死。」

他一急之下，忘了現下身分，又稱起臣來。

中年漢子神色一緊道：「林兒呢？今天下午只不見他，難道他遭了不幸？」

他目光炯炯，雖是神色不變，但臉上肌肉竟然微微發顫，金南道誠惶地道：「林兒他……他……」

那中年漢子一運氣，咔嚓一聲，桌角崩下一塊，他厲聲道：「他死了是麼？你……你照實說來。」

金南道漢文本就不太純熟，可是他知師弟醉心中國文化，對於梵文最是討厭，是以在他面前再也不敢說梵文，此時見中年發怒，他口舌打纏，更說得結結巴巴：「林兒……他……他……他……在洛陽……找一個……一個……青年女子。」

那中年臉色一緩，暗暗吁了口氣，他口中笑罵：「偏生林兒沒出息，他妻妻妾妾七、八個，猶自如此不安，練武的人如此貪戀女色，如何能臻化境。」

他雖是罵著，可是眉間充滿了慈和。金南道說道：「我本要派人護他，他卻說只要施些風流手段，天下就沒有不乖乖投入他懷抱的女子，人去多了反而壞了情趣。」

那中年道：「你說你大戰少林三高僧，那不死和尚是在坐關吧！」

金南道點點頭，中年漢子道：「你們這樣冒然一攻，幾乎破壞了計謀，我十年之前，便安排了一著棋子，到時候便見分曉，我尚有其他之事，等林兒回來，你便回到西域去吧！」

金南道說道：「我日前在鄭州殺了另一個武林少年的高手，此人神功驚人，為愚兄生平僅見，而且名滿武林，姓齊名天心。」

中年漢子一驚，心下忖道：「難怪董天劍下山尋他，他定是風聞此事，金南道無意中除了這個少年高手，倒是助益不少。」

他對中原武林，真可謂瞭若指掌了，齊天心和董無奇的關係，在武林之中，除了不死和尚等幾個少林高僧外，可說是絕無人知，此人竟知之甚詳，他處心積慮，謀取中原，真可謂無所不用其極了。

中年道：「天禽天魁他們只是利用我們牽制住天劍地煞，昔年天劍地煞兄弟反目，雖然原因眾多。但主要如不是天魁天禽從中撥弄，何以會兩人火拚？師兄你不可太信任他們。」

金南道點頭應是，中年漢子又道：「師兄，我知你好功心切，其實我一切都有妥善安排，說一些給你聽，你便不會懵懵沌沌的了。」

金南道凝神而聽，中年漢子道：「我十年前偽造了一面少林萬佛令牌，將少林當時最年輕高僧慧真大師制住，此事天下絕無人得知。」

西天劍神道：「難怪藏經閣四大高僧只剩其三，原來是師弟的計謀。」

中年漢子道：「少林萬佛令牌原是至上權威，持牌之人可以號令天下少林弟子，少林寺為了怕此牌弊病，所以每代都是掌門相傳。」

金南道插口道：「師弟用的那塊萬佛令牌，可是國中高大雕國手仿造的嗎？」

中年漢子點頭道：「高大雕仿造之術天下無雙，任何精細巧物，他只要瞧上三眼，第一眼看外形，第二眼看彩色，第三眼看文字花朵，便以終身不忘，仿造起來，維妙維肖，恰巧我又得到一塊和闐溫玉，和少林玉牌一樣，於是便帶高大雕赴少林拜訪不死和尚，他就攜在項間。」

金南道道：「那慧真絲毫不疑便受你命麼？」

中年道：「少林弟子一見玉牌，唯命是從，不得抗辨，那時慧真大師恰巧在武當訪友，我現出玉牌，便叫他劃地為牢，自囚於武當後山碧翠谷中，以十年為期。」

金南道吃驚道：「碧翠谷？師弟不是說過那是武當神聖禁地嗎？除了掌門死後骸骨送到谷內，弟子如果進谷，一定是必死之罪。」

中年漢子得意道：「慧真是少林高僧中年紀最輕之人，武功卻是最高，比起不死和尚，並不多讓，他年輕氣盛，我一再挑撥，他只道是師兄不死和尚嫉他才能武功，以莫須有罪名害他，當下理智盡失，再被我一激，便恃強進了碧翠谷底。」

金南道歎口氣道：「師弟你當年不過二十來歲，卻是如此多謀，安排下這條毒計，難怪師父常讚你是天才鬼才合爲一體了。」

中年漢子道：「我估量咱們須時十年，這才能羽毛長豐，所以以十年爲期，再過十天便是期限，到期我前往武當，將此牌遺留谷底，慧真此人天性偏激，他受此侮辱，定然不肯罷休，他揀到玉牌，定要往少林和不死和尚理論，那時兩塊同時出現，哈哈，少林寺還會不天翻地覆，還用咱們動手嗎？」

金南道佩服得五體投地，他知此事事關機密，師弟隱藏多年，這時才肯說出，便是怕自己魯莽，壞了大事，心中又是慚愧，又是佩服。他見其心怔怔站在一旁，似乎漫不爲意，他雖知師弟行事謹慎，可是這等大事，旁邊竟有人同聽，心中忐忑不能放下。

中年漢子道：「此人服了狼血草心智全失，唯我之命是從，他武功不弱，倒是一個有力工具。師兄，我昔年二十七八歲初入中原，定下此計，如果此子心智不失，他現下頂多不過二十歲左右，可是心機之密，比我當年尤甚。」

金南道不由咋舌不已，中年漢子又道：「武當周石靈如果得知禁地有少林弟子侵犯，這事關武當數百年威名，他又豈肯甘休，我等慧真一出碧翠谷，便向老周告個密，那麼意思可大了。」

他侃侃而談，屋子四周金南道早就布下了四個弟子，是以放心暢言，其心在旁站了很久，似乎甚是疲倦，便向另一間屋子睡了。

金南道恭身告退，中年漢子拍拍他肩道：「你好好坐鎮國內，咱們先世遭人陰謀，失位被趕出中原，這多年仇恨不久便要報復了。」

金南道神色興奮，他激動地道：「師弟不但是我國十數代之奇才，更是天下之真主，愚兄先在此預祝吾王成功。」

中年漢子道：「到時候文臣武將，由你自挑吧！」

金南道氣揚揚地退出，那中年漢子心中忖道：「先控制住中原武林，然後再擊殺朝廷大將，買通奸臣，將來軍馬入關，便如摧枯拉朽一般。」

他看看天色，口中喃喃地道：「我與徐學士約好中元節共聚北京，此去還有二十多天，目下眾事紛紛，必須日夜馬不停蹄，唉，金南道雖是忠心耿耿，卻是智謀不足，無法替我分勞，不知徐學士工作做得怎樣了？」

他心中沉吟，又叫其心招回金南道，命他將四個弟子留下，以供差遣。

這一路上他急於趕路，那震天三式並未再要其心傳授，心想只要將諸事辦妥，以自己功力之深，如果知道法門，最多只須一個月便可練成。

那四個弟子都遠遠跟隨著他，這日走到湖北武當，他命那四人投宿城中，自己帶了其心乘夜往武當後山而去，他路徑甚是熟悉，翻山越嶺儘是走的小路，走了大約兩個時辰，翻過一個山脊，便往一個谷中躍下。

他見其心行走得輕輕鬆鬆，始終能和自己保持距離，心中對這少年不由暗暗稱讚不已。

兩人翻到谷底，這碧翠谷地勢極爲隱蔽，黑漆漆的漫無星月之光，那中年漢子從懷中取出一物，只見前面一亮，一縷柔和的白光放出，竟是價值連城的夜明珠。

又走了半刻，來到一處巨大洞穴，那中年漢子陰陰一笑，又從懷中取出一物，輕輕放在洞口，其心藉著微光，只見那是塊玉牌，雖在黑暗之中，猶可見瑩瑩玉光。

那中年心中道：「明日慧真出洞，我計謀便成，明午我去找周石靈下盤棋去。」

他領著其心又循來路回去，心中充滿了信心和愉快，如果一個人處心積慮等了十年，眼看多年心願將臨，那心情自是喜歡，饒他是一代梟雄，也禁不住狂喜緊張。

兩人走到路上，已是明月西垂，將近四更，漸漸走近市鎮，那中年漢子忽然臉色一寒，其心順著他眼光看去，只見地下倒著兩人，已然氣絕多時，正是金南道四個弟子中兩人。

中年漢子一翻屍體，口中喃喃自語道：「七指竹，七指竹，難道是丐幫藍老大，藍老大和這兩人中任一人頂多伯仲之間，不可能有如此功力，同時斃了金南道兩個徒弟。」

他心中氣憤不解，忽見一具屍首衣襟上別著一張小紙條，他俯身一看，只見上面字跡龍飛鳳舞，筆力蒼勁，直透紙筆，上面寫道：「爲殺者戒」四個大字，中年漢子沉吟半晌，驀然想起一人，心中暗道：「如果那個老傢伙未死，又是一個麻煩，目下我也無暇尋他霉氣。」

他命其心將屍首抬到郊外去了，回到城中，那兩個弟子也不見回來，他處處謀算於人，想不到螳螂捕蟬，黃雀在後，自己窩中倒著了別人道兒，心中愈想愈氣。

直到天明，那兩個弟子才氣喘吁吁跑回來，他倆見到中年漢子，好半天說不出一句話來。

中年漢子問道：「你們到哪裡去了？」

其中一個人道：「弟子等本在屋中，被人引了出來，來人身手極高，弟子分頭追捕，走入山中，竟然迷失方向，天亮這才跑出來。」

那中年漢子沉聲道：「你們兩個師弟都被人殺了。」

那兩個少年一驚，站立不穩跌倒下來。中年漢子看看不早，手一抹臉，又罩上了人皮面孔，髮鬚皆蒼，一時之間老了幾十年，他哼了一聲道：「你兩個也跟了去吧，不要又被人宰了。」

那兩個少年見他面色不善，只嚇得心驚膽顫，大氣也不敢哼上一聲。

四人又往武當而去，走到山上，中年漢子只帶其心往武當純陽觀走去，他揮揮手示意那兩人在武當山前不要遠離。

他走到觀前，早有道童前來迎接，高聲說道：「方老施生來得正好，祖師爺爺正等著你下棋哩！」

他微微一笑，老態龍鐘，剛走了兩步，正要跨過門檻，忽然一止步道：「小道士，你師祖怎知我會來？」

那小道童一怔，臉上急得通紅，「方老施主」心中一凜，仍是邁步直入，忽然一隻劍子劈面砍來，那劍勢之疾，實是他入中原來所僅見，當下不敢怠慢，身子一偏，左移半步，呼地一聲，左邊又是一劍刺到。

「方老施主」雙腳微微一抬，身子已閃過左邊一劍，這兩劍都是施劍上上高手刺來，而且是暗中刺出，他卻能垂手閃過，絲毫不見狼狽之態，忽然一個蒼勁的聲音道：「好功夫，好一個『方老施主』，老道叫你騙得慘了。」

另一個沉沉的聲音道：「好老賊，若非上天有眼，我慧真豈不著了你的道兒，成了少林千古罪人。」

「方老施主」神色木然，只見武當掌門周石靈仗劍而立，那少林慧真大師，也是手持長劍，滿臉黑髯長鬚，幾乎把臉孔蓋住了大半，他幽居十年，顯然並未剃鬍。

周石靈一指長劍道：「你究竟是誰？你和貧道下了半年多的棋，原來是想引老道士上鉤的，是好漢的就報上名來，貧道劍下不斬無名之輩。」

慧真指著長劍道：「如非蒙面人前後示警，貧道將此事前前後後一想，再出谷找周道長，貧僧和周道長一對證，哈哈，原來都是一人，你冒充我師兄使者『雲中客』害我，又冒充『方老施主』想欺騙道長，惡賊，你好毒的計策，現在證據昭然，你還有什麼好說？」

原來慧真經過十年幽居，他最初幾年，自是咬牙切齒，那洞中又是暗淡無光，長夜漫漫，似乎就沒有個完，好在那自稱師兄使者「雲中客」在他入洞第二天，送來一大批米穀乾糧，那洞中雖是不見天光，可是乾燥有如北方黃土高原，鹽都結成巨塊，再也不會腐敗，是以慧真這十年來，還能不憂米食。

他起初心中只是充滿了仇恨，勤練武功，想他年出洞找師兄理論，後來內功愈來愈進，人倒漸漸謙和，那青年之浮躁天性褪去不少，這才能仔細分析此事，想起師兄慈愛天性，怎麼也不信會陷害他，可是萬佛令牌平日攜於師兄項間，日夜不離，這人持有此物，顯然又是師兄所命的了。

他卻未想到世間竟有如此聰明才智巧匠，能將此牌僞造得如此相像，少林弟子，如果不聽玉牌，不管有何理由，便是叛門之罪，是以他雖心生疑惑，終是不敢出洞問個究竟。

這回他算算牆間所刻痕跡，春去秋來，已是將近第十個寒暑，那外間花開花落，也不知變成何等模樣，師兄也不知尚在人間否？他進洞之時是個飛揚跳脫的年輕和尚，出洞之際，卻已是漸悟真諦的高僧了，而且武功到猛進之境地，決非在外間所能得到，而且最重要的，他無意中學得了壁間所刻武當神功。

他數數還有三天便是出洞之時，他看看四周，這十年黑暗生活，他已暗中視物有若白晝一般，心中對這一切反而有點依依之感，這洞中全是武當歷代掌門真人，他整日與白骨骷髏爲伍，心中頓悟世間一切皆幻，昔日那些爭名鬥氣，都看成雞蟲相爭的小事，心想出洞之後，只要能見師兄，就是他真的害自己，也便一笑置之了。

那「雲中客」十年前安排巧妙，他估計慧真定然恨極，這是他以自己性格判斷別人，如果他被禁十年，定然苦思報復，卻未想到人性多變，是以犯了一個大錯誤，反而成就慧真一番苦修，真所謂謀事在人，成事在天。

就在前夜慧真大師正待作佛門靜坐功夫，忽然腳步聲一起，他多年未聞人聲，心中不禁很是高興，忽又想到這是武當禁地，自己在洞中，犯了武當大忌，如果被發現多半要被迫動手，他心想難道這最後幾天竟不能竟全功，正自屏息而立，忽然白影一閃，一個蒙面人將一封書簡投在地下，轉身便走，那腳步聲漸漸遠去。

這書簡將此事說得明明白白，末尾要他燒燬，他心中這才恍然大悟，著了別人道兒，他暗暗一想，這十年如此冤枉，不禁爽然苦笑。

第三日他出洞依那書簡所說，果然找得玉牌，他此時再無疑心，上純陽觀找周石靈一談，兩人面面相覷，暗稱僥倖不已。

兩人爲再證實，這便安排下突擊之計，以試那人是否如東中所說，有鬼神莫測之功。那「方老施主」心中失望已極，他巧計整個被人識破，自己卻仍找不出半點漏洞，自思難道天意如此，自己大事真會不成？

周石靈道：「閣下身手俊極，定是個有頭有臉的英雄，可惜貧道見識淺薄，竟是不識尊駕。」

「方老施主」暴聲道：「周石靈你聽真了，寡人乃神武皇帝，凌月國主。」

他聲音宏厚，純陽觀何等空闊廣大，一刻之間四壁都傳到回音道：「神武皇帝……神武皇帝……凌月國主……凌月國主……」

那聲音此起彼落，就像是多人吶喊一般，助長聲勢。

他此言一出，周石靈驚得幾乎握劍不住，他定眼一瞧，那老態龍鍾的「方老先生」，不知已在何時變成一個昂藏中年，睨視觀中四周，氣勢就如君臨天下一般。

周石靈道：「原來閣下就是凌月國主，貧道真是看走了眼！」

凌月國主沉聲道：「一日為君，終生是尊，周石靈，你還不替朕跪下。」

他聲音雖低，可是威儀懾人，那慧真大師大喝一聲道：「區區蠻主也想到中原來撒野，真是太不自量力了。」

他這聲大喝，乃是佛門獅子吼，他功力深厚，立刻將凌月國主威勢壓下。

凌月國主見不動手是不成了，他正待搶攻，忽然想到一事，臉色一變，再也凝持不住，他回轉身來，雙道目光似劍一般直射站在純陽觀門口的其心，只見他臉上如平常一般淡然未改，森森的絲毫看不出深淺。

四一　兩門使者

周石靈道長也順著向外望去，只見那少年正是昔日在武當留住過的董其心，他知其心功力非同小可，已甚得地煞董無公真傳，倒是個好幫手，目下敵人實在太強，而且狡詐百出，為了中原武林，也顧不得以多勝少了。

他歡喜地大聲叫道：「孩子你真長大了，你到武當是來看貧道的嗎？來的正是時候。」其心理也不理，臉上毫無表情，周石靈當著純陽觀眾弟子面前，碰了一個如此大釘子，老臉真沒地方去放，竟然愣住了。

那武當第三代弟子，昔日都恨其心不好，這時見他當眾羞辱師祖，再也忍耐不住，一起鼓噪喊打，周石靈一怔之下，只見其心目光渙散，沒精打采，就好像行屍走肉一般，他心中一驚，連忙低聲吩咐他身旁弟子道：「叫芙兒來。」

凌月國主道：「你武當派是中原武林內家正統，朕本來無毀此名山名派之念，只須汝等聽命於朕，發揚光大，朕並不多管，如果一定要朕動手，這數百年來大派，就要毀於一旦，周石靈你聽真了！」

周石靈哈哈笑道：「凌月國主，你神功蓋世，貧道自度不是對手，可是你智者千慮，必有一失，你隻身到了中原，又縱徒爲惡，今日露了底細，中原武林還能容得你嗎？貧道不成，自還有強似貧道之人，任你千手千腳也是枉然，哈哈陛下，你是失算一著了。」

他雖是譏諷凌月國主，其實乃是自找台階，凌月國主心中一凜忖道：「周石靈這幾句話的意思，分明是要以車輪戰來圍攻自己，到底薑是老的辣，這招端的厲害。」

他雖不怕人多，自忖穩可脫身，可是想到功敗垂成，卻是百思不得其解，這時從觀內走出一個美麗道姑，全身雪白的道袍，更顯得人似美玉，一塵不染。

那道姑正是伊芙，她老遠便歡叫道：「其心，你看誰來了？」

其心搖搖頭道：「你是誰，我可不認識。」

從前其心幼時曾在武當住了一段時期，伊芙處處衛護他，這是武當上下眾所周知的事，此時其心竟然心地薄涼如此，連對待最好的伊姑姑也不認了。

眾小道紛紛破口大罵，周石靈這人天性無滯，對待弟子甚是隨便慈和，是以純陽觀中上下一片熙熙，這些小道吵架已慣，罵起人來甚是本事，有一個小道士叫道：「這……狗雜……這小子一定是喪心病狂，爲了富貴變節，認賊作父了。」

他本來脫口想罵「狗雜種」，可是忽然看到伊芙一雙厲害的眼光掃了過來，想起師祖就在身旁，連忙改了口。

他此言一出，眾道士都覺大是可能，對於其心大是不齒，要知武林中人最重義氣，背叛師門已被視爲大逆不道，更不用說是背叛中華，投身異國了。

凌月國主對那開口罵人的道士柔聲道：「小道士，你剛才說的，再說一遍可好！」

那小道士哪知天高地厚，仗著師父師祖都在旁邊，當下開口罵道：「我罵那小子認賊作……」

他尚未罵完，只覺雙頓一痛，也沒瞧清到底發生了什麼，口中一鹹，吐出一口大牙來。

周石靈在凌月國主問那小道士時，已然心存戒備，待凌月國主出手，他卻阻攔不及，天下之人在武當掌門面前出手傷武當門人的，只怕以他為第一人了。

周石靈又驚又氣，那慧真道：「欺侮孩子算什麼好漢！」

凌月國主道：「那你上吧！」

這時伊芙望著其心，其心仍然不理不睬，伊芙看見四方八面對其心射過來的眼光，都是輕蔑和不齒，她自幼愛護其心，此時仍是不能改變，她見其心多麼優雅一個少年，竟會跟異國人混在一起，眼見他觸犯眾怒，自己也無能再保護於他，心中一酸，流下淚來。

周石靈不再猶豫，他一起手便是武當劍法中絕招，他為人恬淡，數十年來對於武當劍法已然徹底通悟，可是像今日這種出手殺著，狠毒招式不禁，還是生平第一次！

凌月國主空手應戰，他掌力雄厚，有時竟能退歪武當掌教的劍鋒，周石靈施盡全身功力，卻是不能佔到半點上風。

凌月國主驀然叫道：「其心，你替我殺幾個武當小道士。」

其心彷彿精神一震，臉上萎靡之色大消，身子一衝，便往武當眾道士叢竄去，只見白影一閃，伊芙已擋在他前面。

伊芙柔聲道：「其心，你幹麼要跟這蠻子一路，你好好一個少年人，大家都很喜歡你呀！怎麼要自甘墮落，姑姑真爲你可惜。」

其心嘶聲道：「閃開。」

伊芙見他雙目發赤，她從小看待其心，是以心中並不會怕，她又道：「其心，如果你有什麼難處，或是這蠻主挾持你，一切都有姑姑替你作主呀，姑姑作不了主，還有姑姑的師父替你做主呀！」

她一心呵護其心，已然忘了其心上次救她脫險，功力比她何止高了數倍，這時還當其心是個孩子，這是女子天生忘我的母性。

其心只是不理，眾小道士叫道：「伊師姑你走開，咱們打死這忘恩負義的東西。」

其心有若瘋獅，他見伊芙阻攔於他，大喝一聲，呼地便是一掌，伊芙萬料不到他會如此，總算她是周石靈嫡傳弟子，當下猛往後縱，幾乎傷在其心手上。

其心打開伊芙，衝入眾小道士群中，他手起足踢，均是上乘武功，那些小道士如何是對手，片刻之間，便被他弄倒六七個。

凌月國主一邊應戰，一邊注意著其心，他見其心勇猛絕倫，心中大安，他是個極端自信之人，適才雖是懷疑其心，可是心中仍是不信自己看走了眼，他連施數計，這才毒倒其心，絕不可能被他混過。

周石靈眼見董其心痛擊武當弟子，心中真是又氣又急，董其心乃他生平救命恩人董無公之子，竟然和自己作對，最可恨的還是他不明大義，竟然認賊作父。

周石靈暗暗歎息：「地煞董無公一生被人冤屈，他不抗不辯，蒼天無眼，他唯一的孩子竟會如此下場？」

他心思一分，劍式微微一慢，凌月國主掌勢加疾，就在層層劍影之中，直逼過去。

周石靈飛快施出武當連環三快劍，挑削刺擊，一氣呵成，這三招劍式輕靈刁毒，兼而有之，凌月國主微輕一步。周石靈又板得平手。

伊芙只是流淚，那些小道士痛恨其心這賣國賊，雖是不敵，卻一個個勇氣十足，仆起相繼。

凌月國主是個千古以來的大梟雄，他雖自認自己所算決無差錯，決不可能是其心洩露，可是明明已是十分明白之事，他卻還要再加兩分肯定，當下他道：「其心，你可以相機行事，為師在東郊等你。」

他此言點明其心是他弟子，端的是狠辣毒計，江湖上對於背師重投的人都視為公敵，他這當面說出，一方面增加眾人對其心仇恨，又可試試其心真假，端的是一石二鳥之計。

其心點點頭答應，他這已表明是凌月國主徒兒，周石靈心內一涼，心神一疏，一劍竟被逼住。

高手過招，一式被逼，那便招招受制，要想佔先機，真是天大難事，三百招後，周石靈愈來愈是不成，攻勢完全被封住。

周石靈曾與天禽大戰過，雖然佔了下風，可是並未覺得對手如此高強，這凌月國主竟然招招先人一著，周石靈被逼住後退。

慧真大師驀然一聲大喝，他劍子一抖，點點銀星，直往凌月國主面前點去，這招正是達摩劍法中起首式「點點銀河」。

周石靈乘勢退下，他是一代宗師，雖已準備以多勝少，車輪戰這凌月國主，可是雙戰一人之事，卻是做不出來。

凌月國主見慧真大師劍招含威不發，當下掌勢一緊，硬生生踏中宮，逼身近了慧真大師劍圈之內。

慧真大師不慌不忙回劍一封，雖是極其平常招式，可是凌月國主攻擊盡數封回。

凌月國主心中一凜，慧真大師順著回封之勢一轉，忽然往前疾刺，凌月國主倒退半步，足踏不丁，左腿飛起踢向慧真右肘。

慧真大師見招先拆，劍式守多於攻，他多年只是一個人苦練，這次與人交手，起先招式竟是生澀不熟，百招以後，慧真大師達摩劍法愈施愈是凌厲，這「達摩劍法」原是天下中攻勢最強之劍法，凌月國主對此劍法甚是熟悉，可是像慧真大師如此高手，他倒是少見。

又戰了五十招，慧真大師招式愈來愈穩，他攻勢仍以達摩劍法爲主，守勢卻用了武當的柔雲劍法，更是天衣無縫。

凌月國主見對方妙招不斷施出，有的是少林絕藝，有的又是武當高招，兩者配合極是恰當，是以威力倍增，要知天下武功各有所長，各有其短，如能取長補短，那真是高手之風，威不可敵了。

凌月國主愈戰愈是心驚，對方出招中規中矩，已由燦爛趨於平實，任何一招普通招式在他手中自有威力，劍光閃爍，透出一種古樸之風。

凌月國主忖道：「這十年磨練，少林又多了一位不死和尚。」

他長吸一口真氣，內力暴增，招招力大勢沉，他畢竟是一代怪傑，這硬打硬拚了數十招，他又佔了上風。

凌月國主心想如果不顯點真功夫，今日只怕難以脫身，他招勢加緊，右手五指一張，彈開下劈長劍，乘勢雙掌一合一分，挾著兩股力道，直擊慧真大師周石靈兩人。

慧真大師運起內勁一揮，激起一股氣流，他回劍橫胸，劍身緩緩發出一股柔和之力，竟是達摩劍術中最難練成的般若功。

那周石靈也是平劍於胸，他兩頰酡紅，長鬚皆張，劍身卻是嘶嘶作響，發出了先天劍氣。

這四股力道一擊，周石靈、慧真大師穩穩立在地上，分毫未動，凌月國主連退三步，武當弟子一聲呼叫，忽然周石靈一個踉蹌，倒退數步，幾乎立身不穩，接著慧真大師也是倒退數步。只聽那凌月國主冷冷道：「武當少林不過爾爾，我要取爾等性命易若反掌，但念上天有好生之德，再給爾等一次機會。」

他說罷招呼其心，此時其心已被百數十個小道士團團圍住，他輕鬆如車輪轉動一般，周旋於人叢之中，忽聽凌月國主一聲呼喚，當下手足加重，打開一條路，正待向凌月國主走去，忽然伊芙又攔著他道：「其心，你好好走吧！儘管天下人都怪你罵你，姑姑總是護著你，你……你……好好……」

她說到後來，傷心得不能竟語，其心和凌月國主已然走遠了，耳畔忽然聽到師父沉重的聲音道：「芙兒，他自甘墮落，誰也管不了他。」

她看了一眼師父，只見他臉色灰白，閉目趺坐地下，那少林高僧慧真大師也是盤膝而坐，寶相莊嚴。

這時武當群道士見師祖似乎受了傷，都默然守在純陽觀大廳堂之中，周石靈一生親傳弟子三人，被凌月國來的蠻子在張家口殺掉一個，目前在身畔的就只有伊芙這個徒兒了。

伊芙知道師父和慧真大師正以上乘內功療傷，絲毫分心不得，她仗劍立在師父後面護持，心中緊張已極。

大廳中靜悄悄的針落可聞，可是伊芙卻是心波起伏不能平靜，其心小時候種種情形都好像在昨天一樣，忽然她臉上一紅，想起其心上次救他時，還像一個孩子一樣地懷抱著她，可是他身上已發出一股濃烈的男子氣息，竟令她羞澀之下，六神無主。

她正在胡思亂想，忽然周石靈、慧真大師一起吐了一口長氣，雙雙站起，她心中一鬆，歡喜得幾乎哭了，她問道：「師父，你不妨事了？」

周石靈沉重地點點頭，那少林高僧慧真大師道：「凌月國主奇功駭人，小僧從劍上發出般若神功，本來和他掌力相當，不知怎的忽然一股怪勁，直透小僧護身氣功之中，毫不受阻，周道長，這是什麼功夫？」

周石靈沉重的搖搖頭道：「便是貧僧的劍氣所發劍幕，也是阻攔不住。」

慧真大師道：「老僧這就返回少林，凌月國主既然親入中原，天下大亂，只怕就在眼前。」

周石靈點點頭道：「貴派掌門方丈見多識廣，說不定能知道這是什麼功夫，想法破解，不然中原道上，豈有人能和他對手？」

慧真大師合十作別，忽然想到一件大事，他正色道：「老僧無意中學得武當武功，老僧也知偷窺別門功夫，原犯武林大忌，只是老僧天性嗜武若狂，洞中寂寞，看到如此高深武功，心神俱醉，不由自主地學了起來。」

周石靈沉吟不語，他是武當掌門真人，少林弟子學去了本門功夫，的確是不能容許，慧真大師接著道：「道長不必為難，老僧只等中原大事一了，自會上武當聽由道長發落。」

周石靈面色穆然，他雙眉低垂，正在決定一件大事，過了半晌，他眼睛一睜，神光四射盯著慧真大師。

他緩緩向前走去，忽然雙膝一屈，跪倒在堂中所供武當開山祖師邋遢真人張三豐像前，武當眾道士見師祖跪倒，也跟著一起跪倒，慧真大師合十為禮。

周石靈緩緩地道：「祖師爺慈悲，少林弟子慧真大師，中計無意犯入禁地，又學了武當上乘功夫，可是他卻揭發了一件天大陰謀，救了武當一脈，弟子無能，只有求祖師爺慈悲，收渡他入了本門。」

他才一說完，慧真大師平和地道：「周道長，貧僧答應任你發落，如要貧僧叛離師門，歸入貴派，卻是萬萬不能。」

他語氣平和，可是卻如金石之音，堅定已極，那周石靈祝禱已畢，笑容滿面，好像了卻了一件心事，他對慧真大師道：「貧道豈敢要大師叛離師門，這是非常之事，豈能以常情度之，大師出身少林，卻又身負武當絕學，咱們不必拘束於常禮，何不替武林添上一段前所未聞的佳話？」

慧真大師不解他話中之意，周石靈正色道：「大師何不做少林、武當兩門使者？」

慧真大師一怔，忽然跪在地下道：「道長慈悲，小僧極是感激，只是此事關係重大，小僧還須稟告掌門方丈，自己不能做主。」

周石靈連忙扶起他，口中連道：「大師何必多禮，貴掌門面前由貧道修封書去，這是從權之舉，又是兩全其美之事，不死大師天生開脫，較之貧道有過之而無不及，他豈會不答應？」

慧真大師心想以周石靈之尊，師兄定會賣個面子，況且掌門師兄也是個不拘小節之人，他站起走前兩步，又跪倒在張三豐像前，口中祝道：「祖師爺慈悲，異日武當有事，弟子粉身碎骨以報。」

他此言已承認是武當門中之人。周石靈笑口呵呵，眾小道士歡聲雷動，有些小道士竟慫恿擺酒慶祝，純陽觀中日常小事，原由周石靈大弟子曲萬流掌管，這大弟子生性嚴厲，他一死，觀中更是自由。

周石靈見徒孫鬧得實在太不像話，他滿臉歉意地對慧真大師道：「真讓師弟笑話。」慧真大師一怔笑道：「師兄生性無滯，這才是修道人的本色。」

他急於趕回闊別十年的少林，當下告辭而去。世間就是這等奇妙，冥冥中似早有安排，少林寺中有一個長年寄住的道士，而武當又收了一個正宗的僧人。

兩門使者在武林中的確是前所未見，也虧周石靈一番苦心安排，成了這段武林佳話，多年以後，武林中人猶自津津樂道不止。

且說凌月國主帶著其心和兩個弟子繼續前行，他一路上愈想愈氣，總找不出一個原因，那日他在客舍中告訴金南道這件秘密，身旁就只有其心在，任他再是自信，可是多番思考之下，仍不得不對其心起疑。

他心中忖道：「難道是五毒病姑迷藥無效？」

他覺得此事極有可能，對其心更是注意，但卻瞧不出半點破綻，他靈機一動，一路上命兩個弟子到處行兇，都假以其心之名，靜觀其心動靜。

他知周石靈必定會通知武林各門，武當耳目眾多，不數日只怕自己潛入中原之事便要傳遍武林，他又戴上人皮面具，卻是一個年輕秀士。

他此行赴京，事關整盤計劃，他巧計離間之計無效，這最後一著更不能失敗，是以小心翼翼，命四人分道而行，暗中卻仍在監視其心。

他又行了數日，已入河北境界，這日過保定又行了一陣，北京城已隱然在望，凌月國主瞧著那莊嚴雄壯的城門，心中激動不已，他數次潛入北京，對這天子古都是一次比一次更爲嚮往，幾乎已到了不能忍耐地步。

他入京城，揀了一家大店住下，包了整整一個獨院，不久其心和另外兩個弟子都先後來了，凌月國主命其心留了下來，其他兩人在四周觀望可疑之人。

這天正好是中元鬼節，入夜以後，北京城家家祖祭先人，熱鬧非常，凌月國主站在樓台上，望著月已中天，寒光普照，但見萬家燈光，好一片昇平世界，心想不久以後，便能作爲此間主人，不由又向四周望了幾眼。

忽然一聲輕咳，他連忙下樓，室中已端坐一個人，那人頭巾戴得很低，掩住半邊臉孔，一身微服，像是個落拓書生。

凌月國主悄聲道：「徐學士真是信人，小王恭候佳音。」

那被稱爲徐學士的道：「這事說小關係老夫一家數十口性命，說大關係整個天下蒼生，老夫怎敢怠慢。」

凌月國主低聲道：「我那軍前統領，徐學士是否已安排在宮中了？」

徐學士道：「這著是最有效的棋子，老夫豈會疏忽，貴國軍前統領，已經由老夫保薦，做了皇上御林軍副頭領。」

他說話老氣橫秋，那凌月國主心中雖微微不滿，可是眼前這人辦事俐落老成，心中大為安心。

凌月國主道：「大將軍的事怎樣了？」

徐學士道：「吳元帥頗得軍心，他家對皇上忠心耿耿，世世代代都是重臣大將，老夫雖則多方設計陷害，皇主猶自不肯冒然處置於他。」

凌月國主道：「你再鼓動親信在京城中暴動數次，好歹也要把此人趕出北京皇帝身邊。」

徐學士道：「這個老夫省得。」

凌月國主道：「明天七月十六，聽說天子要祭天於郊，此事可真？」

徐學士點點頭道：「正是如此。」

凌月國主道：「明日百官必陪天子北郊，宮中定然空虛，你派人替小王將調派北京兵馬的兵符竊來。」

徐學士大大反對，他搖頭道：「京城兵馬都在吳元帥手中，天子發覺失了兵符，豈不打草驚蛇？」

凌月國主道：「小王只需讓一人瞧上數眼，便可還回兵符。」

徐學士沉吟道：「巧匠高大雕又來了北京？」

凌月國主點點頭道：「他上次便一直留在京中，並未隨小王返國。」

徐學士道：「這樣也好，老夫在京中多方佈置，只望陛下馬到成功，老夫……」

凌月國主插口道：「徐學士，可是用錢上有了困難？」

徐學士點點頭道：「老夫秘密佈置，開銷極是驚人，上次那二十萬兩已所剩無多。」

凌月國主接口道：「這個容易。」他從袖中取出一張銀票道：「這是三十萬兩，由你做主用吧！」

徐學士滿臉喜容，凌月國主忽道：「現在離發動期還有半年多，徐學士你好自為之吧！」

正在這時，忽然走廊上步聲一起，其心推開房門直走進來，徐學士臉色大變，又驚又怕。

凌月國主道：「這個是小王貼身護衛，徐學士休驚。」

徐學士不語。凌月國主道：「到時候，你先調開守城軍馬最好，小王羨戀北京文化，不願干戈攻伐，毀了這多年古都，是以請徐學士多多費心。」

徐學士應是，他眼光看著凌月國主，似乎意猶不足。

凌月國主是何等人，當下立刻知他心意，他忽見其心目光爍爍，便用密室傳音的功力道：「只須攻下北京，公卿王侯，任你選擇。」

徐學士附耳低聲道：「老夫在朝貴為大學士，與丞相也只是分庭抗禮，老夫佈置內應，所冒危險之大，陛下自應知道。」

凌月國主滿面笑容道：「大功告成，自以你為第一功，我與你長江秦嶺為界，劃地為王如何！」

徐學士道：「這才是老夫心意，老夫在此先謝陛下。」

他一揖到地，凌月國主只是微笑，忽見其心轉身欲走，他這人處處機會都不放過，當下對徐學士沉聲說道：「明日黃昏，小王先到雙條子胡同去襲殺吳元帥，好使大學士行無掣肘。」

那徐學士驚道：「什麼？陛下你說……」

凌月國主不住向徐學士使著眼色，徐學士老成深算，知道定有計較，便順口道：「陛下要多小心。」

凌月國主眼中瞧著背過身子的其心，口中連連答應著。

他這話原是信口而說，明日瞧瞧其心動靜，那徐學士告辭走了，凌月國主正待回房，忽然院中黑影起落，閃進三個少年。

凌月國主叫了聲道：「是林兒回來了嗎？」

那三個少年一齊上前拜倒，其中兩個正是跟來北京，西天劍神金南道的弟子，另一個年紀最輕，生得細皮嫩肉，姣好有若女子。

那最年輕的正是林兒，他身邊放著一個大大麻布袋，口中笑道：「師父，您老人家到北京來啦！真想不到在此地能遇見您。」

他對凌月國主似乎並不畏懼，笑嘻嘻地很是隨便，凌月國主笑罵道：「你這小子又跑到哪去胡天胡地了？莫要樂不思蜀，不想回去。」

那林兒道：「徒兒看上一位高貴小姐，這位姑娘真是天香國色，貌比幽蘭，徒兒只要了卻心願，回去一定遣散群妾，和她共同廝守一生。」

凌月國主哼了一聲道：「你每次弄到一個女子便如此說，爲師聽都聽得發膩了，你麻布袋中裝的就是那姑娘嗎？」

常言道：「知徒莫若師，知子莫若父。」他對這寶貝徒兒德性可是瞭若指掌。那林兒道：「這女子愈是貞節，徒兒愈是愛惜，好歹也要等她回心轉意。」

凌月國主道：「你不要胡鬧，如果你真心愛她，便趕快帶她回去，不然放了也罷。」

那林兒忽地打開麻布袋，露出一個如花少女來，凌月國主瞧了兩眼，也不禁暗暗稱讚不已，轉身走入內室。

那少女穴道被點，全身軟綿綿的。林兒手一拍，解了她啞穴。那少女睜開眼睛，看了看四周，便高聲叫罵起來。

林兒伸伸舌道：「好大的脾氣，莊姑娘，你難道還罵得不夠嗎？」

那少女罵個不停。林兒道：「好姑娘，小生著實愛你，要不然豈會絲毫不侵犯你？」

那姑娘罵得口乾舌枯，半晌忽道：「你把杜公公怎樣了？」

林兒道：「那個老兒嗎，我打發他幾個錢給遣走了。」

少女厲聲道：「你在撒謊！」

林兒看她滿臉疑霜，竟然被她鎮住，他歎口氣道：「我是怕你聽了傷心，那老兒不自量力要和我拚命，我一時出掌太重，真個打發了他。」

那少女心中痛極，反而流不出淚來，林兒柔聲安慰道：「我家富貴累世，我答應你一到家中，便將所有女子遣退，你……做個現成一品夫人豈不是好？」

女子哼了一聲，冰冷地道：「惡賊你休想如此？我……我已經嫁過人了。」

那林兒大吃一驚，走廊上其心眼角閃過一種深刻表情，立刻又被埋藏在沉沉的臉色中。

林兒哈哈道：「那老兒分明說你待字閨中，怎會出嫁了，小生經過女色可數不清楚，連一個黃花大閨女也瞧不出，真是天大笑話，小娘子你真會騙人。」

少女凜然道：「我的丈夫是個大英雄，大豪傑，他如果知道你如此妄為，不把你殺死才怪。」

林兒笑道：「我從河北追你到河南，好容易才追到手，就是天皇老子來了，我也不會放手。」

少女道：「他的名字叫齊天心，你可聽說過吧！」

那少年一怔，半晌說不出話來，那少女以為妙計生效，她嚇唬道：「如果你馬上放了我，我以後叫我丈夫不來追究你，」

林兒哈哈狂笑道：「我道是誰，原來竟是齊天心，小娘子，我告訴你一個消息，你可不要吃驚，就算你是齊天心的娘子，現在也是自由之身了。」

少女不懂問道：「你說什麼？」

林兒道：「你已成一個風流的小寡婦啦，齊天心被我師伯一掌打入萬丈絕谷去了。」

那少女原就心神交瘁，此時受此刺激，眼前一陣金花，又昏了過去。

黑暗中，其心臉色更加陰沉了。

那林兒又和他兩個師兄談了一陣，便負起少女，往屋內走去，他口中喃喃道：「原來竟被齊天心嘗了甜頭，我原惜她貞節，不忍強然下手，既是文君新寡，別是一番情趣，我何不乘機下手？」

他淫猥地笑了笑，經過幾徑弄堂，將那少女直負臥室之內，砰地一聲，關上了房門。

他將那女子放在床上，呼地吹滅油燈，突然大木櫃後，一個低沉的聲音道：「放開那女子，不然你死無葬身之地。」

林兒見敵暗己明，他是凌月國主唯一親傳弟子，功力非同小可，屏息凝神戒備，雙掌橫在胸前。

那聲音又道：「你放是不放？」

林兒冷冷道：「你到底是誰，弄什麼鬼？」

那聲音一止，忽然呼地一聲，漫天白茫茫向林兒灑來，林兒雖是戒備，可是摸不清到底什麼暗器，簡直多得遮住視線，他一怔之下，恍然大悟，忽然砰砰兩聲巨響，連忙閉住眼目，屏止呼吸，閃身床下，原來竟是整整一包石灰，灑得滿地滿室，他心中忖道：「如果暗中偷襲，自己雙目只怕難免受傷。」

他驀然想起，往床上一瞧，那少女已不知去向，前面兩扇窗子已被人打碎，看來這人多半是破窗而出，他一生之中如何受過這等戲弄，到手的肥羊被人搶去，一氣之下，也是躍窗而出，往前院躍出。

牆角黑暗中轉出一人，他面部包著黑巾，手中抱著那少女，又輕身入室，他不放心又點了點少女睡穴，將少女藏在床下。

他心中忖道：「任何人也不會懷疑莊玲又會藏在床下，我爲避免人疑，只有暫時放下她，目下情勢已達緊要關頭，我可不能功敗垂成。」

他緩緩又從前窗跳出，仔細察看後面窗子，那地下灑著一層薄薄石灰，上面淺淺印了兩個足印。

他心中一驚，再看看紙窗上有一個月牙小洞，他心中忖道：「能夠走近我十步之內不被發覺，除了那人還有誰？唉，莊玲偏生這時候被人捉來，真是人算不如天算，我一番心血可白費了。」

他轉念又想到：「我如不撒下石灰，一切行藏都被人瞧出了，還蒙在鼓裡，豈不是危機重重，目前一走了之，那是辦得到的，可是此事實在關係太大，可恨我適才外出，只聽了個尾，此事真相還是不能明白，如果不走的話，那真是時時刻刻都有殺身之禍，我到底該怎樣？」

他沉吟半刻拿不定主意，最後他心一橫忖道：「佛家說我不入地獄，誰入地獄？我就以全副智力應付這危機局面，多探一點消息。」

他拉下蒙面黑巾，走到凌月國主屋旁，傾耳而聽，只聽呼聲均勻，似乎已酣然入夢，心中不禁生出一線希望，如果那在窗外窺視的，不是淩月國主，豈不是好？

次晨淩月國主一大早便走了出去，中午時分回來，只見街上兵甲森嚴，一隊隊鐵騎軍士來回巡遊。

淩月國主心中雪亮，他不動聲色走回獨院之中，只見其心和幾個徒兒正在吃飯，見了他一齊站了起來。

淩月國主微微一笑，還是那種高深莫測的表情，其心低頭扒著飯，漠然地看著四周。

淩月國主心中不住發寒，他暗自忖道：「此子深沉得令人可怕，我一生自信，此時不能不對自己起疑，那狼血草我是親眼看見他吃下的，難道他早就發現了一切，用內力托住藥汁，我一轉背他又逼了出來？」

這時其心吃完了飯，又走進來，淩月國主靈機一動，暗暗想道：「你雖是裝得像，也中了我的計謀，就算昨夜你不出手救那小丫頭，今日你去吳將軍府告警，豈不也露了底，小賊呀小賊，你也是智者千慮，到底不是事事料中，目今之計，先騙出震天三式再下手除他，要他死得糊里糊塗。」

淩月國主此時已將其心視爲最強對手，絲毫不敢大意，半點也不露了表情。

其心在屋中站了一會又走了，淩月國主忽然叫道：「其心，什麼叫五心向上？」

其心緩緩走近道：「眉心、中心、掌心、肺心、腹心、是謂五心。」

淩月國主柔聲道：「那震天三式的口訣你背給我聽聽。」

其心滾瓜爛熟地背誦著，那每句四字，都是切合帶韻，念起那聲調錚錚，極是好聽，可是細聽之上，一句一招，竟是中原武林人人都會的五行拳譜。

這五行拳乃是江湖上跑馬弄猴的藝人所習，所謂花拳繡腿，施展起來有聲有色，卻是並沒半點威力，凌月國主對於中國文化可說是無所不知，連這下三門的五行拳譜也能聽出，真是中國通了。

他心中暗伏殺機，知道騙其心說出震天三式是不可能的了，其心愈背愈是流利，凌月國主心中殺機重重，臉上愈是專心凝聽。

「其心，你把震天三式再施展看看。」

其心依言而行，他呼呼施出這失傳絕學，一掌一掌劈出，他似怕凌月國主瞧不清楚，愈來愈是走近。

凌月國主牢記住兩式出招手法，他忽道：「還有第三式呢？」

其心驀然大叫道：「這就是第三式！」

他雙掌暴發，全身掌力往凌月國主身上劈去，震天三式是天下至強掌式，凌月國主萬萬想不到他會突然發招，一時之間，只有猛力倒竄，在地上滾了一個滾，只覺手臂一涼，衣襟寬鬆之處已被震碎！

他一定神，正待上前捉拿其心，忽然眼前一滯，平空生出一股極濃煙霧，其心已走得無影無蹤。

凌月國主跌足道：「這小子怎麼把五毒病姑的障眼雲也偷來了！」

四二　坎坷人生

凌月國主只覺全身發軟，他自許極高，雖然強如天座三星、地煞以及少林、武當掌教，他也並未引以爲真正敵手，認爲對方只是一介武夫，可以智取，卻不料會在一個少年手中，遭到生平未有之失敗。

其心在無可奈何之下，施出了「震天三式」，凌月國主實在太強，雖並未能偷襲成功，其心卻又逃過一次殺身之禍。

那日他僞裝中了迷藥，其實早就運氣將藥汁逼在食道之間，待凌月國主一轉身，他便一滴不剩全部退出，一路上跟著凌月國主，連續破壞了凌月國主的陰謀。

其心往荒僻之地走去，他心中並無半點自得之情，反而懊喪已極，心中不住歎息忖道：「我捨生冒死，便是要探聽凌月國主入中原之秘密，可是在這當兒，我卻外出不在，只聽了個無頭無尾，真是可惜呀可惜！」

他心想，如果莊玲不在這緊要關頭被人擒住，那麼此事焉會如此，自己繼續裝下去，豈不是將凌月國主海底全給探出？天意如斯，卻是無可奈何。

其心估量凌月國主在北京決不會久留，他想到莊玲猶在虎口，心中更是忐忑不安，也不敢遠離京城，便藏在城郊農村之中，等到第二日又潛回城內，立刻往客舍趕去，只見客舍空空，凌月國主師徒已然走了。

其心連忙掀開床罩，只見莊玲好好地昏睡未動，他心中暗叫僥倖不已，這床下櫃後，原是最普通隱藏之處，唯其如此，反而將智通天神的凌月國主師徒騙過。他哪知凌月國主爲盜禁城兵符之事，忙得不可開交，是以放過許多細節，只將兵符到手交給巧匠高大雕瞧了一眼，這便火速趕離北京。

其心抱起莊玲放在床上，輕輕拍開莊玲的穴道，他探探手脈，知她心神交瘁，身體大是衰弱，非靜養數日才能恢復，可是自己仍得追蹤凌月國主，此事端的爲難。

他見莊玲容顏憔悴，心知她這些日子一定吃盡了苦頭，東逃西躲，最後還是落在賊人之手，想到莊玲幼時何等的嬌貴，她如今受苦受難，皆是起因於自己出手殺了她的父親。

其心愈想愈感歉意，又瞧了瞧莊玲略帶焦黃的臉孔，那頭上秀髮散亂，風塵僕僕，心中突然感到無限憐惜，一橫心忖道：「目下一切都不要管，只先等莊玲好了再說。」

這時莊玲悠然醒轉，她無力地睜開大眼，眼眶下深深潤著一圈黑色，更顯得默默無神，她瞧瞧其心，開口想說，竟是無力出聲。

其心柔聲道：「莊小姐，你好好休養，壞人都被我打跑了。」

莊玲雙目失神地看著他，臉上一陣迷惘。其心忙道：「莊小姐，你並沒有受傷，只是身子略虛，養息幾天就會好的。」

莊玲點點頭，其心忽然想到她已一日一夜未進滴水粒米，連忙走到廚房，自己動手熬了一鍋紅薯粥，他雖是少年男子，可是從小便一向自理，對這烹飪做飯之事，比起女子並不少讓，那店小二見他生火淘米，流利無比，也便樂得休息。

過了一個時辰，那鍋中紅薯甜香四溢，其心盛了一碗粥上來，扶起莊玲坐直。莊玲四肢無力，其心只得一匙匙餵她，才餵了大半碗，莊玲頭一昏又倒在床上，其心見她虛弱無比，心想讓她多多休息，便輕輕替她蓋上被罩退出。

其心自己也不明白，爲什麼會突然對莊玲如此憐惜，他白天整天就不踏出客舍半步，只是細心看護，便是夜半夢醒，也忍不住輕輕推開一絲隔壁房門，遠遠望著莊玲安然的熟睡，感到無限的慰藉。

他烹調手段原高，莊玲元氣大傷之下，胃口極差，其心更是施展手法，將各種食物做得色香味俱全，只盼莊玲多吃，早日恢復體力。

過了幾天，莊玲漸漸恢復，她聽說齊天心遭了暗算，本想立刻便走，可是仍是四肢發軟全身失力，她極少開口和其心說話，其心心中內愧，兩人面對著常常一坐就是老久，其心心中暗自警告自己：「只要等她一好，我便要去追那凌月國主，此事關係天下劫數，我豈可逗留在此，誤了大事？」

可是他眼見莊玲臉色一天好似一天，心中還是不能放心，每天晚上都決定次日要走，可是次日又藉故再留一天，他心思細密，將莊玲照顧得無微不至，他自幼浪跡天涯，也不知經過多少奇聞異事，可是卻覺得這幾天用心照顧這嬌弱的女子，不但心安理得，而且實是生平未曾有之樂事。

這日他又正走往廚房，忽然聽到一個店小二道：「小李，你瞧瞧看，上房裡那個客人，人生得俊是不用提了，而且手腳俐落，比個小媳婦兒只強不弱，我老吳來來往往見過多少人，可說沒見過這等怪人。」

那被喚小李的道：「我瞧他氣質高貴，定是大有來歷，老吳，還有他那小媳婦呢，唉！我小李活了這大歲數，也沒有見過這等美人，娶妻如此，就是我小李也甘心情願服侍她。」

老吳道：「人家小倆口還是分房而睡，分明還沒有圓房，你可別信口亂說。」

其心怔怔聽著，那兩個店小二又談論他半天，最後結論是能夠嫁得如此郎君，一定是多生積德而來。

其心聽得作聲不得，可是心中又有一種強烈慾望，希望別人多說兩句，他是個善於克制自己而且極端理智的人，此時竟是六神無主，連廚房也不去了。

他漫然走回室中，只見莊玲一個人靠在床沿，支著頭呆呆出神，其心輕咳一聲，莊玲似若未聞，理也不理，頭都不轉過來。

其心沉吟一會兒道：「莊小姐，杜公公既被那壞人殺了，你病好了，一個人哪裡去？」

莊玲冷冷答道：「要你管哩！我又沒有叫你陪我在此，你愛走儘管走吧，誰希罕了？」

其心知她誤會了話中之意，他柔聲道：「我心裡雖是極願陪你，可是還有一件天大要事耽誤不得，不過你一人孤單沒個去處，又教人不安心。」

莊玲心想：「我孤孤零零，還不是你一手造成，你還假心假意。」她眼圈一紅，心中又氣又悲，怒道：「董大俠，你殺人放火，全不當一回事兒，你又何必裝腔作勢，可憐我一個女子呢？」

其心笑笑不語，他從就未存希望莊玲能原諒他之心，莊玲見他直挺挺地站在身旁，臉上淡然，也瞧不出他是怒是喜，這臉色她是頂熟悉的，雖是數年不見，可是那模樣依稀間和當年仍是半點未改。

她一時之間，幾句罵人之話竟是脫口不出。其心平靜地道：「你原可跟我一塊走，可是我此行無異自投虎口，生死連自己都沒有把握，豈能連累於你。」

莊玲也不細辨話中之意，只道其心又是在輕視她，當下忍無可忍，銳聲叫道：「誰要和你一起走，你趕快給我走得遠遠地，不然我可要用不好聽的話來罵你了。」

其心道：「你現在發脾氣也是枉然，咱們須得想個辦法，唉，我自幼到處流浪，也沒有一個去處。」

莊玲冷冷道：「是啊！是啊！杜公公見到一個孤苦孤兒，可憐他收容到莊中來，好心真是有好報，結果弄得家破人亡，連命也丟了，都是那孤兒所賜，都是那孤兒所賜！」

她愈說愈是激動，忍不住哽咽起來。其心心中雖不願再頂撞她，使她傷心難堪，可是有一事忍不住道：「那孤兒並不要你可憐，也不是孤兒，因為他還有父親。」

莊玲一怔，聲音更是冰冷：「什麼，小……小賊，你竟是有意到莊中去臥底的？那你一切都是早有計劃了？」

其心苦笑道：「若非迫我太甚，我豈會出手傷人，此事你誤會太深，說明白了你也是不會相信的。」

莊玲悲叫道：「你早就包藏禍心，乘我爹爹不留意下手，你還想混賴？」

她聲音尖銳，語氣中充滿了惡毒，其心心想多說無益，便不再分辯，莊玲心中更加認定其心是隱伏莊中，乘機行兇，她兩眼瞪著其心，恨不得立刻將其心殺死。

其心忽道：「你又該吃藥了，我替你煎去。」

莊玲冷冷地道：「從現在起，我死也不吃你煮的東西，你別想用這種方法籠絡我。」

其心道：「大夫說這劑藥是強心健脾的，你既已大好，不吃也罷了。」

莊玲哼了一聲，其心默然退出，到了吃飯時分，他又端了幾樣菜餚上來，放在莊玲房中桌上，莊玲連瞧都不瞧一眼，其心自言自語道：「餓總不是辦法，任是你一流好漢，鐵打銅鑄的身子，頂多也不過餓個三、五天。」

莊玲大怒，她一發脾氣真是個天地不怕的小老爺，一伸手將整個桌子掀翻，那香噴噴的菜餚四散，其心望了望莊玲，莊玲雙眉揚起，一臉挑戰的模樣。

莊玲道：「董大俠，你發火了吧！哼哼，你董大俠怎麼不敢殺人了，你有種便將我殺了呀！殺一個孤苦無依的女子，又打什麼緊？」

她不斷激著其心，就是要他發怒，她見其心愈來愈是柔順不動聲色，似乎對自己的憤恨視若無睹，心中如何能夠忍得下？是以放肆侮辱，竟將江湖上的粗話也用出來，其實如是真的其心發怒，她也是心虛得緊，毫無把握，只有聽任擺佈的份兒了。

其心只是沉吟，莊玲心中突突而跳，暗觀其心臉色好半晌，只見其心動手收拾地下殘局，口中喃喃道：「這上好菜餚如此糟蹋，豈不是暴殄天物嗎？」

他此言一出，莊玲只覺耳中嗡然一聲，兒時的情景一幕幕飛快升起，又飛快逝去，她想到小時候，自己初次向這人表示情意，這人卻裝得什麼也不懂，那一次也是一氣之下打翻了滿擔食盒，那一次這人不也是如此神色嗎？

就是這神色，莊玲曾經如癡如狂暗戀過，她見其心掃好地，悄然一語不發，往外便走，這時她心中真是千頭萬緒，幾乎失聲叫了出來。

其心暗暗跨出門檻，他忽然止步回頭道：「我想起一個主意，你既是齊天心齊公子的夫人，那一切都好辦了。」

莊玲一怔，其心又道：「洛陽帆揚鏢局之主孫老鏢頭，對於齊公子感恩極深，他在兩河南北極具潛力，別人絕對不敢輕易惹他，你此去投他，他一定待若上賓。」

莊玲本想不理他，可是到底關心齊天心，便問道：「那蠻子說的可是當真？」

她聲音發顫，顯然極是關切緊張，其心搖搖頭道：「我也是聽蠻子說的，齊天心公子何等功力，要打他下谷，那是談何容易？我也並不相信。」

莊玲心中沉吟，口中不由自主喃喃道：「他武功自是高強，可是人卻漫無心機，誰像你這種人，什麼壞主意都有。」

其心見她雙眉凝注，憂心如焚，他本人也對齊天心頗有好感，此時竟也受感染，心中忐忑不安，口中卻道：「我到江湖上打聽去，莊小姐，他為人雖天真，可是那身功夫卻是貨真價實，你放心便是。」

莊玲喃喃道：「明兒一早，我也要到江湖上去了，齊大哥萬一真遭了不幸，我……我……」

這時其心已悄悄走了，莊玲又支著頰，窗外一片暮色，煙雲四起，這客舍是北京有數大店，亭台水榭，佈置得很有氣派，齊天心瀟灑的風姿，那是世間少女所憧憬的夢中人，莊玲自也不能例外，可是眼前這魔鬼般深沉少年，卻在她心中愈來愈清晰，分不出到底是何情懷。

其心意興索然，他正被一個極大問題難住，身子靠在假石山上，望著西邊深紅雲霞，他心中一次又一次問著自己：「我見著莊玲，為什麼便會身不由己？我行事一經決定，從不猶豫，可是這次卻一再誤了行期，這是什麼原因？」

他轉念又想道：「我小時故意躲她避她，難道是假裝的嗎？我心中難道早就喜歡上她？」

其心愈想愈是迷糊，他是聰明之人，凡事都深入思索，對於一些人人皆知的簡單問題，有時反而惑然不解，他極端理智，雖在無意之中動了真正情感，可是不但自己不信，就連為什麼如此也不懂。

這時天已大黑，不知何時已是星辰滿天，其心想到明天又是孤身一人，萬里征程，又想到莊玲年輕貌美，單身行走江湖只怕危機重重，一時之間，竟覺胸中漫亂難理，空虛得什麼都不能容納，一陣涼風吹過，其心悚然一驚，莊玲屋中已熄了燈火，想是已入了夢鄉。

其心吸了一口真氣，屏除莫名雜念，心中暗暗忖道：「那凌月國主私會朝中大臣，只怕是心懷叵測，我人微言輕，就是去警告朝中大臣，也是無人肯信，目今之計，只有在暗中探看凌月國主行蹤，只是這四天耽擱，也不知他到了何處？看來只有西行去碰碰了。」

他盤算既定，上街替莊玲買了許多必備之物，又買了匹小馬準備作為莊玲坐騎，這才回房休息。

次晨一早，其心幫莊玲打點妥當，兩人用過早飯，其心微微一笑道：「莊小姐，咱們這便分手。」

莊玲瞧著他，只見他笑容斂處，眼角竟流露出一種淒涼絕望之色，好像是此去再也見不著了，其心平日何等鎮靜深沉，臉上永遠是洋洋自如，別人根本就無法瞧出他的深淺，這時竟露出人去樓空依依之色，那光景的確深刻，莊玲望著望著，眼淚幾乎奪眶而出。

其心見她並不上馬，便又說道：「此去洛陽道上安靜，你跟了齊天心齊公子，一定是永遠幸福，他不但人品俊雅，且富可敵國，天大的事，他也有力承擔。」

他神色平靜地說著，可是那話音中充滿了落寞，就像是年邁的英雄，沙啞地唱著古老的戰歌，平靜寂寞，在原野中漸漸消失。

其心說完了，他似無意的再瞧了莊玲一眼，又恢復了那種淡然的神采，他習慣地聳聳肩，轉身便走，走了不遠，忽然背後一個哭喊的聲音叫道：「董其心，董其心，你別走。」

其心一回頭，只見莊玲淚容滿面衝了上來，其心一怔站住，莊玲已投入懷中，緊緊地抱著他。

其心只覺鼻端一陣陣脂香，真令他神昏顛倒，他是初嘗情味的少年，心中又驚又喜，竟不知是真是幻。

莊玲只是哭泣道：「我怎麼辦？我怎麼辦？」

她雙肩顫動，哭得很是傷心，其心忍不住輕輕撫著她一頭秀髮，饒他滿腹機智，卻說不出半句安慰的話。

莊玲只覺得胸中有如亂麻，不知如何是好，她雖曾努力要使自己忘記這個殺父仇人，可是卻沒有做到，她和齊天心交遊甚歡，原想取代其心的地位，此刻她才明白，世界上萬物或可交換取代，但絕沒有一個能代替另外一個人的地位。

莊玲哭著哭著，情感漸漸發洩，她心中忖道：「我和齊天心交往，一見面便覺得他很是可親，原來是因爲他神色長得有幾分像董其心。」

其心沉醉在這柔情密意之中，暫時忘記了身外的一切，忽然懷中莊玲停止了哭泣，用力一掙，倒退了兩步，望著其心道：「你快走，我永遠不要再見你。」

其心神智一清，他想到這莊玲已是齊天心的娘子，自己怎的如此糊塗？當下喃喃道：「這樣分手最好，但願你一生幸福無比。」

莊玲道：「董其心，你別以爲我忘不了你，我……殺父之仇不報，你一定看不起我，好，我會漸漸使你看得起我。」

她唰地一聲，從馬背背囊拔出長劍，用力揮動了兩下，劍光在朝陽中閃爍，莊玲馳馬去了。

其心心中再無留念，從另一個方向走了，北京繁華文物，他並無半點嚮往，不一會走出城門，那至京的官道寬敞筆直，一眼望去根本看不到盡頭，其心只覺海闊天空，豪氣大增，這數日侷促於客舍之中，儘是兒女情懷，將自己一番雄心幾乎消蝕。

他不住向自己打氣，可是心中仍是闌珊，竟是欲哭無淚的感覺，他暗自忖道：「如果莊玲真的和我和好，那我不但壞了她的名節，而且齊天心豈能忍受，這樣的安排最好，我可不願和齊天心決鬥，尤其是爲了一個女子。」

他自我解嘲地笑了笑，雖是如此地想，可是心中卻彷彿失去了一種無與倫比的東西，那是很難，甚至永遠也彌補不起來的了。

他雖不願和齊天心爭鬥，然而世事豈可逆料，又豈能憑人力挽回？

其心只是西行，這日又走到河南地界，並未見凌月國主師徒蹤跡，一路上江湖上並無異狀，其心暗暗安心，知道凌月國主並未再在中原惹事。

他行到日暮恰巧到個大鎮，他才一入城，發覺身後有異，跟了幾個大漢，其心暗自戒備，走到街上，那幾個大漢，消失在人叢之中。

其心也未在意，他走到一家客棧投宿，那掌櫃打量了其心一眼，尚未待其心開口便道：「小店已住滿客人，實在抱歉，貴客另外找一家吧！」

其心見他臉色不正，似乎是含憤未發，其心心中奇怪，他天性不愛鬧事惹人注意，便又走到另外一家客棧。

他連走幾家，那些客棧都推說人滿，其心大是犯疑，這鎮上氣氛頗不尋常，分明是有人暗中操縱和自己作對。

其心眼看天色漸晚，心中暗暗焦急，他行了大半天並未進食，肚中也自飢餓，心想先吃飽再說，便往酒店走去，他連到幾家酒店，卻都是早已打烊，那掌櫃的也不在了，一些過路的行人，更是對他卑目而視，似乎十分瞧不起他。

其心暗暗稱怪，自己未到此城，怎麼會與城中人爲仇？他正自沉吟，忽然背後人聲嘈雜，其心轉身一瞧，只見一個五旬左右老者迎面而來，他身後高高矮矮跟了七八個漢子。

其心打量來人一眼，那老者劈口罵道：「你這忘祖賣國的小畜牲，今天叫你難逃公道。」

他似乎氣極，開口便罵，其心心中雪亮，知道凌月國主手下那幾個寶貝，不知又冒名造了多少孽，讓自己背了黑鍋。

其心知道解釋不清，索性不費口舌，當下淡然道：「瞧你一大把年紀，怎麼如此不知禮數？真是白披衣冠，枉自爲人了。」

那老者身後漢子紛紛喝打，粗言俚語就如狂風暴雨一般罵到，其心心中微微有氣，那老者道：「對待禮義上國之人自是講禮數，面對域外蠻狗，就如遇見瘋狗一樣，人人皆可誅之。」

其心道：「我敬你偌大年歲，如果再要不知深淺，可莫怪我出手得罪了。」

那老者揮手便打，其心只有出手，老者拳風凌厲，頗有幾分真才實學，其心試了幾招，恍然道：「原來是崤山派的高手，在下倒是失敬了。」

那老者出拳沉猛，攻擊連綿不斷，但見其心漫不經心應付，招招都被閃過破解，他知功力相差太遠，一使眼色，那七八個漢子一齊圍了上來。

其心不願久事糾纏，他掌力漸漸加重，招招就如開山巨斧，力道沉猛已極，那七八個大漢如何敢硬接招，其心東一拳西一腳，對方人雖多將他團團圍住，可是被他打得東倒西歪，險狀百出。

其心乘勢直上，他長嘯一聲，雙掌疾若閃電，身子也跟著快捷起來，那老者見敵人招式如穿針引線，盡往空隙之中擊來，他手忙腳亂地又閃又躲，也顧不得幫手下大漢圍攻了。

其心嘯聲方畢，雙掌貼膝，垂手立在場中，那些大漢，連他身形都未看清，便被他弄倒了一大半，其餘幾人呆呆站在一丈之外，只覺敵人神出鬼沒，不可思議，竟不敢再冒然上前。

那老者一揮手叫那些人將倒在地上的漢子扶起，頭也不回地退去，其心心道這人也算知機，如果再糾纏下去，只怕苦頭吃得更多，他心想這鎮中是不能住的了，人人都好像恨不得將他殺頭剝皮，便又藉著星光，夜行趕路，方走了不遠，後面蹄聲一起，一個大漢馳馬狂奔，不一會趕過了他，黃土的大道上，激起了一大堆塵埃，那背影彷彿就是剛才和他打鬥眾漢中的一個。

其心心中一驚忖道：「此人定是前程報信去了，這樣不死不休地糾纏著，自己雖是不懼，豈不誤了大事？」

他心想自己不再行走此道，這樣說不定便可避免許多莫名其妙的打鬥，他盤算已定，盡往山路小道走去，曉行夜宿，趕了幾天，果然再沒有遇到意外之事。

這回他走近商邱，這是他西行必經之地，他行到城郊，已是初更時分，前面是一大片林子，其心心想今夜不如先在林中過夜，明天一早趕快趕過商邱。他才走進林子，忽然一陣怪響，有若是千嘴萬舌鼓噪著，那聲音又低啞又難聽，在這靜靜的野外，真令人毛骨悚然。

其心暗佈真氣，忽然「拍拍」之聲大作，從林子深處飛來成千成萬烏鴉，月光下黑壓壓的根本看不清到底有多少，其心心中一鬆，釋然吐口氣，繼續前行，才行了幾步，他靈機一動忖道：「烏鴉棲息甚早，此時天已全黑，怎會群起而飛，難道林中來了大批人？」

他提高警覺，輕步疾行，如一縷輕煙愈走愈深，忽然遠遠人聲大作，其心從樹葉隙中定神遠眺，只見前面地勢突然開朗，黑暗中彷彿有座大廟聳立。

其心不敢大意，施展輕功繼續前行，又走了一刻，那樹木愈來愈稀，隱身大是困難，他忽瞧見前面有棵巨大槐樹，他身子一顫，躍身上樹。

他居高臨下，只見古廟前有塊平廣場地，場中數十個漢子席地而坐，四周點數支巨大火把，火苗燒得又高又旺，廟門前掛著一面大旗，上面繡著一鷹一舟，在風中展開飄揚。

其心定神一瞧，只見其中有一個漢子站立著，正在向眾人說話，夜風吹過，一句句都清晰傳入其心耳中，其心聽那聲音，心中一凜忖道：「怎麼會是他，他不在洛陽主持鏢局，跑到這裡來幹嗎？莊玲如去投奔他，豈不撲了個空？」

原來那站立著的漢子，正是帆揚鏢局孫帆揚，他沉聲道：「武當周真人已傳訊武林，凌月國主入了中原，要咱們河洛武林戒備，今天各地分局的老鏢師們差不多到齊了，好歹也要想個辦法抵擋。」

眾人齊聲道：「咱們唯總鏢頭馬首是瞻，一切都聽您老吩咐。」

孫帆揚緩緩地道：「那凌月國主早就有吞併中原武林之心，這也罷了，就恨在咱們中華上國，竟會有人甘心出賣祖宗，做他內應，此人功力頗高，對於中原武林又熟，他引狼入室，實在令人痛恨！」

其心暗忖道：「凌月國主目的豈僅中原武林，你們這些人見識淺薄，如果知道真相，成事不足，敗事倒是有餘。」

孫帆揚話一說完，眾人暴吼道：「咱們把那姓董的小子碎屍萬段，瞧瞧他心肝是怎生模樣？」

孫帆揚揮揮手，眾人立刻靜了下來，他沉著地道：「凌月國主行蹤隱密，一時也難以尋到，那姓董的小子的確是咱們武林害群之馬，如咱們一致對外，那凌月國主儘管是千手萬腳，也是無可奈何，偏生就有這種小雜種，喪心病狂，咱們目前先將此人除去，一方面作為賣身投賊的人一個警告，再者除去這個心腹大患，也讓凌月國主知道厲害。」

其心臉上閃過一絲憤怒神色，他心中暗道：「這孫帆揚出口傷人，他罵我也便罷了，豈能侮及我父親，他日有機會，一定要讓他嘗嘗厲害。」

眾人紛紛稱是，其中一個漢子道：「前天兄弟接到峭山大俠飛馬傳柬，那小子已入了河南地界，他西行必須經過此地，咱們只須在此以逸待勞便得。」

眾人七嘴八舌的商量起來，孫帆揚又道：「這姓董的小子一除，凌月國主對於中原武林不會再瞭若指掌，那時咱們以暗擊明，形勢上先佔了許多優勢。」

其心忖道：「凌月國主對於中國一切，早就瞭然於胸，如果他像你們一般見識，後知後覺，豈敢染指中華了。」

這時從廟後又走出一個大漢，他身材又高又大，嗓子更是宏亮，他走前向孫帆揚行了一禮道：「總鏢頭，丐幫有回信來了。」

孫帆揚笑著連道：「楚副鏢頭辛苦了，兄弟在此先謝過。」

那人正是帆揚鏢局副鏢頭無敵神拳楚顛，他忙道：「總鏢頭仁心俠行，從來只為天下憂，不曾管過自己，小弟跑趟腿又算怎的？」

孫帆揚問道：「丐幫藍幫主他說怎樣，他答應和咱們結盟，共同應付這武林大劫嗎？」

楚顛沉聲道：「藍老大避而不見，他只派了一個丐幫弟子回答小弟。」

孫帆揚怒道：「什麼！藍老大好大的架子，他既未將你看在眼內，顯然對我帆揚鏢局也瞧不起，他說了些什麼？」

楚顛道：「那使者只對我說：『若非藍幫主親眼看到，他是絕對不肯相信董其心做出這等賣祖求榮之事。』」

孫帆揚道：「武當周真人難道會瞧錯了不成？」

楚顛道：「小弟當時也忍氣將其中原委告訴那丐幫弟子，那弟子並不在意，只是搖頭不信，後來他起身告辭，走到門邊又停身說了一句話，實在氣煞小弟，如非總鏢頭一再叮嚀，小弟幾乎想動手教訓那廝，挫挫他丐幫銳氣！」

孫帆揚沉聲道：「他說什麼？」

楚顛氣憤道：「那使者回頭緩緩道：『就是咱們藍幫主親眼看到，他還是絕對不信。』」

他此言一出，樹上其心只覺心頭一熱，藍大哥那種千金一諾古俠士之風，那種鐵肩承擔萬事的勇氣都浮了起來，那孫帆揚自是氣憤填膺，眾鏢頭鏢師也是忍無可忍，大罵藍文侯不夠義氣。

孫帆揚道：「既是如此，丐幫分明也變了節，藍文侯想不到是如此卑劣小人，他僞裝行俠仗義，到頭來仍是氣節全無，不知凌月國主用什麼法子籠絡他？」

他話才說完，忽然林中一陣暴響，閃出一個中年漢子，他大步走向孫帆揚，高聲說道：「孫總鏢頭你信口雌黃，背後道人長短，算哪門子英雄好漢？」

孫帆揚冷冷道：「啊！原來是白三俠來了，閣下來得正好，咱們可以交代個一清二楚。」

白三俠沉聲道：「你說我丐幫變節，咱們自藍大哥接掌以來，這十幾年咱們兄弟但知直道而行，義無反顧，你在此胡言亂語，豈不是存心和咱們過不去嗎？」

他語氣漸漸嚴厲，孫帆揚大是不耐，怒道：「你丐幫不識大體，硬要幫董其心那賣國賊子，就算姓董的對你丐幫有恩，豈可以私妨公，不然就是丐幫甘心助逆，也被蠻主收買了。」

他此言再無回轉餘地，白三俠刷地拔出寶劍，月光下劍子森森而顫，孫帆揚冷冷道：「別人怕你丐幫勢大，老夫又豈會怕了？」

他忽地也拔出金刀，背後那些鏢師眼見丐幫中人如此恃強，早有幾個年輕氣盛的指名叫戰。

白三俠微微向後一退道：「古老四，咱們畏懼人多嗎？」

背後林中樹上呼地又跳下一人，孫帆揚在此主持帆揚鏢局秘密聚會，別人隱身近側竟未發覺，他老臉一紅，心中又急又氣。

古老四道：「就是千軍萬馬在前，咱們不也是照幹嗎？」

孫帆揚一揮金刀道：「你兩個人一塊上罷，免得老夫多費手腳！」

他原非口舌輕薄之人，可是只覺丐幫欺人太甚，是以針鋒相對。白三俠道：「咱們丐幫向來以少擊多，怎會在此壞了老規矩，你只管放心，在下接你高招便是。」

兩人面對面凝目而視，眾人自然退後數步，場中空了一塊，白三俠一生何止數百次苦戰，他雖知對手極強，取勝之機渺茫，可是心中仍是半點不懼。

其心大爲緊張，這兩人爲自己爭鬥，丐幫兄弟是不用說的了，和自己情分極是深長，就是子母金刀孫帆揚，也是正人好漢，任是誰人傷了，對於北方武林都是個大大損失，自己如果冒然現身，不但不能解釋清楚，反而必定引起一場混戰。

他沉吟無計，忽見白三俠劍子一抖，帶起一朵銀花直擊過來，孫帆揚反手一刀，砰然一聲，兩件兵器激起火花，在黑夜中分外刺目。

其心見他兩人一上來便用硬拚打法，心中更是焦急，兩人兵器一分，各退半步，白三俠只覺臂間發熱，心中暗驚不已。

忽然遠處傳來了一陣的篤篤之聲，場中兩人都不敢分神，楚顛連忙走近林中觀看。

孫帆揚金刀展開，他一上來便用內家玄玄刀法，這刀法也是失傳之技；白三俠功力深厚，劍走輕靈，運足功力和他搶攻起來。

忽然林中楚顛高聲呼道：「四川唐大先生到！」

孫帆揚心中一喜，只見唐瞎子手持長杖點打而來，他行走平路原來不需竹杖，可是翻山穿林，卻非藉枴杖而行不成，唐瞎子以耳代目，他一走出林子便道：「孫鏢頭，我唐瞎子千里迢迢被你著人喚來，你卻和人打鬥，這是待客之禮嗎?好好好，看我唐瞎子薄面，兩位先住手再說。」

孫帆揚陪笑道：「唐大哥，罵得對，小弟知罪了。」

他邊說邊退，收刀而立，白三俠因丐幫上次在莊人儀莊中，搶救姜六俠脫難，得助於唐瞎子之報，是以也不好意思再打。

白三俠道：「唐兄別來無恙，敝幫藍幫主久想拜見言謝，只是百事相纏，強脫不得身來。」

唐瞎子道：「原來是白三俠，好說好說，江湖上誰不知你丐幫一個個都是仁人志士，濟人若溺，終年馬不停蹄，我唐瞎子好生佩服。」

白三俠道：「唐兄忒謙。」

唐瞎子忽道：「我瞎子原在漢中開棺材鋪，暗自查看那毒害江湖好漢的主兒，後來有事東來，一路上並不放過可疑之人，直到孫兄相召，這才匆匆趕來，孫兄金刀是北方武林一絕，多我一個瞎子又有何用，我瞎子一想，孫兄多半已是發覺了下毒之人，唐門弟子在毒中打滾，孫兄自然想到我瞎子了。」

孫帆揚忙道：「唐兄一身功力，小弟如何敢看輕了，唐兄猜得不錯，這下毒的主兒已入河南境界，三天之內，毒死十幾條好漢。」

唐瞎子緩緩道：「我最近幾天發現許多蛛絲馬跡，這下毒之人手法既狠，行事又極端隱密，絕不留下活口，唐瞎子想遍了腦袋，也想不出中原有此能人！」

白三俠插口道：「難道又是西域凌月國來的？」

他原是任意猜臆之語，誰知唐瞎子大聲道：「正是如此，我瞎子前天在一處深山中，發現了一樁無人敢信的大事。」

他歇了口氣，眾人都拉長耳朵靜聽，要知近一個月北方武林中人暴斃之事，每日總有數起，人人都自不安。

唐瞎子道：「那千毒翁老勝竟然被人毒死荒山之中，我瞎子心中一驚，仔細一想，原來竟是此人來了，我竟會想不起來。」

眾人齊聲問道：「這人是誰？」

唐瞎子道：「西域五毒病姑。」

眾人臉色齊變，比聽了凌月國主更不知驚恐了幾倍。唐瞎子道：「既是孫兄相召，我瞎子好歹也要鬥鬥她。」

唐瞎子用毒之名雖是無人不知，可是那五毒病姑幾十年前入了一次中原，幾乎造成武林大亂，此人名氣實在太是驚人，眾人對唐瞎子並未有多大信心。

白三俠似乎還有急事，他向唐瞎子告別，又對孫帆揚道：「你辱罵我丐幫，異日自有人找你，你如不能有所交代，嘿嘿，管你帆揚鏢局分遍天下，也叫你冰消瓦散。」

他說完也不等孫帆揚開口，手一抖長劍插入身旁一株槐樹之上，和古四俠揚長走了。

孫帆揚手臂運勁，力透掌心，輕輕拔出長劍，振臂一抖，那劍子齊腰而折。

名揚北方的子母金刀孫帆揚，將斷劍順手拋去。其心心中忖道：「丐幫又和孫帆揚結了死仇，我要如何化解？」

唐瞎子弄不清楚到底是怎麼回事，孫帆揚簡單地說了一遍，只見唐瞎子也是神色一變。

孫帆揚道：「唐兄你看看丐幫是不是欺人太甚？」

唐瞎子道：「此事只怕其中尚多可疑不明之處，我老唐出手去和五毒病姑鬥那是義不容辭之事，如要我和小兄弟作對，莫怪我唐瞎子反臉無情。」

他斬釘截鐵地說著，其心又是一陣激動，他和唐瞎子不過見過幾次，上次中了「南中五毒」，蒙他出手相救，此時唐瞎子對自己又如此信任，真不知要如何報答他了。

孫帆揚冷冷道：「那麼唐兄只管自便，咱們也不敢留下大駕。」

唐瞎子脾氣暴躁，他反唇相譏道：「你別以為我是奉召聽命的，我唐瞎子不過為了鬥鬥那自命天下無雙的五毒病姑，這才巴巴跑來。」

孫帆揚道：「那更不敢勞動大駕，就是不借唐兄之力，那五毒病姑又豈能奈何我們？」

唐瞎子怪笑一陣道：「老孫你不用激我，我唐瞎子好容易找到這等對手，豈會輕易放過，哈哈老孫，不是我唐瞎子誇口，這弄毒下藥的玩意兒，我唐某人還有點小小把握，如我唐瞎子不成，就是中原生靈活該倒楣。」

他此言雖狂，其心親身經驗過他解毒本事，是以並不覺得他在胡吹，只是想到五毒病姑詭計多端，手法神出鬼沒，不禁暗暗為唐瞎子捏把汗。

唐瞎子又道：「三日之內，我瞎子必和五毒病姑見個真章，如果瞎子命大，自會通知你老孫一聲，不然大夥兒可要特別當心了。」

他冷冷說完，又持杖而去，孫帆揚原想就帆揚鏢局的力量，聯絡北方最大力量丐幫，再加上唐瞎子的本事，聲勢自是浩大，心想那凌月國主雖是厲害，也可無懼於他了，卻未想到不但丐幫藍老大大反常情，不肯爲拯救武林盡番心意，就是唐瞎子也是維護那賣國賊子董其心，真是百思不得其解。

他心中失望，領著各地鏢頭鏢師走了，其心這才躍下樹來，找了一處乾淨地方，靠著一株大樹睡去。

次晨一早，他走過了城鎮，趕緊地往西而去，走了半個時辰，前面山坡起伏，已然走入山區，那山徑漸漸崎嶇，而且愈來愈是險惡，其心忖道：「古人說一夫當關，萬夫莫敵，只怕就是指這種地勢，如果半山腰站上幾個人，用硬弓強弩一封，端的是網中之魚，怎麼樣也逃不過劫數。」

他正在邊想邊走，前面是個急彎，一眼望去，只是茫茫深淵，山彎那一邊卻看不到，他才一舉步，驀然頭頂上呼地一聲，其心往山巖邊一貼，一隻箭矢疾飛而過，好半天才落到遠遠山谷之中。

山腰裡忽地出現十幾個漢子，人人都是佔據險要，手中握著硬弓，對準其心立身之處。其心知此時形勢千鈞一髮，自己雖有上乘功力，可是在此處卻無施展餘地，看來有人早就算定自己必走此路，在這險惡之地下埋伏了。

其心忖道：「如非乘機閃過這個山彎，今日便要在此活活被困，成了箭靶。」

他知不能再考慮拖延，當下貼著山壁直縱過去，那山腰眾人一聲吶喊，箭矢如雨般射了下來，其心緊貼山腰，藉著幾塊突出大石作掩蔽之處，連縱數次，已然走近山彎，身旁破空之聲不絕，只要他身子一露，那麼從高處發出箭矢，饒他功力通天，也是必死之數了。

他默察地勢，從這最後掩藏之處，離那轉彎之處還有十丈左右，卻是一無藏身之物，憑他功力，這十餘丈之程，中間非落地一次，如果就在這身形起落之間，山中突然萬箭齊發，他連閃躲餘地也沒有。

其心沉吟著目下形勢，這是唯一一條死中救活之路，只要轉過山彎，那些人便再射不到自己，可是能否安然度過這段路程，他心中卻漫無把握。

那山腰裡的人停止了箭矢，四周靜悄悄的只聞山風颯颯，其心白皙的臉更加白了，額角也沁出汗來。

他從不做沒有把握之事，目下雖在緊要關頭，仍是冷靜地要想出個萬全之計，忽然靈光一閃，他心中忖道：「這樣雖也危險，但成功之數總比較大些。」

他不再猶豫，突然雙足一登山麓，一個身子疾如箭矢竟向千丈深淵飛去，那山腰眾人萬萬想不到他會如此，略一沉吟，其心驀然在空中打了個圈，身子又平飛回來，兩手攀著絕壁邊上，整個身子都懸在空中。

他此舉大出眾人意料之外，眼前他身子被巖壁所遮，成了死角，只有一雙手露在山徑上，眾人眼看甕中之鱉竟然逃過埋伏，氣憤下紛紛往那雙手射來，想要逼他墜崖。

眾人之中頗有高手，那箭矢又準又疾，其心不敢大意，雙手一鬆，只留雙手食指勾住身體，緩緩前進。

他這目標大為減小，上面之人再也奈他不得。其心小心翼翼地移動身子，他估量已到彎曲之處，正想翻身上路，頭才一抬起，忽然呼地一聲，一把長劍迎頭削來。

其心頭一縮，他內功精湛，反應極是迅捷，竟是後發先至，比那劍子快了半分，閃過這出其不意的一招。

他心中驚愕緊張，如果適才頭再抬高半寸，那麼縱是天大高手，也難逃破腦之危，他長吸一口真氣，突然劍子又砍來，這次卻是攻他雙指。

其心心知間不容髮，他足下一點一塊突出岩石，暴然長身，竟是迎劍而來，眼看劍子離肩半寸左右，他瞧得清楚，右手兩指一夾劍尖，運勁一拉，劈手奪過劍來。

他身子站定，只見山彎這邊地勢較寬，可是惡峰孤立，怪石嶙峋，卻是寸草不生，形勢更是險惡，山路站著五六個人，都是仗劍而立。

他這幾招精妙之極，真是一氣呵成，那適才用劍攻擊其心的是個老者，他雙目盡赤，劍雖被其心奪去，身子一挫，雙拳打了過來，盡往其心要穴招呼，其心閃了兩招，只見他招招都是拚命，只攻不防，簡直像是惡漢撒野，哪裡還像是武林中人。

其心乘隙一勾，那老者翻身倒在地上，他雙手一撐站起身來，又向其心攻到，口中嘶叫道：「小賊，你還我女兒來。」

其心一怔奇道：「什麼？」

那老者只是拚命。其心又絆倒他幾跤，順手點了他穴道，那攔在路上的其中一人道：「董其心，你以爲逃過了難關，你再向上瞧瞧。」

其心抬頭一望，山上一個個身形從石後露出，總有二三十個，比起那邊人更多，他心中一涼，臉上不動聲色地道：「孫帆揚，在下與你無冤無仇，你三番四次要害我，這是什麼道理？」

原來站在最前面的正是子母金刀孫帆揚，他哈哈一笑，隨即臉色一沉道：「姓董的小子，你還裝什麼蒜，老夫今日便想爲武林除掉一個敗類，哈哈，真是大快吾懷。」

其心沉聲道：「誰是武林敗類，你這老頭混混沌沌，偏生個性又強，卻自以爲是，快快閃開，我不願和你動手。」

那倒在地下老者身子雖不能動，口卻還能罵人，他破口罵道：「小畜牲，小狗賊，你背叛祖宗還要混賴，你爲虎作倀，殺了多少武林同道，又害了多少婦女貞節，你……你小賊，就是跳進黃河也洗不清了。」

其心心中沉思，只聽見他最後一句，心中一凜，那老者又繼續罵道：「有這樣的賊父，自然會生出這種賊種來。」

其心怒氣勃生，目前來去之路都被封鎖，逃生之路甚是渺茫，他嘶聲道：「孫帆揚，你不要逼我殺人。」

他望著那滿口污言的老者，胸中流過一片殺機，情感愈來愈是膨脹，他大喝一聲道：「住口！」

從孫帆揚背後走出一個人，冷冷地打量其心道：「小賊，你是天良發覺了吧！你作惡多端，玷污了我義女，還出手殺了她，天下也只有地煞這種魔王，才生得出你這種賊骨頭來。」

其心一驚，怎麼這些人都知道自己的身世了？此人正是無敵神拳楚顛，那老者之女拜他做了義父，其心一言不發，伸手一掌，飄飄忽忽，已近楚顫心脈，楚顛一閃，只覺脈門一緊，被其心手到擒來。

孫帆揚心驚不已，正待搶救，其心順手又抓起地下老者，他心中不斷狂呼：「其心！其心，你此時可千萬不能殺人。」

那老者還是罵個不停，其心激動之下，理智已漸薄弱，他一振雙手，忽然人群中一個女子的聲音叫道：「其心，你再殺人，姑姑便死在你面前。」

其心快眼一瞧，想不到伊芙竟在那五、六人中間，她長衫大袖，帽子戴得極低，是以其心竟未注意。

其心心內大震，他力道已發，救之不及，那兩人身子疾如箭矢，被拋向深淵，孫帆揚大怒，一刀砍向其心，其心忽然雙腳一踏，依樣平身飛去，竟是後發先至，硬生生在空中將那兩人拉回。

孫帆揚心中忖道：「小賊呀小賊，你這身功夫不去為國為民做番大事，反而投身賣國，真是可恨！」

伊芙慢慢走了過來，孫帆揚將老者穴道解開，手舉一面紅旗正待揮去，但見伊芙愈走愈近，他怕箭矢無眼，傷了武當周真人唯一女徒，是以舉在空中揮不下去。

伊芙忽然拔劍直刺其心，似乎氣憤已極，其心一怔閃過，只見伊芙不住向他施著眼色，他心念一動，上前足起手攻，打得十分激烈。

孫帆揚心中急躁不安，他思忖只要紅旗一揮，其心立刻便成箭蝟，這武當女徒怎的如此不省事，就是那王老頭也是討厭，偏生要什麼親刃小賊，幾乎破壞了大局。

忽然伊芙一聲驚叫，已被其心擒住舉起，其心大聲叫道：「誰敢上來，我就是一劍。」

孫帆揚急得目眥皆裂，可是他知伊芙是周石靈最鍾愛的弟子，一時之間方寸大亂，其心又叫道：「如果再施暗箭傷人，孫帆揚你可是自作自受。」

他舉起伊芙作爲擋箭牌，大搖大擺走了，孫帆揚一衝動便待揮動紅旗，可是只見伊芙高高地被舉在空中，秀髮散亂，面色蒼白，他忽然想起獨生愛女，不覺殺機大減，頹然坐到地上。

其心走了很遠，這才將伊芙放下，伊芙俏臉一板道：「其心，我雖是救了你，卻是容不了你，你想想看，你所行所爲還像是人嗎？」

其心搖頭道：「我可從來沒幹什麼不可見人之事。」

伊芙一凜，說道：「難道那些殺人，還有對女子……女子無禮的事都不是你幹的？」

其心點頭不語。伊芙忽然柔聲道：「其心，只要你誠心悔過，不再跟那蠻子做走狗，你有什麼冤屈，姑姑必會設法替你洗清。」

其心聽她柔聲說話，他這一路上飽受困氣，更感到親切無比，他幾乎想向伊芙傾訴心中秘密，可是想到如果此事周石靈知道，定是遍傳天下，打草驚蛇，反而引起凌月國主防備。其心正色道：「姑姑，請你給師祖說，董其心將來自然會有個交代。」

伊芙望著他輕輕地道：「其心……總要先脫離凌月國主，不再爲他作惡才成，你……你……唉！真的如此貪心富貴榮華嗎？」

她目光中洋溢著千般憐愛，就像慈愛的母親，絕望地瞧著日益墮落的孩子，作最後的規勸，又像是年輕的妻子，望著傷重無救的丈夫，恨不得代他受苦。

其心望著那眼光，真令他心碎了，他心中一痛，忖道：「姑姑也不信我了。」

可是此時胸中突然冒起一股豪邁的勇氣，仿若促使他擔起世上所有的重擔，他癡癡地望了伊芙一眼道：「姑姑，我聽你的話便是。」

其心說完便走了，伊芙呆呆看著他的背影，對於這個深沉的孩子，她愈來愈是不了解了，但心中卻有一個結論：「其心不是那種人，還有……還有其心真的長大了，長大得不但不再需要人保護，反而可以保護我了。」

在遠處，其心走著走著，那樹枝上秋蟬已開始鳴叫，其心胸中千潮萬思，他心中喃喃地道：「知了，知了，你一天到晚鳴叫，你知道什麼了，人間的愁苦嗎？世情的坎坷嗎？」

回頭一瞧，伊芙仍呆站那裡，山風颯颯，她衣袖飄起！

四三　以牙還牙

且說其心愈走愈遠，他回頭一看，伊姑姑仍然佇立在那裡，寬大的衣襟隨風飄曳，他知道伊姑姑此時心中一定很是痛苦，自己卻是無法安慰於她，只有硬著心腸加快步子而去。

他邊走邊想，不覺又翻過一個山頭，心中暗自忖道：「我目下最要緊的事，還是要追蹤凌月國主，凌月國主易容之術千變萬化，又哪裡容易找到他？我……我背了這大一個黑鍋，難道就如此算了？」

他性子堅毅沉著，仍是往西而行，他怕再被別人發現了麻煩，曉伏夜行，這日走到一處小鎮，他低頭而行，卻是眼觀四方，耳聽八方，倏然身邊人影一閃，兩個熟悉漢子擦身而過，其心心中又驚又喜，忖道：「真是踏破鐵鞋無覓處，得來全不費功夫，原來凌月國主並未離開中原。」

他連忙遠遠跟蹤而去，他一路上故意不修邊幅，又是多行崇山峻嶺，是以衣著破散，形容憔悴黑黝，那兩個少年正是西天劍神金南道的弟子，匆匆迎面而過，一時之間竟未認出其心。

其心不敢行得太近，只見那兩個少年往一家酒樓走進，其心沉吟一會，也低頭進入。

那兩個少年似乎餓極，叫了幾大盤菜餚酒肉及麵食，唏哩呼嚕的手口並用大嚼起來，其心遠遠坐在牆角，卻是凝神聚精，冷冷望著他兩人。

其中一個少年吃得差不多了，他抹抹油嘴道：「咱們一日之間跑了數百里，真是累也累死了。」

另一個少年冷冷地道：「丁師弟，誰教咱們天生勞碌命，又無王親貴族的親戚，只有認命了，你不瞧瞧人家林師弟，一天到晚哪裡跑過腿？」

那被稱姓丁的少年道：「這也難怪，林師弟是皇……不……老爺的唯一親傳弟子，當然心疼他了，這個咱們先不說，你知道咱們在中原還要逗留多久？」

他聲音愈說愈低，四下張望，其心趕緊低頭喝酒，背過了身子。

那另一個少年低聲道：「前天聽老爺說至少還要佈置半年，唉！丁師弟，你可是又想你那嬌滴滴的小媳婦了？」

姓丁的少年點點頭道：「不瞞師兄，中原雖是文物鼎盛，錦繡繁華，可是小弟仍是懷念家鄉千里牧野，一望無垠的氣勢。」

另一個少年低聲笑道：「師弟你真是傻子，中原如果不好，老爺爲什麼處心積慮十幾年要奪取，丁師弟，你不瞧瞧；別的不說，中原的女子，哪一個不強似咱們家鄉的那些土霸霸的婆娘？」

姓丁的少年大不以爲然地道：「師兄，這一路上你不知害了多少婦女，雖是老爺叫咱們倆分散敵人目標，惹起中原武林注意力集中在董其心身上，可是卻並沒有叫你專門做這種事呀……」

他師兄聽得大是不耐，插口道：「只有你才把土婆娘當寶貝似的，你以為這樣做表示對她好，其實，嘿嘿，她此時在做什麼，卻是無人知道，嘿嘿！」

那個姓丁的少年臉現怒色，站起身來正待發作，倏然想到凌月國主告誡，忍了口氣道：「師兄，你喝醉了，咱們走吧。」

兩人相繼站起會了賬，揚長而去，其心靈光一閃，心中狂跳忖道：「這真是千載難逢的好機會，凌月國主逗留中原，那麼我露底之事金南道他們定然不知，我……我何不以其人之道，還治於其人，混到凌月國去騙點秘密？」

他想到此心中大喜，雖知危機重重，並無半點畏懼之心，當下盤算已定，好好地睡了個覺，次晨買了一匹好馬，飛馳而行，跑了一個多時辰，官道盡頭又是羊腸山道，其心勒馬踏草而過，轉了個彎，地勢大為開朗，只見前面一棵十數人合抱不住的古松，盤盤如蓋，枝幹蒼勁，氣勢不凡，風吹而過，那松針倏然落地。

忽然樹後一聲沉重的佛號，閃出一個白髮蒼蒼的老和尚來，攔住去路。

其心定眼一瞧，那個老和尚閉目合十，一語不發，他身後站著一個中年僧人，正是自己暗中投警指點的「兩門使者」慧真大師。

其心躍身下馬，向老僧作了一揖道：「大師有何見教？」

老和尚平和地道：「施主可是姓董，大名其心？」

其心心念一動問道：「是又怎樣，不是又怎樣？」

那老和尚絲毫不動氣，仍是平和地道：「如果是董施主，那麼就請跟老衲到少林寺去走一趟，如果不是，施主只管自便。」

其心含含糊糊道：「小可姓董，可絕不是大師所想之人，小可還要趕段長路，這便告辭了。」

他頭髮散亂，蓋住了大半張臉，身上又是破敝不堪，那老僧聽得一怔，其心正待趁勢躍馬前去，倏然慧真大師沉聲道：「董施主，貧僧親眼瞧見你在武當純陽觀中撒野，你也是有頭有臉人物，怎的連名字也不敢承認？」

其心笑笑不語，倏然飛身上馬，一夾馬腿，騰身而起，身尚未落地，只聽見背後風聲一起，身形一滯，連人帶馬跌落下來，那兩個和尚卻圍在身前。

其心飛快一轉身，心中暗暗吃驚，這個老和尚身法似電，怕就是聞名天下的藏經閣高僧慧空了，慧真大師武功他是見識過的，就此一人，已夠他對付的，再加上這老和尚，脫身之機極是渺茫。

慧真大師右手一揚，一把長鬚飄在空中，其心一瞧馬尾，整整齊齊短了一大截，就如被切斷一般。

慧真大師道：「董施主，咱們做和尚的原該在寺院清修，不應管世上紅塵諸事，可是如今出了賣祖求榮的小賊人，這件事卻非管不可。」

其心正色道：「慧真大師，小可董其心絕不做賣祖害國的勾當，此事小可將來自有交代。」

慧真大師道：「敝掌門方丈明諭少林弟子，務必要將施主帶回少林，此中是非，施主到時再說豈不是好？不死師兄天性仁慈，只要施主明言，絕不會爲難施主。」

其心搖頭道：「小可如果此時能夠明言其中因果，又何必背此惡名，此事關係天下蒼生氣數，尙望大師莫要阻攔小可，異日事成，小可定赴少林稟告不死大師。」

慧真大師見其心說得甚是誠懇，他乃是漫無心機之人，當下猶豫不決，上前對那爲首的老和尙道：「師兄，此事真有隱情也未可知？」

那老和尙長眉低垂，眼睛都不睜開，緩緩道：「慧真師弟，你親眼目睹此子撲擊武當弟子，難道還不信任自己嗎？你心地太直，著了凌月國主道兒，一困十年，性子還是老樣子，一絲未改。」

慧真大師滿面羞慚地道：「師兄教訓得是。」

那老僧緩緩道：「如說是別人作此惡事，那說不定其中還有別的淵源，如說是姓董的作的，這可是千真萬確，絕無可置之處了。」

其心忍不住問道：「姓董的又怎樣？」

那老僧凜然道：「我佛慈悲，衆生皆渡，茫茫惡海之中，一悟頓坐蓮台，老衲昔日每以回頭是岸，照樣修成正果，卻未料到世間真有十惡不赦，無法渡化之人！」

其心默然，老僧沉聲道：「地煞董無公乃是十惡不赦之人，董施主，你再沉溺不悟，就和令尊一般。」

其心只作未聞，心中卻在盤算脫身之計。那老僧道：「施主，咱們上路去吧！」一手直往其心脈門扣來。

其心不動聲色，臉上一片穆然，老僧勢子一慢，仍是原勢攻來，其心驀然身子一顛，腳下一滑，輕鬆閃過一招。

那老僧一凜，慧真大師忍不住讚道：「好一招凌雲巧步。」

其心微微一笑，目前雖是高手林立，他面上容顏如常，那老者雙掌一合，招子頓緊。

其心見他招招勢大力沉，就如開山巨斧，排山怒浪一般，心知對方功力絕不在自己之下，他凜神接了數招，只見對方雖是白髮蒼蒼，可是愈戰愈是威猛，失神之下，險些封不住對方攻勢。

那老僧心內吃驚，眼前這二十歲左右少年，竟能以硬接硬和自己數十年神功對抗，他原是少林數大高僧之一，竟連一個少年也戰不倒，當下心中一煩，暴發真力，直逼其心。

其心心中忖道：「這人威猛有若天神，少林功夫端的驚人。」

他不敢怠慢，一招招也反擊過去，那老僧倏然拳勢一頓，施出少林鎮山之寶百步神拳來，一時之間，只見那老僧鬚髮皆張，拳風呼呼，凌厲已極。

那百步神拳原就是至剛功夫，此時老僧施出，他功力深厚，威勢暴增，其心漸漸後退，招式盡被封住。

其心退了三步，急雙腳一定，兩眼直視對方，呼呼發出了無堅不摧的「震天三式」，那老僧大震，眼看閃避不及，只有拚起全功力，雙掌平推而出。

兩股力道一碰，老僧只覺得心頭一震，知道受了內傷，忽然體內真氣大盛，慧真右手緩緩搭在他肩上，力道增了數倍，他雙腳釘立在地上，分寸未動。

其心一個踉蹌，倒退數步，身子一躍而起，坐騎也不要了。慧真正待躍身趕去，那老僧搖手喃喃道：「震天三式，震天三式，老衲算是開了眼界。」

他喉頭一甜，一口鮮血噴了出來。

慧真忙道：「師兄快快調息，小弟這裡有大還丹。」那老僧服了大還丹，良久歎口氣道：「咱們少林兩大高僧竟未能攔住此子，若非慧真師弟相助，老衲只怕難逃劫數了。」

慧真忙道：「此人也未討得好去，他當胸中了師兄一記百步神拳，又恃強運勁逃去，如非調養得法，一身功力只怕難得恢復了。」

那老僧長歎一聲，他對自己百步神拳是大有信心，可是對董其心這少年那身神出鬼沒身手，是否真如慧真所說，卻是一點把握也沒有。

慧真大師道：「此人身受重傷行動定是不便，明日師兄痊癒，咱們再分頭搜索。」

那老僧點點頭道：「目下只好如此。」

且說其心幾個起落，身形已隱入山林之中，他心頭一鬆，一口真氣再也無法提起，他坐下身調息一周，只覺胸腹之間傷勢頗重，他當胸著了少林當今兩大高僧聯掌一擊，如非內功深湛，早已胸骨碎裂，他看看四周一片寂靜，心下略安，靠在一棵大樹之下，雙目內視，運功療傷。

他真氣運轉三周，全身汗珠迸出，連吐三口鮮血，臉上愈來愈是紅潤，過了半個時辰，紅暈漸退，其心輕嘯一聲，精氣內藏，已是全然恢復。

他站起身來，心中暗暗忖道：「天下又有誰能知道我這種神奇的復原力量，就是爹爹也不知道，只要一息尚存，我都有法恢復過來。」

他適才受傷之重，實在非同小可，若非他天賦異稟，就是調息數月，也未必能完全恢復，其心抖動雙袖，走出林子自忖道：「就可惜丟了一匹好馬。」

他正行走之間，前面塵土大起，其心不願多事，他閃身樹後，只見丐幫幫主藍文侯，身後跟著三騎，正是白三俠、古四俠和醉裡神拳穆中原。

其心驀見故人，心中大喜，他正想出面打招呼，忽然心念一動，那五騎已如飛而去，塵影中只見行在最後的穆中原雄壯的背影，一會兒便消失在山路彎曲之處。

他這一遲疑，終於造成了一件無法挽救的大難，他處處細心精明，萬萬想不到一個疏忽，後果是這麼淒慘。

其心心想藍文侯大哥不知又為了什麼事，急匆匆趕路，藍大哥一生中何曾享受過半點安樂，衣敝衣，食粗食，卻比常人辛苦何止千倍，成天到晚只在槍林刀山中衝，彷彿就是爲人間仗義不平似的。

他想到此，心中豪氣大生，邁開步子繼續西行，再買了一匹坐騎，不數日又走到甘蘭道上。

此時中秋已過，西北天漸漸寒冷，落葉遍地，原野上一片肅殺。其心這日又過蘭州，忽然聽到一個轟動武林的消息，少林慧字輩高僧慧空大師，被武林叛徒董其心以失傳多年「震天三式」擊斃。

其心吃驚忖道：「那日我施出『震天三式』，原只是要驚退少林高僧，是以一發即收，這才中了那兩個少林高僧合力一擊，那慧空內功深湛，怎麼會突然斃命？」

他心中奇怪，卻想不出一個適當的理由來，這樣自己又和少林結下死仇，這筆帳將來真不知如何算法，如果不能將凌月國主陰謀探清，昭諸武林人前，中原是不堪停留的了。

他愈行愈離中原，雖是自己決定如此，但竟有一種被趕出的感覺，心中憤然有氣，可是轉念想到父親地煞董無公那種灑脫不滯的風格，又不禁釋然。這樣又行了半個多月，走到戈壁沙漠之中，白天中午烈日如炙，一到晚上竟是滴水成冰，那戈壁盡是大小石塊，前望後望，光景都是一樣。

那坐騎長途跋涉，終於不支倒斃，其心只得日間步行，夜間宿於沙丘之下，水源卻愈來愈是稀少，往往數日之間找不到水源，每天只敢喝上一兩口水，他雖是自幼浪跡天涯，可是走到如此荒漠惡地，卻還是生平第一次。這日他行了半天，只見前面路徑愈狹，兩旁都是沖天高峰，行走其中，只有森森的一線天光，風聲嘯嘯而過峽谷，其心望著那一線天空，心中突然又想起莊玲來，心想現在是和莊玲愈來愈遠了，但願心裡也能這樣。

他又走了兩個時辰，這才穿過峽谷，只見不遠之處一溪清水，周圍綠油油的長滿了植物，其心恍若發現至寶，他眼睛一亮，快步衝向池畔，溪水又清又冽，其心只覺乾涸的喉嚨更加不能忍受，恨不得立刻泡入水中，永遠不再出來。

他正想彎身捧水，只見水中人影又黑又瘦，滿臉塵沙僕僕，就像一個泥人一樣，幾乎連自己也不認識了，其心一怔，心中暗自苦笑，他飽飽喝了一肚子水，又將身上大水囊灌得滿了，這才躍入溪中，痛痛快快洗浴一番，換上一件乾淨衣衫。

他坐在一棵小樹邊休息，對於這一片小小綠色，竟是貪戀徘徊，不想就走。忽然前面蹄聲一起，來了四、五匹鐵騎，其心一瞧，只見馬上騎上高鼻深目，大非中原人士模樣，手執兵器，向其心包抄過來。

其心心中一凜，這才想起自己已經出了國境，西域國家紛亂眾多，這些騎士也不知是哪一國的兵丁。那為首騎士嘰哩咕嚕地講了一大陣，其心一句也不懂。

那四騎合圍上來，為首的騎士忽道：「你是什麼人，從哪裡來的？」竟是流利漢語，其心打量他一番緩緩說道：「小可來自中原，到西域有要緊事情。」

那騎士劈面一馬鞭，其心後退一步閃過騎士，口中怒叱道：「撒謊，你一個人又無坐騎，能度過大戈壁，真是騙鬼的話。」

他一聲叱喝，眾騎擁著其心前行，其心心想瞧瞧也好，便跟在馬隊之中緩緩前行，沿溪走了半個時辰，忽然眼前一亮，只見溪旁紮著一個碧呢大帳，帳門開處，走出兩個掛劍少女來。

那爲首騎士連忙躬身爲禮：「請兩位姑娘稟告，小的捉到奸細一名。」

那兩個少女打量其心一眼，正待走入帳內，忽然帳中傳出一個嬌嫩的聲音道：「翠珠，怎麼了？」

其中一個少女道：「張將軍捉到一名奸細，請候小姐發落。」

那帳內人「哦」了一聲，碎步走出，那爲首姓張的騎士翻身下馬，一推其心道：「還不趕快跪下聽候發落。」

其心仔細一瞧，只見一個年約十八九歲宮裝少女，端端坐在一張虎皮大椅上，那兩個少女側立一旁。

那宮裝少女生得眉清目秀，身材卻極高大，其心心中奇怪忖道：「這些異國子民，卻都精通漢語，這少女氣勢不凡，一定是個貴族小姐。」

那少女瞧了其心一眼道：「適才你在上游幹嗎？好好一池溪水，被你弄得一塌糊塗，又髒又臭。」

其心想到剛才身上之髒，不禁感到慚愧，姓張的武士叱喝道：「好大膽的小子，你沒上沒下還不替我跪下？」

他飛起一腳掃向其心後脛，其心動也不動，硬接了他一腳，那姓張的武士臉色大變，痛得頭上冷汗直冒。

那宮裝少女臉一沉道：「張將軍，你下去吧！」

那武士又氣又痛，卻又不敢不聽，他狠狠瞧了其心一眼，帶著部下走到帳後去了。

其心默然。那宮裝少女又道：「喂，你會武功是不是？」

其心反問道：「請問這是什麼地方，西域凌月國還有多遠？」

那宮裝少女臉上一喜，她身畔兩個侍從女子忍不住了，雙雙叫道：「喂，問你話你怎麼不答？」

其心笑笑。那宮裝少女柔聲道：「沿此溪西去百里，就是凌月國境，看你……你……斯文……斯……是從中原來的吧！」

其心行了一禮，就待離去，他裝作一副慌張茫然的模樣，那少女不由抿嘴一笑道：「這條小溪叫著弱水，雖然水量不大，卻是細水長流，一年到頭永不斷絕，沙漠上靠這條水活的人們何止千萬？除了飲用之外，萬萬不准浪費，你……剛才洗什麼髒東西？如果被沙漠上人看見了，可有你苦頭吃的，說不定丟了性命。」

其心點點頭道：「小可行走沙漠，突見此清泉流水，真是如獲至寶，忍不住下水沐浴一番，不知犯此大諱。」

那宮裝少女聽得臉上一紅，她身後一個侍女插口道：「哎喲，原來是你在洗澡了，你怎麼髒成這個樣子？」

其心聳聳肩一臉無可奈何的模樣，那宮裝少女叱道：「翠珠，你怎麼這樣沒規矩？」

那侍女伸伸舌頭，衝著其心扮了個鬼臉。

其心依照指示，西行兩個時辰，果然來到凌月國境。

他混在牧人群中，往京城走去，不一日到了京城，只見城中建築街道，都是依照北京模樣，古色盎然，心想這凌月國主羨慕中原文物，已達入迷地步，難怪要喪心病狂，想攫取中國了。

他一路西來，不是荒山野原，便是黃沙一片，這時走到城中，仿若又重返中原故居，他走到皇宮，正巧西天劍神金南道出道來，一見其心，真是大吃一驚。

金南道將其心帶進宮內，他劈口問道：「誰要你回來的，皇上他呢？」

其心早就編好一套說詞，正想流利地說出騙他，忽然心中一凜忖道：「金南道只知我中毒受迷，我幾乎忘了此事，差點露出馬腳來。」

其心雙眼一呆，木然答道：「皇上要我回來的。」

金南道想了想道：「皇上還有沒有什麼吩咐？」

其心搖搖頭，又點點頭道：「皇上要你多多訓練軍馬，將邊關兵馬集中京城，調動起來方便。」

其心伸手指指點點，恍若凌月國主親自來臨一般，金南道在凌月國何等尊貴，實是一人之下萬人之上，他見其心如此沒禮貌，心中大怒，舉手一掌摑去，啪啪打了其心兩個耳光，直打得其心眼冒金花，口中鮮血沁沁流出唇邊。

其心茫然又道：「你打我幹麼？你打我幹麼？」

金南道突然想起此人已中五毒病姑之毒，心智盡失，不覺微感歉然，他沉臉道：「皇上叫你回來，就只爲這件事嗎？」

其心想了想道：「還有！還有，什麼……什麼甘青總督……安總督……我怎會一下便忘了，我怎會忘了？」

其心苦思之下兩目盡赤，他雙手亂扯頭髮，急躁萬端。金南道神色緊張，他四下瞧了一瞧，一拉其心，進入一間秘室。

其心口中不住嘶叫道：「皇上說如我忘記了此事，便要砍我的頭，我剛才還記得清清楚楚，怎麼一刻便忘了？」

他雙目直視金南道，似乎懇求他幫忙憶起，金南道神色緊張低聲道：「皇上是不是說要出兵先攻打甘青安總督，他有沒有決定？」

其心大喜，恍若想通了一個天大難題，口中歡叫道：「就是這個，就是這個，皇上還說明年春正月便先攻打甘青總督，先將根本之地穩固，再進攻北京。」

金南道沉吟片刻，口中喃喃道：「明春正月，離現在不過兩個月，漫說準備恐怕不及，皇上不發將令，又由誰率領這支堅兵？」

他轉身問其心道：「皇上給你什麼沒有？」

其心搔著頭連道：「沒有啊，沒有啊！」

金南道一揮手走了，其心長呼一口氣忖道：「金南道是個直人，要鬥他倒是不難，但望在凌月國主回來以前，我能將他們整個計劃探清。」

他適才一番話原是信口胡言，心想凌月國主志在中原，甘蘭為中原天然屏障，安總督重兵置守，凌月國主欲取中原必先取甘蘭，是以虛晃一招，卻未料正巧和凌月國主去國時吩咐金南道相同，真是上者鬥智，英雄之見略同了。

金南道沉吟一會，他對師弟神機妙算早是五體投地，唯命是從，立刻傳令將凌月國幾個重臣武將招入宮來。

他發出的是十萬火急之令，那些朝中大臣一刻便至，半個時辰只發見宮外蹄聲大作，一個武將全身盔甲森森，飛奔而來，金南道迎在宮門之外，那個武將翻身拜倒，道：「丞相相召，小將正在練兵教戰，是以來遲，祈丞相恕罪。」

金南道笑道：「大將軍你衣不解甲，終日辛勤王事，真是皇上愛將，我朝重柱，快請進宮，有要事相議。」

那大將軍謝了丞相，他正跨進宮門，忽然想起帶甲入宮，犯了大忌，正在沉吟，金南道笑道：「將軍匆忙趕來，竟至不及解甲，你就索性穿盔帶甲入宮，替本朝添段佳話。」

他拍拍李將軍之肩，李將軍感激之色溢於言表，金南道此人雖是耿直心腸，可是久居重位，帶兵統御，自有一番氣度，他此時如此一說，那大將軍真恨不得肝腦塗地了。

兩人走入宮內，廳前已坐了四五位重臣，紛紛站起向大將軍問安。金南道吩咐坐定，他神色一凜，緩緩道：「皇上去春離國之際，曾經交代臣等兩件大事，這個諸位想都早知道了。」

他看看眾人，歇了歇又道：「皇上本意咱們進入中原，要萬事皆備，一舉成功，不然打草驚蛇，反而壞了大事，皇上曾告本相，除非萬不得已，佈置未妥而事機洩漏，那麼咱們便先攻下甘蘭，進可取中原，退可保國土。」

眾人點頭稱是。金南道接道：「皇上天縱神武，謀無不成，料無不中，就是諸葛武侯再生，只怕也難望其項背。本相適才接到一個皇上命令，是以請諸大臣前來相商。」

眾人紛紛問道：「皇上傳來什麼命令？」

金南道手一揮令身旁侍衛武士道：「快將那姓董的少年帶來。」

眾大臣眼見金南道臉色沉重，心中都暗自心焦，不知是什麼重大命令，一會兒其心進了大廳，他向眾人掃了一眼，金南道指著他說道：「就是此人帶來皇上口令，著令六軍於明春正月，剋日出發進攻甘蘭重鎮。」

他此言一出，那大將軍呼地站起，神色激昂地道：「既是皇上命令，那麼小將在這兩月之內加緊調度，小將自忖不負王命。」

金南道緩緩道：「本相知大將軍麾下兵精馬壯，已練成百戰不敗之雄師，如非皇上一再叮囑，本相早就忍不住問鼎中原，怪就怪在這裡，皇上一生謹慎，這等大事他卻無片紙手令，倒教人懷疑了。」

他望望其心，只見其心臉上仍是一片茫然，就像一具木偶任聽差使一般，他沉吟一會又道：「此人是皇上最近收服的中原武林高手，本相親見皇上對此人百秘不避，以皇上相人之準，任人之能，此人可靠程度是不用說的了。」

眾大臣紛紛交頭接耳，其中一個年老大臣站了起來，他乃是太子太傅，三朝元老，他謹慎多謀，在凌月國已是人人皆知的老成人物，他沉著地道：「人心多變，世事多乖，依臣僕看來，咱們還是穩打穩扎，先著人飛騎中原尋著皇上再說。」

他話未說完，其中一個少年武將挺身而起道：「皇上著五毒病姑下迷藥迷倒此人，小將親眼目睹，五毒病姑曾說，這迷藥就是她本人也只能下不能解，此人身分小將可以保證，不必再多爭論，依小將看，咱們還是商量對敵戰策爲要。」

他躍躍欲試，恨不得立刻縱馬沙場，他年紀甚輕，卻已擠身大將重臣之列，性子自是飛揚，其心冷眼一瞧，心中雪亮忖道：「此人就是上次僞裝凌月國主兒子的青年，原來也是凌月國中一員上將。」

金南道又詢問大家意見，那些武將都是摩拳擦掌，力求戰鬥，文臣之中，除了幾個大臣外，也都紛紛附和求戰。金南道沉吟半晌道：「此人身分絕對不假，本相也可保證，只是還有一個問題，希望諸公教我，皇上既令咱們先攻甘蘭，他不發將令，誰來率領六軍？」

眾人都是面面相覷，那太子太傅起身道：「如果此人的確無假，那麼皇上定是知道丞相絕不會懷疑，借他口傳，豈不是最可靠嗎？此事關係太大，文字書件一個失落，豈非全盤皆墨？」

他此言一出，眾人都恍然大悟，金南道讚道：「太傅料事如神，皇上事事安排都有用意，只是咱們盡起全國兵馬，非皇上拜將，何能服眾？」

太子太傅緩緩道：「皇上此意顯然欲授命於丞相，胡大將軍世代忠良，原本國家重鎮這六軍無師自是非他莫屬了！」

金南道點頭道：「本相也是這個意思，胡將軍，如果皇上不及趕回，本相代皇上拜你爲東征六軍大元帥。」

那全身甲冑老將軍連忙起身道：「小將世受皇恩，敢不竭忠盡智以報，這六軍元帥之命，小將自認才疏力微，萬萬不敢接受。」

金南道沉著地道：「論功論勇，本朝無出將軍之右者，今日先立六軍將軍，好教天下兵馬安心！」

那老將還要推辭，席間少年將軍忽地站起道：「大將軍，咱們這次盡調邊軍，準備傾巢而出，諸將皆是坐鎮一方之大將，非以大將軍威望何能服眾，何能同心同德，大將軍你再推辭，就是不忠。」

他神氣激動，他雖是少年得意，官拜御林軍總管，可是對於這舉國聞名的忠勇大將軍，卻是崇愛無比，一時之間忘了自己身分，竟然出語相責。

那姓胡的大將軍望了眾人一眼，默然坐下，金南道知道他已接受元帥之職，便向他問道：「胡大將軍，你總點天下兵馬，還需多久才能集中？」

胡大將軍道：「至多半月便已足夠！」

金南道點點頭道：「咱們徵調邊兵，已經準備了兩個月，此事乃是至上機密，胡將軍你營中之兵，萬萬要與百姓隔開，免得走漏了消息。」

胡大將軍道：「如非在夜間行軍，偷偷調動大軍離開各處邊關，免得引敵注目，如是晝夜兼程，那老早就調齊了。」

金南道道：「邊關戎卒只須留下一成便得。」

胡大將軍道：「小將也是此意。」那少年將軍從懷中取出一卷圖來，眾文臣紛紛迴避，金南道起身相送，廳中只剩其心等及兩個武將。

金南道轉身回來，那少年將軍拉開地圖，其心定神一瞧，只見上面全是畫的凌月國關防佈置，兵力分配，他遠遠站在一邊，心中暗記，他天資敏悟，一時之間，硬生生記下了一大半。

那三人看了一陣地圖，又研究一陣。金南道道：「胡將軍，你軍務忙碌，這就請回，本相如有要事，再請將軍前來請教。」

那胡大將軍將地圖帶走。金南道對少年將軍道：「你就將他安置在御林軍中，住在宮裡，此人武功非同小可，可是你一條好臂膀。」

那少年將軍應了，帶其心入內，換了一身侍衛衣服，其心跟著他往內宮走去，只見那宮廷樓台花榭，就與北京大宅一模一樣，走了數徑，前面一道大門，那少年將軍道：「董其心，你好好替我守住內宮，如有差錯，要你腦袋搬家。」

其心點頭不語，忽然大門一開，一個女子的聲音道：「我道是誰，原來是李總管李將軍，公主娘娘再三說過不要你們御林軍來內宮，你難道是目中無公主嗎？」

那御林軍總管少年將軍道：「目下情勢緊急，公主萬金之體，小將如何敢怠慢，只有拚著挨公主責罰。」

那少女一見其心，忽然抿嘴笑道：「李將軍，你派此人來保護公主嗎？」

李將軍沉聲道：「此人武功極高，你莫小看了他。」

那少女只是笑，少年將軍一瞧其心，只見他兩眼平視，似乎根本就沒有瞧見少女似的。

他也是皇上寵愛之人，對於公主侍婢並不買帳，他揮揮手道：「你替小將向公主告罪，小將決心和此人分班守護內宮。」

他說完大步走了，那少女聳聳鼻子冷冷道：「好大的架子，就憑你也配保護公主。」

她見其心一本正經地站在門旁，心中大感有趣，便上前搭訕道：「喂！你原來是跑到咱們國家當小官兒的，聽說中原遍地皆是財富，你怎麼要巴巴地跑來西域？」

其心搖搖頭不答，他只覺此女面容甚熟，他適才全副心智在應付金南道他們，聽取一個足以驚動天下的秘密，此時雖覺此女必定見過，一時之間卻是想不起來。

那少女見他不愛答話，賭氣走了，口中喃喃道：「這人原來是個傻子，公主……唉……」

其心這才靜靜沉思剛才所聽之話，他想不到自己胡亂編了一個理由，竟騙得如此秘密，那凌月國主千慮之下，必有一失，他萬萬不會想到自己會千里迢迢跑到凌月國來，以其人之道，還制於其人。

他心中忖道：「金南道他們明春正月便要攻取蘭州，我先去通報，一方面要他們迎頭痛擊，一方面要他們分兵乘虛而入，凌月國主便是千手萬腳，也只有先求自保，數年之內，無暇再顧中原了。」

他盤算已定，想到凌月國主老奸巨猾，的確是天生梟雄，可是自己卻如抽絲剝繭，一條條將他理清粉碎，不覺暗暗得意，一生之中，他只有此時第一次感到暗暗自喜，實在是因為對手太強了。

他轉念又想：「凌月國主逗留中原，不知又在弄什麼詭計，中原道上說不定已是天翻地覆，我得趕快弄完此間之事，再回中原和他鬥鬥。」

他心中豪氣大生，隱約已有放目天下，只有自己和凌月國主鬥智的感覺，忽然內宮中傳來嗚嗚笛聲，聲音極是悠揚。其心凝神一聽，只覺樂音充滿了歡悅，就如春遊園中，鳥語花香，艷陽普照，心曠神怡。

其心心中一片寧靜，那笛聲一轉，忽然音調大變，那滿院春光不見了，聲音中透出一陣陣肅殺之氣，直如日落秋末，原野蕭蕭，只聞風動枯枝，無限淒涼。

其心心中一陣莫名悲傷，心中只是想起命途多乖，意氣消沉，他內功深湛，才一沉溺樂音，忽然心中一凜，神智一清，忖道：「這是什麼笛子，感人如此之深？」

那笛聲突然一止，其心見那大門森森，不知裡面到底是誰在弄笛。

其心心中忽想道：「凌月國主他傾慕中原文物，國內盡量漢化，大多數國人都以講漢語爲榮，卻不知大大便宜了我，不然我縱是深入虎窟，又豈能偷聽到些什麼？」

忽然前宮腳步聲大起，幾個錦衣小婢，擁了一個盛裝少婦，姍姍走來，其心臉上不動聲色，心中暗暗好笑，凌月國主的愛妃筱兒也到了。

四四 天劍劍神

筱兒輕輕叩了兩下門，那朱色大門呀然大開，一個年輕宮妝侍女恭身相迎，筱兒微笑道：「公主在南閣中麼？」

那侍女恭慎答道：「稟告貴妃娘娘，公主殿下在後花園吹笛散心哩！」

筱兒一揮手，那宮女在前引路，筱兒忽然轉身，瞧了瞧站在門旁的其心，只見他披盔帶甲，全副宮廷衛士的打扮，心中不由大奇，問那侍女道：「這人怎麼會到凌月國來？是誰派他來守衛內宮？」

侍女答道：「公主殿下本來最討厭門口站個直挺挺像死人一般的衛士，可是御林軍李統領偏偏說什麼局勢緊張，要派人保護公主，公主殿下如果知道此事，不發脾氣才怪。」

筱兒哦了一聲，那侍女邊說邊瞟了其心一眼，只見其心仍是木然沒有一絲表情，筱兒心中忖道：「一定是皇上派他回來有什麼重要吩咐，待會我去問金南道去。」

她緩步前去，長裙曳地而行，後面跟著幾個宮女，擁著她直往後院走去；一陣輕風，其心只覺鼻間香氣襲擊，非蘭非麝，筱兒已走得遠了。

筱兒穿過兩道圓門，走入後宮院中，這凌月國地處群山凹下，地底偏又是地泉縱橫，此時雖是冬季，百花百草卻是欣欣向榮，那後院中種的全是巨竹，微風吹來，發出沙沙的聲響，像是絲竹演奏之音。

後院的右旁是一間朱漆的小巧八角亭，亭上的玻璃瓦不知是用什麼做成的，耀射出一道道刺目的光芒，那亭子的竹欄杆邊站著一個絕色少女。

筱兒輕輕地走上前去，她對身後幾個宮女輕聲道：「你們的輕功不行，站在這裡不要動，莫要讓公主發現了，待我悄悄去嚇她一嚇。」

那幾個宮女停下身來，筱兒施展輕功走上前去，她身輕如燕，一身輕功十分高明，果真如四兩棉花落地一般，了無聲息。

那公主兀自憑著欄，呆呆望著院中無限的美景，忽然輕歎一聲，低道：「獨自莫憑欄——這話也有道理。」

筱兒這時已走到她身後一尺之處，忽然笑道：「公主，歎什麼氣啊？」

公主似是受驚一般回過頭來，筱兒行禮道：「參見公主——」

公主道：「罷了，咱們還來這一套麼？」

筱兒笑道：「公主，您瞧我的輕功怎麼樣，到了您背後您也不知。」

公主微笑道：「筱兒你真聰明，會那麼好的輕功。」

筱兒道：「公主，最近宮裡似有不靖之象，上面一再命令要多加防衛，內宮佔地寬闊，公主您又喜歡一個人專往幽深的地方去，我看還是叫李將軍多派幾個侍衛入宮可好？」

公主搖搖頭道：「宮廷森嚴，誰敢往內宮闖？我喜歡一個人幽靜，連宮女都遣開，如果後面老跟著幾個侍衛，豈不是大煞風景？」

筱兒搖搖頭道：「公主還是老脾氣，你除了看書作畫，憑欄遠眺，其他都不感興趣麼？」

公主淡淡一笑，筱兒忽道：「公主，有一個消息，關你切身大事，你要聽不要？」

公主俊臉通紅，啐了一口道：「不知你又嚼什麼舌，我可不要聽！」

筱兒笑著道：「你口裡說不聽，心裡卻比誰都著急，二十來歲的大姑娘的心事喲，我怎會不知道？我……我也是過來人呀！」

她年齡與公主相若，可是言語行動卻老練已極，公主聽她愈說愈不像話，臉上微慍，筱兒並不忌憚，仍是笑著說：「公主，這事關你終生幸福，你可要聽真了！我聽金南道說，殿下已決心將你許配舉國聞名的少年將軍，凌月國王御林軍統領兼領金吾的李堅。」

公主頭更低垂，囁嚅地說不出一句話來，筱兒忽然柔聲道：「李將軍年少英俊，皇上早有意培養他成為王朝第一大將軍，你害什麼羞呀？公主，你難道討厭他麼？」

公主不語。筱兒又道：「李將軍對公主可是一往情深哩！唉！如此郎君要找也不容易哪！皇上既然有意，我先恭喜公主了。」

筱兒滔滔不絕地遊說著，公主卻低垂著頭，似乎一句也沒聽進去，半晌忽然抬起頭對筱兒道：「此事是當真的麼？」

筱兒正色道：「君王無戲言，既是皇上親口跟金南道說的，我想一定不假的了。」

公主看了筱兒一眼，心中忖道：「如果真是王兄決定，我難道真的要跟……跟這武夫俗人生活在一起過一輩子麼？」

筱兒道：「等到皇上明春歸來，便是公主大喜之時，咱們女人家遲早總得有個歸宿，公主是金枝玉葉，凡人自難高攀得上，皇上選定李將軍，也是煞費苦心的。」

公主忽然幽幽道：「筱貴妃，我……我……可……可從來沒有礙任何人的事，宮內的事也從來沒有管過，你……你們……當真不能……不能容忍我麼？」

她愈說愈低，簡直像是在拚命，粉頸激得通紅，筱兒聽得一怔，公主溫柔天性是宮中上下皆知的，想不到她竟會說出這話來。

筱兒冷冷一笑，臉色一沉道：「公主，你這是什麼意思，我是什麼人，天下都是你們家的，我豈敢和公主爭寵奪權，真是太不自量力了。」

她聲音雖低，卻是面寒如冰，公主心中大感惶急，她一生之中從未和任何人爭吵過，對別人厲言相責，一時之間，竟是心虛無比，她結結巴巴地道：「筱貴妃，我……我可不是這個……這個意思，請你別誤會……別誤會了，你們對我有什麼要求，只管說便是。」

她惶急之下，眼淚幾乎流下，筱兒這才轉顏道：「公主，我知道你不是有意的，不過這種話聽來真教人生氣，好好的，咱們別的不談，先到前園去看花去。」

筱兒看見公主怯生生地站起身來，生像是個做錯事的小姑娘，心中大感滿意，公主天性柔弱，等她下嫁李將軍搬出宮庭，那宮內宮外，捨她筱兒還有誰人。

兩人慢慢走到前園去，筱兒指著盛開的百花道：「這裡一年到頭花開不歇，真是滿院生氣，四季皆春，公主怎的心境老是不開朗？我瞧你總是輕愁眉梢，幾天不見，又清瘦了些。」

公主淡淡地道：「是真的麼？」

筱兒笑道：「花開花謝，公主多愁善感，想來總是往悲的一面去想，可是如果放目四周，萬物欣欣向榮，生生不息，豈非令人振奮，公主，你真的需要一個人陪你解悶啦！」

公主瞟了筱兒一眼，見她神色甚是誠懇，而且句句都說中自己心坎，不禁怦然而動，眼前浮起一個落寞的流浪少年來，暗暗忖道：「我只要多瞧他幾眼，心中便舒服得緊，如果他能陪我聊一刻兒天，那不知有多好，我可能會欣喜得昏倒吧！可是他在哪裡？」

他在哪裡？公主心中喃喃自語，眼前是一片鮮花，爭艷鬥姿，公主凝視著遙遠的天邊，彷彿又瞧到了潺潺的清溪旁，站著一個滿不在乎的少年，她默默地想著：「有些人只要看上一眼，便令人夢魂迴繞，總是不能忘記，可是有些人時時刻刻在你四周徘徊，卻是愈看愈是俗氣人，難道有這樣大的區別麼？」

她想了很久，只覺意興闌珊，筱兒逗留一會，告辭而出，公主緩步相送，走到門口，只見一個少年將軍躬身而立，身旁立著一個衛士，持戈守在門前，心中大吃一驚。

筱兒向那少年將軍眨眨眼，那少年將軍正是李堅，跟在筱兒身後護衛而去，公主定神再瞧，驚得幾乎叫出聲來，只見那少年衛士，眼色湛然地望著自己，臉上看不出半點神色。

公主忽地轉身碎步而回，那少年衛士正是其心，他心中也暗自吃驚忖道：「前幾天在溪邊碰到的女子，原來便是淩月國的公主，我此刻又爲她守門，真是和她有緣了。」

公主快步入房，一直走到入院中最裡面的池塘邊，她緩緩坐下，池中水澈見底，望著水中自己的影子，公主忽然忖道：「我……我長得真是太高大了。」

忽然背後腳步聲一起，一個柔嫩的聲音道：「公主，公主，你……剛才也看到了麼？」

公主轉身道：「翠珠，你說什麼？」

來人正是公主貼身侍女翠珠，她掩口笑道：「現在替咱們守門的，就是前幾天在弱水邊碰到的那個傻瓜。」

公主叱道：「翠珠，你怎麼如此不懂禮教？虧你還是公主的近身侍女。」

翠珠吐吐舌，公主平日甚是柔和，是以侍女愛她之心遠勝畏她之心。翠珠笑道：「還說不是大傻瓜，從中原遍地黃金的好地方，巴巴跑到咱們國裡來當個小衛士，真是叫人不懂啦！」

公主喃喃道：「中國是天下人人嚮往的地方，這人爲什麼要跑來淩月國來？這倒真教人不解。」

翠珠自作聰明接口道：「我知道了，他一定是……是……」

公主望著她問道：「翠珠，你知道什麼了？」

翠珠道：「這人原先是到淩月國有事的，後來……後來看到公主太美了，便不想回中原去啦！補上宮中侍衛，只想多看……看公主幾眼。」

公主笑罵道：「翠珠，虧你會想，你這小腦袋瓜子只會胡思亂想。」

她雖覺此事不可能，心中卻仍暗自欣喜。翠珠又道：「明天我叫他進內宮來，公主可以問問他的底細。」

公主臉一紅，她知這個鬼靈精的侍女，對於自己的心事早就知悉，笑叱道：「翠珠，你胡言亂語，當心我責罵你，內宮何等禁森，豈能任由人進入？」

翠珠想了想，道：「那麼公主出宮去見他。」

公主口中叫道：「不准你再胡說，翠珠你是愈來愈不懂規矩了！」

翠珠笑笑，公主忽道：「你可以離開了，讓我一個人靜靜！」

翠珠聳聳鼻子俏巧地道：「公主，你別顧慮得太多了，以公主的身分、容貌，什麼事情辦不到？」

她說完輕步離去，公主低頭又望著池水一平如鏡，沒有一絲漣漪，心中反覆思量翠珠那句話，忖道：「就是因爲我是公主，一切才沒有自由呀！翠珠這傻丫頭，總愛自作聰明地亂出主意。」

忽然她心發奇想，忖道：「我求哥哥將他升個將軍，他千里迢迢地趕到凌月國來，這份忠心也值得嘉獎啦！」

轉念又忖道：「哥哥會不會答應呢？我從生下來便只聽他的話，從來沒有違背過他半句，也從不曾求過他一事，我希望他能答應我這事。」

她默默地心口相商。這時候，站在宮門外的其心，正在苦思那張凌月國兵力分配的要圖，他想將其中每一個地點都記憶出來。

他對於地輿之學是一竅不通，只靠著硬背將各地關隘要道名稱背下，他怕日久淡忘，便反覆的用心記憶，忽然宮中笛聲又響，聲音中充滿了輕快，似乎是久滯忽通，疑惑突解，其心聽著聽著，心中也跟著鬆懈起來，只覺無事掛牽，一身輕快，連爲什麼來凌月國也都拋到腦後。

那笛音愈來愈是好聽，其心幾乎想棄戈循音而去，忽然心內一驚，他內功深湛，立刻回復神智，適才一陣失神，硬背下來的地名不由忘了好幾個，連忙苦思再記。

其心心中暗驚忖道：「聽說有一門功夫叫做『樂音蝕骨』，若非身通絕頂內力不能辦到，能夠傷人於無形，這內宮之中怎會有此高手，難道是金南道所奏？」

他心中吃驚，更是不敢大意，過了很久，那御林軍統領少年將軍李堅前來換班，其心一言不發，走到宮中衛士所居之室，眾人都以驚奇眼光注視於他，其心一概不理，倒頭便睡，直到明月當空，這才醒轉過來，他一路疾行，身心實是交瘁，又因強用腦力硬記，是以大感疲倦。

其心悄悄下床，這時明月正在當頭，寒光四溢，其心想到這數月來出生入死，鬥智鬥力，真感到老練不少。

驀然從宮殿後冒出兩條人影，一先一後向正南方疾奔而去，那兩條黑影疾如電閃，根本不見雙腳落地借力，遠遠望去，就如凌空渡虛一般。

其心心中大駭，他出道以來，高手見過不少，可是此二人身形之快，卻是驚人之極，他心念一動，也縱身而起，遠遠地只見那兩人向城外馳去，其心順路跟了過去，只片刻便失去了兩人蹤影。

其心翻出城來，那兩人已走得無蹤無影，其心沉吟半晌，便往左邊小徑走去，馳了半個時辰，忽聞風聲呼呼，兵器破空之聲大起。

其心循聲而去，慢慢走近山麓，翻過一個小丘，只見前面懸崖上劍光閃爍，兩個人正在揮動長劍搏擊。

其心藉月光一瞧，兩人劍法太快，激起一片白茫茫的劍氣，竟然看不清身形，忽然砰地一聲，兩劍交擊，那兩人各退半步，凝神而立。

其心這才看清兩人，他心中狂跳，驚得作聲不得，這兩人一個是凌月國丞相金南道，另一個卻是昔日一掌擊斃南海豹人的青袍怪客。

其心一定神又向兩人望去，這時場中兩人長劍微舉，雙方都凝目注視對方。

忽然那青袍怪客揚身而起，一劍直刺過來，這招原是極平常的劍式「樵夫指路」，可是在他的手中，卻顯得蓄勁未發，變化多端，那金南道向後退了一步，也是一劍劃了出去。

青袍怪客在空中連攻七招，這身法其心在他上次除豹人時已然瞧過，可是如今一劍在手，更是氣勢磅礡，有如漫天長虹，彌蓋而下。

金南道也是上前一步，直迎對方攻擊，他劍子連伸帶削，抵住對方六招，身形一側，閃過最後一招，就在間不容髮之際，還了幾劍。

那青袍怪客面罩面具，仍是一襲長袍，灑脫出塵，月光下真如神仙中人，他一抖長劍，輕輕破了金南道攻擊，刷刷又劃出一劍。

他這一招直攻金南道面門，劍尖發出呼呼嘯聲，真如風勁牧原，激起一片劍幕，其心喝彩不已，忖道：「這招『風勁角鳴』，原是關外劍法中絕招，可是當今之世，能將此招施出如此神威，聲勢俱厲的人，只怕是寥寥無幾的了。」

金南道凝神接招，他長劍直封中門，青袍怪客一攻即收，斜削一劍，身形一側，舉劍上撩。

他這招乃是中原武當劍法中「后羿射月」招式，金南道明明知道只要橫削半招，施出「橫江斷壑」的招式便可破去，可是眼見對方來勢快疾，竟然倒退半步，直往對方劍腰砍去。

那青袍怪客招招都是劍法上不可多得之絕招，其心只瞧得眼花撩亂，歎爲觀止，這人遍用天下各派劍術妙招，雖是招招毫不相連，可是在他手中施出，卻是互相補足，心想這人用劍如此，已達劍術宗師的地步了。

金南道愈打愈是驚心，他是西天劍神，從來就沒有人能在他劍下搶取攻擊的，可是眼前這青袍老人，一招招直逼而來，看似每招都是臨時湊合，可是卻是凌厲無比，一時之間，竟無法反擊過去。

金南道心中一怒，劍法大變，他連削七劍，從七個不同方位攻到，那青袍怪客身法一滯，舉劍接了數招，金南道得勢直上，劍光大盛，直逼青袍怪客中宮。

青袍怪客不慌不忙，凝神連接了十幾招，忽然天色一暗，頭頂上一片烏雲掩住了明月。

黑暗中，劍光閃爍就如漫天銀龍，劍氣森森，其心凝神細瞧，金南道攻勢有若長江大河，滔滔綿綿，那青袍怪客並不採取守勢，破招之間，夾著凌厲反擊。

「噹」地一聲兩劍又互擊了一下，一陣微風吹起，烏雲散開，月光下金南道臉上殺氣森然，青袍怪客面戴面具，不知是喜是怒。

青袍怪客略一沉吟，劍勢一滯，又向金南道攻到，他發招愈來愈緩，不再遍用各家劍法，金南道只覺對方劍子愈來愈重，漸漸封住自己攻勢。

金南道運足真力，硬打硬拚，那青袍怪客劍式愈來愈是簡單，透出一片古樸之風，刺擊劈削之間，再無誘敵虛招，其心暗暗忖道：「這人劍術已達返璞歸真的地步，就是天魁和凌月國主，也未必有此功力。」要知高深武術，如果能夠化繁為簡，那是到達至極的地方，招式愈繁，雖是助長攻勢，擾亂敵人心神，可是畢竟因繁而消，減了許多威力。

金南道心中愈打愈驚，又打了五百多招，已是殘月西沉，曉星初露，那青袍怪客驀然迎頭連劈三刻，那劍子雖是輕兵，可是卻如泰山壓頂一般威勢，金南道架了一招，眼見對方胸前大開，他正想橫削一劍，可是對方第二劍又劈來，攻擊之間，竟是天衣無縫，再也無暇反擊。

其心看那青袍怪客一劍重似一劍，真如天神臨凡，睨然不可平視，不禁心神俱醉，他小時候曾見青袍怪客殺了殘暴的南海豹人，對青袍怪客甚是傾慕，這時見他威風八面，金南道號稱西天劍神，在這青袍怪客手下，卻是處處受制，心中高興已極。

金南道架過兩劍，右手微微發麻，第三招用劍一撥，消去對方來勢，青袍怪客呼呼三劍，又從攔腰削來。

金南道舉劍相迎，對方攻擊之時，雖是本身破綻漏洞甚多，可是自己卻無法進攻，一招接著一招，不要說是乘虛而攻，就是拚個兩敗俱傷也不可能，對方總是先了半式，金南道愈打愈寒，他一生武學浸淫於劍道，天下劍法都見識過研究過，可是目下這人不但功力深厚，劍法更是從未識見。

其心瞧了半天，這才瞧出一個道理，他心中忖道：「這青袍怪客招式看似只攻不守，可是他攻擊之間別人根本無法反擊，那麼用來守勢的八分勁道都可傾力而發，真是驚人。」

他細瞧青袍怪客劍法，愈來愈是平實，那金南道勉強抵過第三招，青袍怪客向下盤又是三劍。

金南道明知對方來勢，可是對方一招力道比一招強勁，到第九劍時，已是雷霆萬鈞，呼呼發出風雷之聲，金南道接過第八劍，已是強弩之末，對方第九劍已然攻到，他本可閃身避過，可是他乃是劍術宗師，眼見對方劍式神威凜然，真是生平未見，不由自主的長劍一擊，噹地一聲，手上長劍只剩下一個劍柄。

那青袍怪客劍勢未盡，刷地一聲，餘勢削向金南道下盤，金南道身形連退，愈來愈近懸崖邊緣，那青袍怪客步步進逼，驀然長臂一伸，金南道低聲一哼，挺立在懸崖邊緣，青袍怪客收劍而立。

其心暗暗忖道：「西天劍神雙足足筋已斷，還能獨立萬丈深淵之前，此人功力也真駭人了。」

金南道低聲嘶叫道：「請教閣下萬兒？」

那青袍怪客將面具頭巾一拉下，月光下只見他長髯束髮，仙風道骨。金南道忽然喃喃地道：「天劍董無奇，天劍董無奇，原來就是你。」

其心也是一驚，心中忖道：「原來他就是天劍，名列天座三星末位的天劍，難怪上次他和凌月國主對了一招，凌月國主吃了大虧，此人不知和齊天心是什麼關係？」

天劍董無奇緩緩地道：「金南道，老夫本來與世無爭，你們凌月國卻偏要找老夫麻煩，我問你，齊天心是你殺的嗎？」

金南道哈哈狂笑道：「是又怎樣，難道我西天劍神怕認了？」

天劍董無奇臉色一變，更顯得白皙慘然，他顫聲道：「是你……你……親自動手的？」

金南道點點頭，道：「正是！」

砰地一聲，天劍手中長劍墜地，他雖聽江湖上人傳言齊天心死於西天劍神之手，可是猶自不能深信，這才千里迢迢跑來凌月國會會西天劍神金南道，此時見對手的確不弱，而且承認殺害齊天心，他一生之中，除了齊天心這寶貝兒子以外，可以說是再無親人，此時證實噩耗，心中真是一片空白，連眼淚也流不出來。

那金南道吃力地問道：「齊天……心……是你……什麼……什麼人？」

天劍董無奇驀然神智一醒，他雙目發赤，直視西天劍神，一步步向前走去，口中陰沉地一個個字地道：「齊天心是天劍之子，今日殺了你好替他報仇。」

他雙掌橫胸愈走愈近，金南道昂然不懼，他喘息地道：「天……劍，你適才施的……是什麼……什麼劍法，我這……西天……西天劍神的外號可也不是白混來的，怎麼認不出來？」

董無奇見金南道並不逃避，他一怔之下，脫口道：「告訴你也無妨，叫你死得甘心，這就是『大風劍法』。」

金南道哈哈長笑，神色歡喜已極，他口中喃喃道：「大風劍法，大風劍法，這是失傳多年無法抵禦的劍法，輸在這種劍法下，罷了罷了！」

他笑聲方畢，腳下一軟，身形再也支持不住，一個踉蹌，跌下深淵，好半晌，淵底才傳出一聲低微的回音。

金南道一身神劍，普天之下也找不出幾人，卻不料死在天劍董無奇的一手快劍之下，真是人外有人，天外有天了。

董無奇呆呆站在崖邊，他憤怒一消，心中真是悲不可抑，天心這生平唯一可愛的人已經再不可見，害死他的仇人也葬身崖底，死的人是一了百了，恩怨兩消，可是活的人卻仍然要承受無盡的痛苦。晨風不斷地吹著，這武林中的第一人，像石像般地立在崖邊，也不知過了多久。

董無奇昔年爲父親暴死，兄弟鬩牆反目，早將人生看破，後來妻子死於難產，便一心一意養育這個寶貝兒子，真可說是嚴父慈母一般，這時兒子又先他而去，更覺世情空幻，塵世間再無留戀之處，他輕輕唱道：「伊上帝之降命兮，何修短之難裁……」

賦聲未絕，人卻已如一縷輕煙而去，遠處山麓中還傳來淒涼的聲音：「或懷孕而逢災，或華髮以終年……」

其心在山坡上目睹這武林中最驚人的一場戰鬥，直到天劍董無奇走得遠了，這才緩緩下山，乘著天色未亮，趕快趕入城中，他邊走邊想：「那金南道雙筋被削，還能久立不倒，可是他一聽到傷他的是大風劍法，心神一鬆，再也支持不住，江湖上視名聲是如此之重，這大風劍法、震天三式、漠南金沙神功原是古代三絕藝，西天劍神雖有一身驚天動地的武功，但是碰到了大風劍法，那也是無可奈何的了。」

他轉念又想道：「齊天心原來是天劍董無奇的兒子，難怪功力如此之高，可惜竟死在金南道之手中。」

他邊走邊想，不覺已入城到了宮前，閃身入宮，並沒有人發現他。

次日，其心又至公主寢宮前守衛，估計金南道突然失蹤，一定引起朝上大亂，心想坐觀其變，再設法溜去通知甘蘭總督安大人。

那朝中金丞相一離開，無人主持政事，自是亂成一片，好容易大家一致結論，金南道一定得到皇上命令，匆匆出行，竟不及於告知眾人，這便推了太子太傅暫主政事。

其心知短期內凌月國是不敢採取行動，便安然留在國中，這日傍晚守衛完畢，正要離開內宮，忽然宮內又傳出了一陣悠揚的笛聲，悅耳已極，宮廷林園極大，奇禽異獸甚多，其心聽了一會，只見一群群黃鶯兒和彩色小鸚鵡，紛紛結隊向宮內飛去。

其心忖道：「這內宮定有能人，這人樂音已達驅禽馴獸的地步，聽說樂音蝕骨，可以使江河倒流，百花齊放，這雖說得過分，可是傷人於無形，這倒是不可輕視。」

他略一沉吟，看看四下無人，便縱身躍進內宮，循聲而去，只見叢林深處，一個少女正在吹笛，背影十分高大。

其心遠遠窺看，那少女白衣長裙，在樹叢中顯得格外分明，過了半晌，她伸手將小笛放入懷中，緩緩轉過身來，走到花圃之中。

其心定神一看，那少女竟是淩月國公主，她便衣而行，倒顯得青春年輕，她伸手採了一朵玫瑰，無聊地一瓣瓣撕下。

隔了一會，她雙目四下一掃，其心只覺一對寒光閃過，那眼神當真又亮又黑，精氣內蘊。

公主撕了數片花瓣，她雙指一夾，望著三丈遠外假石山一振，一片花瓣疾若流星擊到石上，她邊撕邊打，一朵玫瑰很快便打完，其心定睛一看，幾乎不能相信自己的眼睛，那堅逾金石的硬巖上，端端嵌入一朵鮮艷玫瑰，花瓣片片齊全，栩栩若生。

公主緩緩向那假石山走去，她右手輕輕一按，那石頭半點未動，那朵玫瑰卻似活的一般，一瓣瓣跳了出來，公主用手接住，順手一撒，遍地繽紛。

其心心中狂跳，他經歷不爲不多，見過的高手也不少，可是像這種駭人的內功掌力，卻是不可思議，最令人驚異的就是這驚人內力，竟發自這雙纖纖素手，養尊處優的公主身上。

那公主忽然一轉身，其心不敢亂動，他估量如果所見無差，這公主功力不僅較自己高出許多，較之金南道也是高明，就是凌月國主親臨，也不見得有把握勝她。

公主目光忽然向其心隱身之處一掃，隨即漫步走開，依在一棵大樹根前，嗚嗚地吹起笛來。

她這次吹的是「迎佳賓」，這是極普通的曲子，其心對音韻雖是不解，也還聽得出，公主反覆吹了三遍，其心心念一動，忖道：「她難道是看到我了，故意要我現身相見？」

他正在猶豫，忽然公主笛聲一止，從樹叢中跳出一個宮中侍女，指著其心立身之處說道：「佳賓既臨，何不現身？」

其心臉一熱，心想自己還以爲在偷窺別人，想不到反而早被別人發現，他潛入內宮，於禮太是不合，如果再鬼鬼祟祟，定然更引人懷疑，當下只有硬著頭皮走出，走向公主，遠遠的作勢欲跪，那公主心中一急忖道：「他們漢人說男兒膝下有黃金，我豈能要他跪下？」

她見其心身子彎曲將要跪下，她大急之下，手足無措，凌空一托，其心只覺一股絕大內力上湧，他運了五成內勁，這才不致於被托起凌空，心中更加驚駭。

那公主俏臉通紅，不知如何是好，她在慌亂之下，已然忘記了其心能抵擋自己內勁這回事。

宮妝侍女笑道：「我們公主不要你拜，年紀輕輕的怎麼就像磕頭蟲一樣，真是……」

她一語未畢，公主臉色大變，嘴唇氣得發顫，那侍女正是翠珠，她侍奉公主五年，從未見過這位溫柔的公主發過這大脾氣，當下嚇得心中發虛，一句話也說不出來。

其心作揖道：「小人聽得笛子好聽，忍不住偷偷進了內宮，公主玉鑒，請恕小人無禮之罪。」

公主見他那副誠惶誠恐的樣子，和他那高雅俊儒的外貌大不相符，心中微微發酸忖道：「這人出身定是寒微，我……我……可要好好培養他的自尊心，我可不要……一個……一個，唉，我必須依賴一個可靠的人。」

公主柔聲道：「你放心，我不會告訴你們的李將軍。」

其心連忙稱謝，又恨不得叩頭一般，他這半年多，都是偽裝受人擺佈，不是卑躬屈膝，便是由人侮辱，是以心中這種動作並未存有半點不慣之感，那公主看到這情形，想到他一定是命途乖蹇，受慣別人指使，不禁對他大起同情之心。

其心正待告辭，公主目光中充滿了挽留之意，卻是說不出口。翠珠忍不住道：「我們公主想……你……好大的架子，公主沒有命令，你豈可任意離開？」

她知說溜了口，連忙補了一句。那公主柔聲道：「好吧，你走吧！」

其心悄悄望了望公主，公主卻也正在望著他，那眼神中又是失望又是傷心，就如莊玲離開他時一般模樣，他雖是極端理智的人，瞧著那眼色，心中竟然強烈激動起來，然而在那陽陽的面孔上，卻找不出一絲痕跡。

其心道：「公主笛子吹得真好，小人聽了幾乎忍不住要隨聲而歌，順曲而舞。」

翠珠插口道：「這有什麼稀奇，好聽的才多哩！」

公主橫了她一眼，心中忖道：「只要你愛聽，我每天吹給你聽也是樂意。」

公主忽道：「你好生生在中原怎麼要跑來西域？中原難道有什麼不好嗎？」

其心搖搖頭道：「中原雖大，卻無我容身之處，說來也無人相信。」

他想到自己惡名已傳遍中原，真的是無法立足，不禁悚然動容。那公主安慰道：「既然中原人對你不住，咱們凌月國卻歡迎你，你別傷心。」

其心聽她柔聲說話，並無半點公主驕縱樣子，不由又想起素衣布裙的安明兒。公主接著柔聲道：「你……你是一個人來凌月國嗎？你父母知不知道？」

其心搖搖頭道：「這世上除天地和我自己知道我的行蹤外，旁人就算想知道，也是想要殺我的。」

公主歎口氣道：「真是可憐的……唉！真是可憐！」

她本想說：「可憐的孩子」，話到嘴邊又縮了回去。其心忽然想到自己是裝中迷藥之身，在這純良的公主面前，竟然侃侃而談忘了戒備，如果被人傳了出來，豈非一個漏洞，當下不假思索地叫道：「我不要別人同情，也不要別人可憐，你……你是什麼人？你想害我是不是？」

他大聲嚷叫，公主不禁一怔。翠珠低聲道：「公主，他瘋病又發了，聽說他是中了皇上的迷魂藥，趕快讓他走出去。」

公主尚未答，其心喊叫不停，忽然宮廷前門一開，御林軍總督李堅大步進來，劈面給了其心一記耳光。

公主連忙道：「李將軍，別打他，好好將他帶出去。」

那少年李將軍對公主恭敬已極，將其心押了下去，一出了內宮，便往御林軍營房中，招呼軍法軍佐行刑，結結實實打了其心四十大棍。

那李堅先就聽說其心與公主言談甚歡，心中大起嫉妒之心，倒反忘了懷疑，可是內宮非公主有請是絕不能擅自進入，直到其心大鬧，這才藉機入內抓了其心。

其心挨了四十大棍，衣衫打得碎片零落，又受幾處外傷，那李堅故意害他，任命他專門站夜衛，其心心想時機尚未成熟，如果太早發作，便不能將凌月國主消滅，日後終是大患。

這時又輪到他守衛，公主藉故出了內宮，只見其心形容憔悴，心知他一定受了不少苦頭，不禁大惱，可是李堅是皇上愛將，一時之間她也無可奈何。

公主見四下無人，對其心低聲道：「你受了苦嗎？」

其心漠然搖搖頭道：「什麼受苦？我可不知道。」

公主凝然看了他一眼，注視著其心雙目，半晌幽幽道：「你根本就沒有中迷藥，你幹麼要裝？」

其心心中大驚，目中叫道：「有人要害我啦！」

公主柳眉一皺道：「我偷偷跟在你後面查了很久，你這瘋病是裝出來的，你不必否認，我不會告訴別人的。」

其心默然，他見公主說得誠懇，心念一動低聲道：「我晚上去找公主。」

公主掩不住內心欣喜，喜笑顏開地走了，其心長長舒了口氣，心中忖道：「好歹要編個好故事去瞞這公主，看來公主對我很是關心哩！」

他想至此，不竟有點沾沾自喜的感覺，大凡任何少年男子，如果少女對他有情，他不管是不是真心誠意，總覺甚是得意，董其心這人雖是深沉，但這種天性仍在，心中暗暗忖道：「這公主看似柔弱，其實內心聰明得緊，不然怎會在我不知不覺之中發現我的秘密？」

其心想了半天，想了一個妥善謊言，到了晚上，他悄悄溜進內宮，公主卻自坐在花圃之中靜待。

其心道：「公主既是知道小人秘密，小人也就照實告訴殿下，小人身負血仇，被中原武林逼得無路可行，這才投凌月國王，想偷偷學幾招武藝報仇。」

公主道：「你真未中迷藥嗎？」

其心點點頭道：「小人是一個陌生中原漢人，如果不是裝作中了毒藥，國王如何肯收留我？不收留我，我又如何學得武藝？」

公主長舒了口氣道：「原來如此，國王定是賞識你的才幹，這才會收絡你，就憑你這番聰明，連算無遺策的國王也被你哄過，就可見了。」

其心道：「請公主保守秘密，不然小的性命難保。」

公主柔聲道：「有我……我們護著你，他們不敢對你怎樣。」

其心見公主並無半點疑惑之心，完全相信自己，不禁微感歉疚，他處處防人一著，可是公主純良有如一張白紙，其心覺得甚是慚愧。

他忽轉念又忖道：「說不定公主比我更高一等，她在偵查我的行動，那可不妙。」

他不禁抬頭看著公主，那表情像嬰兒一般誠摯無邪，其心下意識的心中發寒，他愈是遇到困難重重，危險百出的事愈是鎮靜，可是對於這最普通的推斷觀察，卻是愈不相信自己，他心中忖道：「看在這誠懇的面孔上，就是被騙一次算了，如果人人都如我這般陰險，那麼這人生還有什麼意思？」

公主柔聲道：「你負了什麼大仇，可以讓我知道一點嗎？」

其心一怔，他靈機一轉道：「很多人做了壞事，可是別人卻都掛在我爹爹頭上，在我爹爹頭上掛多了，就掛在我頭上，我如不去學上乘武功，豈不任人宰割？死得冤枉？」

他此言倒是事實，他含憤而發。公主安慰地道：「你別灰心，只要有毅力，定可學成上乘武功。」

其心點點頭。公主又道：「你家中除了你爹爹外，還有別人嗎？」

其心道：「沒有。」心中暗自忖道：「她是在問我有無妻房吧！」

他想到此，暗暗有一種喜悅，可是瞧著公主無邪的神色，對於這種想法又覺得十分可恥，向公主行了一禮，慢步退出。

公主凝視著他的背影在黑暗中消失，心中默默禱道：「萬能的阿拉，感謝你給我無比的勇氣和智慧，我其實根本就不知他是裝作中毒的，我突然說出，原是心中希望，想不到卻被我猜中了。」

她抬頭只見天空又黑又高，心中瀰漫著無比的虔誠，阿拉是萬能的，尤其是對一個少女的幻想，她貴爲公主，凌月國在西域國中居於領導地位，身分何等尊貴，可是竟會對一個異國的流浪少年，推心置腹不顧一切，這是多麼奇妙的一種力量。

其心卻鬆了一口氣，他心想公主對他絕對不存惡意，否則就以她的武功，也非自己所能敵，他卻萬萬想不到，自己卻是被公主一句謊言所騙，所謂「智者千慮，必有一失」。世上儘多智無遺算的人，却會被一個最平常的小詭計所愚弄。

四五　殺之何咎

且說其心在凌月國又混了半月，他將一切行情都打聽差不多了，心中盤算著如何乘機東返，向甘蘭安大人報信。凌月國中由太子太傅執政，他乃是老成持重之人，堅決主張至少要等皇上或是金丞相回國後，再作打算。

那公主對其心愈來愈好，她爲了避免被人瞧見說口，雖然不再約其心進宮相會，可是每天都要出宮數次，多看其心數眼，心中便感無限舒服，更不時差翠珠噓寒問暖，有時還悄悄送給親手調製的羹湯。

筱兒見公主忽然開朗起來，只道是她很滿意和李將軍的婚事，心裡暗喜；其心心中卻暗自叫苦，他對公主並無情意，眼前公主款款柔情，心中真是百感交集，暗忖早日離開爲妙，免得和她哥哥相鬥，又和公主糾纏不清。

這日已是臘月將盡，年關將臨，那太子太傅召集文武重臣商量，金丞相秘密去國已經半月有餘，卻是消息全無，眼看冬去春來，皇上的使命不知到底應該如何行動。

太子太傅起身道：「金丞相平日行事穩健，他掌本朝相位垂十餘載，從來沒有出過差錯，總是交代得井井有條，這次突然在夜間失蹤，連老夫也沒有交代一句，此事實在奇怪。」

眾大臣議論紛紛，均覺此事有些離奇，太子太傅歇了歇又道：「此事依老夫看來，只有兩個可能，第一個是金丞相接到皇上千里傳訊的信鴿，急赴中原相助皇上，這個可能最大，不然第二個可能，老夫雖是萬萬不信，但事到如今，卻是不能不慮。」

眾大臣紛紛屏息而聽，那太子太傅沉聲道：「如非金丞相遠赴中原相助皇上，那麼金丞相便是被人引開，敵人將會乘虛而入。」

他此言一出，眾人都是面面相覷，太子太傅又道：「如是老夫第二個猜測，金丞相如非遇難，便是遭人引走囚禁，老夫今日請諸位大臣前來，便是商量此事。」

大臣中那少年將軍李堅首先反對道：「太傅此言差矣，金丞相何等神威，除了皇上之外，世上豈有強似西天劍神的高手？」

西天劍神金南道在武學上實在也是一個大大奇才，他昔年在西域天山南麓，曾經一劍敗三十幾個圍攻高手，事後西域武林中人傳言，金南道手不停招，一夜之間，只見天山南麓劍氣衝霄，根本就看不見他身形影子，到了第二天清晨，地上整整齊齊排放了三十六件長短兵器，山麓上數十丈方圓冰雪盡溶。

這一戰，金南道劍術已達通玄地步，武林之中贈以「西天劍神」的尊稱，西域武林，只要提起金南道，莫不敬若天神，只因凌月國主生平極少顯露真功夫，是以聲名反而不如金南道之盛。

那御林軍統領李堅如此一說，眾大臣都覺得金南道不可能是被人所傷。太子太傅道：「老夫心中也極希望此事不要到如此地步，可是皇上傳令，今春正月二月之間，咱們去攻打甘蘭要鎮，如今中樞無人，老夫負不起這個責任，依老夫看來，目下只有一個計較。」

眾人齊聲問道：「太傅有何高見，我等洗耳恭聽。」

太子太傅沉著地道：「咱們飛騎中原，派人去請示皇上或是金丞相。」

武將中總領六軍全國兵馬大元帥徐麟起身道：「目下天下兵馬集中京都即將完畢，這百萬大軍，如果不能剋日出發，軍中士卒役夫，末將對於這個守密的問題可不能負責保險。」

太子太傅點點頭道：「中國地方之大，比起淩月國來何止數十倍，兵馬自也眾多，咱們除非攻其不備，使其措手不及，這才有成功之算，如果行軍不能保密，中國聚集了軍馬，不但全然失了皇上指示之精神，而且勝機也極渺茫。」

徐將軍接口道：「所以末將請太傅注意時間上之支配。」

太子太傅沉著地道：「咱們目前預定在上元過後五天之內行動，徐將軍那時兵馬也調派得差不多了，這二十多天，先派數起武士由李將軍率領到中原去尋皇上，如果到上元還無消息，那時再無考慮，只有前進一條路了。」

他說得極爲中肯，調派之間極有分寸，儼然有大將軍之風。李堅將軍忽道：「皇上收服那姓董的少年，也可派他到中原去尋皇上，他最近才離開皇上，說不定找起來比較有效。」

太子太傅點頭許道：「李將軍真是智勇雙全，這人心智已失，說不定皇上遣他回國時還另有交代，來人，快叫那姓董的少年上來。」

其心漫步走入宮中大廳。太子太傅道：「董其心，皇上除了叫你告訴金丞相要攻打甘蘭重鎮外，還有沒有其他交代？」

其心想了想道：「皇上說如果我要回去也可以。」

太子太傅一喜道：「你知道皇上在哪裡嗎？怎麼不早說？」

其心漠然答道：「皇上不准我亂說，你們又沒有問我。」

太子太傅連忙裁紙寫了一張摺子，他是狀元之才，文字嫻熟，揮筆端端敬敬地向皇上報道危機，當下用火漆封了口。

太子太傅向眾大臣道：「咱們便遣此人前往，李將軍，請你也從東南小道入中國，以備皇上問詢！」

其心李將軍雙雙應命，當日便騎著駿馬東行，其心心道正好乘這機會向安大人報告，心中不由大喜。

他行走了數日，度過戈壁沙漠，一出了凌月國，天氣愈來愈冷，一路上滴水成冰，寒風凜烈，正是嚴冬時分。

這天忽然下了大雪，其心等雪霽天晴，已是兩天兩夜以後，原野上一片皓白，積雪總有數尺之厚，那官道小道都被大雪所遮蓋，舉目望去，只見是一片粉妝銀鑿的世界。

其心認定方向前行，那馬是西域異種，耐寒善跑，雖在如此酷寒之下，猶能步步前行，踏雪而過。

他這樣行了一天，走到傍晚，忽見遠遠之處出現了兩個黑點，雪地裡，雖在極遠之處，但也顯得格外清楚。其心心中不由大奇，只見那兩個黑點愈來愈近，身法甚是快疾，不一會已來到十數丈之前，其心定神一瞧，心中暗暗叫苦，原來正是號稱天下第一的天魁和怪鳥客羅之林。

其心眼見躲避不開，他心中盤算應付之計，臉上卻裝得滿不在乎，那天魁早就看到其心，哈哈一陣怪笑道：「好小子，咱們又遇上了，你能從老夫手中逃脫，顯然很有本事，聽說你被凌月國主收服了，可是真的？」

其心不發一言，只作未聞，那怪鳥客羅之林低聲道：「師伯，這小子詭計多端，留了總是禍患，不如乘這機會除去。」

天魁沉吟不語，他暗自忖道：「這小子既已投靠凌月國主，我現在還要利用凌月國主，豈可傷了彼此情感，罷了，今日便饒過他這一遭。」

羅之林俯耳道：「這小子詭計太多，他如果在凌月國主那邊，對咱們也是不利，師伯還不如暗暗下手將他做了，豈非神不知鬼不覺？」

天魁想到如果其心當真幫凌月國主設謀，實在是個大大禍患，他正眼一瞧其心，只見其心臉色深沉，不知又在動什麼詭計，心中不由大怒，殺機一起，忖道：「我天魁豈有不能殺之人，就是凌月國主知道了，他又能將我怎樣？他借我力之處甚多，終不能為這小子和我鬧翻。」

他陰森森地道：「姓董的小子，你自刎吧！」

其心冷冷打量著他，要逃走是很困難的了，這雪地裡一望數里，而且行動又不方便，天魁的輕功比自己高明得多，目下之計，只有先行拖延，見機而行了。

怪鳥客羅之林叫道：「董其心，你難道聾了不成？你非要爺們來動手嗎？」

其心沉聲道：「天魁既是不顧身分，那還有什麼好說的？你們兩個一起上吧！」

天魁陰陰一笑道：「董小子，你今天是死定了。」

其心乘他一言未畢驀然發出一拳，他一上來就用威鎮天下的「震天三式」，天魁對這少年老早便存忌憚之心，隨時防備著他會突然出招，當下身子向旁一閃，連守帶攻打了起來。

其心知道空手不成，刷地抽出長劍，不再搶攻，只是緊護門戶，絕不貪功，那天魁見他招式老氣橫秋，像是浸淫劍道數十年的老手，可是臉上細皮嫩肉，年輕得令人心寒，天魁殺機一起，招式立刻放重。

其心苦戰之下，劍圈漸漸縮小，長劍伸展困難，他每被逼進一寸，便立刻守住這圈，不再強自扳平，是以圈子雖愈來愈小，可是卻守得十分堅固，兩百招之內，天魁掌力放盡，卻並未將其心擊倒。

天魁見其心數月不見，功力更是老到，隱約之間又進了半級，他上次在青龍山巔，兩百招便將其心擊倒，目下卻多施了數十招，仍然沒有擊倒他。

其心見天魁欺身太近，他心念一動，長吸一口真氣，冒險當頭連劈三劍，正是上次天劍和金南道交手的大風劍法，他雖不諳其中口訣運轉真氣之竅，可是出招之間，依稀還有五分精神。

天魁見他招式忽改威風凜凜，身形微微一滯，其心又是三劍攻到，天魁退了兩步，他乃武學大宗師，退步之間，已瞧出破綻，伸手一彈，點開其心長劍，左手已按到其心脅下，順手點了穴道。

如果其心仍用本門劍法和他打鬥，至少還可以和他纏過數十招，他用起大風劍法，只是一個空架子，精妙之處絲毫未能展出，是以立刻被擒。

天魁冷冷地道：「小子，你縱有通天的本事，也難逃過一死，哈哈！」

其心問道：「我與你無怨無仇，你爲什麼要苦苦相逼？」

他雖知已陷絕地，可是仍未完全絕望，只想拖延待變。天魁陰陰地道：「小子，誰叫你腦袋如此聰明？哈哈，如果不早除你，再過幾年，江湖上還有老輩混的餘地嗎？」

他此說倒是肺腑之言，其心生死掌在他手中，他決意殺掉其心，是以對其心說出真情。

其心心中焦急，口中卻道：「原來你是害怕我一個小輩，我董其心何德何能，竟使一個號稱天下第一的老前輩恐懼，也算死得不枉了。」

他侃侃而談，並無半點畏死之態，天魁右掌舉起，正待向其心天靈蓋擊去，忽然背後風聲一起，一股力道直擊過來。

天魁何等功力，他身子微側，先閃敵人攻勢，左腳卻接著飛起踢向其心死穴，他這兩個動作有如一氣呵成，美妙非常，可是腳才抬起一半，忽然對方硬生生伸出一隻手來，直往他頸間切去。

這一招變招之速，天魁大吃一驚，他飛快縮腿，褲管粗鬆處已吃掌風掃過，就如利剪切過一般，破了一段，這絲布原本是不受力之物，來人掌力竟然如此凌厲，已達無堅不摧的地步了。

天魁連忙轉身，他一時托大吃了小虧，臉色十分難看，只見身後立著一個蒙面老者，冷冷地打量著他。

其心心中狂喜叫道：「爹爹！爹爹！您老人家可來了。」

那老者驀然一抹面具，露出本來面目，他冷冷地道：「欺侮一個後生孩子，算得上什麼英雄好漢？」

天魁道：「閣下就是威震武林的地煞董無公了，今日一見果真是名不虛傳。」

他乾笑了幾聲，心中著實吃驚，他曾聽天禽溫萬里說過，地煞董無公可能功力盡失，可是此時地煞董無公功力凌厲，實是他生平所僅見，心中正在打算要不要出手相拚。

其心心中緊張已極，他有生以來，從未見爹爹和別人交過手，對方卻是號稱天下第一高手的天魁。

董無公柔聲道：「其心你沒事吧！」

其心答道：「爹爹我一點都沒事，這人就是天座三星之首的天魁。」

董無公淡然地道：「其心，管他什麼天魁天禽，只要有人欺侮於你，爹爹就替你出口氣。」

他爺兒倆一問一答，根本沒將天魁放在眼內。天魁老奸巨猾，知道今日所遇是生平大敵，是以並不激怒。那怪鳥客羅之林是少年心性，卻是忍耐不住了，他高聲叫罵道：「什麼東西，婆婆媽媽像個娘兒們，要談家常到家中去談好了。」

董無公輕輕移動一步，倏地出手一抓，羅之林想不到地煞會突然下手，只覺眼前一花便被扣住脈門，天魁冷冷一哼，大踏步往地煞面門抓去。

董無公一手抓住怪鳥客，他見天魁出手來攻，心想自己手抓一人行動未免吃虧，右掌輕輕一拍怪鳥客臀部，羅之林身形有若箭矢，直往天魁射去。

天魁原來前進三步，已然逼近地煞董無公，突見羅之林身子飛來，他不敢再事托大，一吸真氣，身形略停，伸手接過羅之林，放在地上，董無公已上前解開其心穴道。

天魁心中吃驚忖道：「好純的隔山打牛氣功。」

董無公洒然而立，其心眼看他爹爹出手從容，強如天魁也只有束手瞪眼的份兒，心中狂喜之下，對爹爹信心大增。

天魁一言不發，雙掌一拂，董無公真氣暴發，臉上一陣酡紅，天魁突然身子一斜，領著羅之林躍過董無公而去，董無公一吐氣，也不追趕，長眉漸漸垂下。

其心忖道：「爹爹如果施出震天三式，不知又何等威力，天魁也不敢一拚。」

他思忖之間，天魁和羅之林已漸走得遠了，其心像孩子般地歡叫道：「爹爹，天魁被您打跑了，真是痛快！」

他這半年來步步爲營，神經總是繃得緊緊的，這時在父親面前才能放鬆一切戒備，因爲就是有天大的事情，也自有這個功力比天神的父親替他擔當了。

董無公道：「你這些日子混到哪裡去了？十幾天前我碰到武當周道長，他好像心中有事，言語之間對你頗不滿意，我知你做事有分寸，這到底是怎麼回事？」

其心在父親面前，直覺滿腹委屈，他歎口氣道：「爹爹，我現在江湖上的聲名，已和當年您老人家『地煞』的名字一樣了。」

董無公驚道：「怎麼？」

其心這才將這半年來所做所爲都告訴父親；董無公只聽得冷汗直冒，他細瞧著這個年輕的兒子，心中真是充滿了自豪，一刻之間，在他眼中這孩子不再是不懂事的少年了，而是一個老成深算的巨人，但這感覺只是一刻，其心畢竟還是一個孩子。

董無公道：「其心，你願意受天下人冤枉而不顧嗎？」

其心沉聲道：「是非本無定，但求我心安，皎比明月，皎比明月。」

董無公聽得一震，這正是他昔年常常引以自解的句子，此時從兒子口中說出，比千萬人替他證明無辜更顯得真切，一時之間，他擁著其心反覆喃喃地道：「是非本無定，但求我心安，是非本無定，但求我心安……皎比明月。」

其心道：「天下的人很多都知道爹爹是無辜的，像丐幫的藍老大，像武當的周道長！」

董無公搖搖頭淡然道：「這個我早便已看破，其心，你一個人身肩這麼大的責任忍辱負重，可要爹爹幫忙嗎？」

「我可以自己理會，爹爹，你還有什麼要事，只管去辦，等這事一了，我便和爹爹住在一起，江湖上總是廝殺險詐，我也混得膩了。」

董無公見其心沉著地說著，似乎胸有成竹可以擔負起這如山重任，他不由讚道：「好孩子，有志氣，爹爹一生之中的事，不久就要揭曉了，所以這段時間也無法陪你，你好自爲之，凡事總要三思而行。」

其心道：「爹爹，我知道。」

董無公歎口氣道：「做爹爹的從來很少照顧於你，也虧你是足智多謀，比爹爹還強得多！」

他歇了歇又道：「爹爹上次得了那寶藏之圖，尋到了百年靈藥，又得到了一對寶刃，就是江湖上人人垂涎的干將莫邪雌雄寶劍，我早就不用劍了，心想這寶物已藏了數百年所以還是藏在原地最安全，異日有暇，送給你以壯行色。」

其心插口道：「藍幫主贈的那地圖原是世人夢寐以求的。怪不得那麼……」

董無公點點頭又道：「我當年受了慘重一擊，功力已然全失，這次服了靈藥，這才恢復神功，後來發現凌月國主東來，匆匆趕到西崑崙去，崑崙已被弄得冰消瓦散了。」

其心道：「難怪上次在張家口爹爹匆匆走掉，我連瞧都沒瞧上一眼！爹爹，這世上誰有如此功力，可以將你打傷？」

董無公沉聲道：「打傷我的，就是你的親伯伯，爹爹的親哥哥，天劍董無奇。」

他此言一出，其心耳邊一嗡，幾乎不相信自己的耳朵，其心喃喃地道：「天劍董無奇，那麼齊天心……齊天心豈非我的堂兄嗎？」

董無公一怔。其心道：「齊天心就是上次在口外爹爹看到的那個富家公子！」

董無公哦了一聲道：「原來他便是天劍的孩子，真如人中之龍，有子如此，也足以大快老懷了。」

其心道：「爹爹，天劍怎能打傷你？」

董無公歎口氣道：「此事說來話長，爹爹和天劍當年為了你祖父之死，雙雙反目，都懷疑是對方下的毒手，是以發展到最後，免不了走上火拚之路。」

其心道：「爹爹功夫不及天劍嗎？」

他在父親面前，童心流露無遺，兩眼瞪著爹爹，心中渴望爹爹搖頭，可是注視了半天，董無公的頭並無搖動一絲，心中大感失望。

董無公道：「如說天下高手，天座三星和地煞原是齊名，可是事實上天劍董無奇略高半籌，其餘之人只有伯仲之間，我後來雖然學會震天三式，可是又焉知天魁天禽不會進益。」

其心忽道：「當年爹爹和伯父之間難道是一件誤會麼？」

董無公搖搖頭道：「我一生便求能夠證實這點，現在總算有了眉目，唉！曹子桓子建兄弟爲爭王位，兄弟鬩牆，兄逼弟七步賦詩，成了千古警世之語，我們天劍地煞兄弟卻是爲了什麼？造化弄人，夫復何言？」

其心道：「齊天心已死在西天劍神金南道之手，伯父替他報仇，將金南道殺了！」

董無公驀地站起身來，他大驚之下，一頓足將地數尺深雪沒脛，泥地上深深印了一雙足印。

董無公喃喃道：「唉！齊天心……是他唯一的孩子啊，上天對我董家難道如此之薄？」

其心默然。董無公突然想起一事道：「我來時聽說丐幫和什麼帆揚鏢局在陝甘交界約地決鬥，你和藍老大既是好友，何不助他一臂之力？」

其心心中一凜，忖道：「孫帆揚和藍大哥之爭，多半是爲我的事而發生爭鬥，我豈可不管了？」

其心道：「爹爹，我這就趕去，您到哪兒去？」

董無公道：「我向南走，你向東行，咱們就此別過。」

董其心匆匆趕路的時候，已經太遲了。

陝甘道上，名滿武林的丐幫大俠與天下第一鏢頭孫帆揚幹上了。

孫帆揚懷著滿腹的雄心壯志，邀集了華北武林道所有的高手，打算與凌月國主的勢力相抗，他抱著捨身取義的決心，敵人雖強，也就沒有什麼可怕的了。在孫帆揚想，丐幫諸俠不願加盟參加共同剷除凌月國主黨羽的工作，必是臨危變節，但他又怎麼想得到丐幫所爲的，只是董其心一個人？

藍文侯帶著白翎與古箏鋒到了陝甘道上，他和雷二俠在開封與三個凌月國來的高手周旋，憑著一身神功與機智經驗，讓三個異服青年始終沒有辦法下得了手，後來西天劍神金南道大舉攻襲少林，三個異服青年只好快快而退。藍文侯也知道凌月國主的陰謀野心，是以他帶著白古二人與孫帆揚相見，是抱著化解誤會的意思。

豈料到了雙方見面之下，孫帆揚邀集了七八個北方一流的武學名家嚴陣以待，幾句不對，立刻就動上了手。

鐵筆判官古箏鋒戟指著孫帆揚破口大罵道：「姓孫的老匹夫，你是得了失心瘋，你在洛陽讓顧紹文那老捕頭擺佈了，卻到俺們這兒來耍威風，告訴你，董其心是咱們的小兄弟，誰要敢動他一根汗毛，俺姓古的就要他好看……」

他話還沒有罵完，山西太原退隱了十多年的太極名手錢老爺子已經和他動上了手，事情到了這個地步，藍文侯想不打已經不成了。

孫帆揚這次奮起以天下爲己任，把許多退隱多年的高手都請了出來，其中如淮南譚家的神腿譚二爺、九華山的平原莊主申百休、點蒼的洪氏兄弟，在昔年全是赫赫威名的人物，沒想到凌月國主沒遇上，倒先和丐幫幹上了。

錢老爺子的太極拳已達到爐火純青之境，鐵筆判官古箏鋒和他交上了手，五十招內被那綿綿不絕的柔勁打得錯不出手來，古箏鋒急怒攻心，大喝一聲，猛地施出了成名天下的鐵拳神功，一輪硬拚硬接，霎時之間，空氣立刻就緊張起來。

白翎與洪氏兄弟動上了手，當年莊人儀挑動天下英雄一戰擊潰了丐幫時，洪氏兄弟也在其中，白翎對那昔日含悲忍淚宣佈丐幫解散的一幕歷歷如在目前，這時仇人見面時，更是殺著全出，步步爭攻。

藍文侯到了這個地步，也只有先下手爲強了，他對著孫帆揚發出一掌，又對譚二爺飛出一肘，攻敵制先，全是刹那之間一氣呵成，那種疾速之勢，當真令人駭然！

孫帆揚雖是天下第一鏢頭，但是對於這名滿天下的丐幫老大不免懷著幾分懼意，他刀劍齊飛，一上手就是平生絕技玄玄刀與陰陽劍，那譚家神腿本不便雙戰，但是藍文侯竟毫不買帳地先攻了他，於是他也錯身反擊！

古箏鋒的鐵拳與錢老爺子的太極散家生死相拚，端的是難分難捨，驚險百出，一個是功力深厚，一個是鐵拳如斧，到了三百招上，錢老爺子畢竟年老力邁，有些力不從心了。

立在一旁的平原莊主申百休大叫道：「錢老，這廝交給小弟吧——」

藍文侯是天生大將之才，他耳聽四方，一聞之下知道必是古箏鋒已佔了上風，他知道以寡敵眾唯一的辦法就是避重就輕，集中兵力，若是讓申百休替下了錢老兒，那麼自己這邊三人被愈拖愈弱，必敗無疑了，當下他大喝一聲：「姓申的，接招！」

只見他在百忙之中竟然又分出餘力向第三人進攻，剎時之間，只見藍文侯大顯神威，掌飛拳出，一口氣把三個敵人全給拖住，同時他大喝道：「老四，痛下殺手！」

古箏鋒暴叱如雷，一口氣連發了二十記鐵拳，在第二十招上，錢老爺子被打得口噴鮮血，倒在地上。

藍文侯大叫道：「老四帥啊！快助老三得手，這邊交給我啦！」

古箏鋒飛身而至，加入了白翎的戰圈，而藍文侯在這一剎那之間，被三個一等一的高手逼得施出了平生絕技「七指竹」！

昔年九州神拳葉公橋打遍天下無敵手，葉公橋故後，藍文侯成了世上唯一的傳人，「七指竹」也成了獨一無二的武林絕學，只見他立指如戟，喝聲如雷，一連發出三指，孫帆揚暴退三丈，譚神腿當胸硬接，被震得血氣翻騰，申百休被逼得擦地滾出十步，而藍文侯的真力已經消耗殆盡了。

那邊古箏鋒加入戰圈，著著佔先；洪氏兄弟逐漸不敵，然而誰也沒料到倒在地上的錢老爺子悄悄爬起了身——

他對著古箏鋒悄悄打出一掌，古箏鋒發覺之時已是不及，他大喝一聲，反手一拳揮出，自己背上已被擊中，那錢老爺子也被他一揮而中，悶哼了一聲，倒在地上，而古箏鋒也被錢老爺子打在背上的一掌打出五步，口吐鮮血，洪老大的一劍正端端地刺中了他的後心。

古箏鋒突然倒下，白翎原和古箏鋒暗有默契，只要古箏鋒擋住洪老大，白翎就對洪老二痛下殺手，他沒有料到身邊的古箏鋒會突然倒下，是以他仍是毫不防備地向右猛攻，只聽得一聲慘叫，洪老二被大力神拳打出數丈，棄劍而倒，然而——

白翎也是一聲慘叫，全無防備的左邊被洪老大一劍刺入腰間，深達尺餘！

白翎雙目怒張，伸掌不顧疼痛抓住了劍身，手下血肉模糊只如未覺，用手一拔一扭，他神力天下無對，洪老大只覺虎口迸裂，駭得棄劍飛身而退，白翎奮起神力，大喝一聲，抖手擲出長劍，但見劍去如流星趕月，洪老大竟被臨空釘穿而過，慘叫而落！

白翎大喝道：「藍大哥……你快走！」

他走出三步，終於頹然而倒。

藍文侯雙目中猶如冒出火焰，他怒吼一聲，全然不顧防衛，對著孫帆揚發出「七指竹」！

孫帆揚料不到他會這樣打法，要躲已是不及，七指竹神功無堅不摧，孫帆揚雖有一身神功，也是防無可防，大叫一聲，被藍文侯斃在當地！

而藍文侯也被譚、申二人的掌力打得如斷線風箏一般飛了起來，連翻帶滾掉下了山崗。

申百休與譚二爺相顧駭然，這兩個退隱多年的老人想不到一出江湖就遇上這麼一場不要命的血戰，他們二人心中又驚駭又難過，簡直不知所措起來。

申百休道：「難怪武林中傳說丐幫十俠十人好比千人，今日我姓申的算是見識到了！」

譚二爺環顧四周，一片腥風血雨，他喃喃道：「慘……慘……慘……」

這時，遠處忽然出現了一條人影，飛快地向這邊縱躍而來。

申百休道：「看——那邊！」

譚二爺也發現了，他們二人都已精疲力竭，看那來人輕功驚人。申百休道：「咱們快走——」

譚二爺一個轉身，飛身下了山崗，申百休也緊跟著下了山。

山崗上還有一個沒有全死的人，那就是古箏鋒，他目睹白三哥慘死，藍大哥被打落山下，心中有一萬個掙扎而起的意念，卻是一線力氣也沒有了。

這時，遠處的來人已經到了山崗上，那正是遲來了的董其心。

其心上了山，映入目中的是一片血海屍山，他不禁愣住了。

其心大叫兩聲：「白三俠！白三俠！」

但是白翎已經聽不到了，他快步衝過去，發現了垂死而未死的古箏鋒——

他望著戰場中淒涼的情形，在心底裡忍不住要放聲大哭，只爲了他一個人，這些武林中一流正派的人物自相殘殺，但是他也有不得已的苦衷，爲了破壞凌月國主的陰謀詭計，他又怎能顧得這許多，只是他絕沒有料到事情會壞到這個程度罷了。

他走上前去，扶起了躺在地上的古箏鋒，鮮血如決了堤一般地湧著，其心的袖上立刻被血染濕透了，他伸手點了古箏鋒五處穴道，血流才緩了下來。

其心低呼道：「古四俠，古四俠……」

古箏鋒微微張開了眼，凝視了其心一眼，嘴角掛著一絲動人的微笑。

其心道：「古四俠，藍大哥呢？」

古箏鋒噓了一口氣，喘息著道：「他——他被打落山下去了——」

其心的心中一慘，但是他嘴角上依然保持著那一份鎮靜的淡笑，安慰道：「藍大哥功力深厚，這小山落下去算得了什麼？」

古箏鋒緩緩閉上了眼，其心摸了摸他的脈門，膊動是愈來愈弱了。

過了一會，古箏鋒忽然睜開了眼，深深地望著其心，斷斷續續地道：「小兄弟……他……他們說你……從了那凌月國主……真……真叫人肚皮也氣破……」

其心勉強地笑了一下，他用內功緩緩地由古箏鋒腕門推進去，但是脈膊卻是不見加強，看來是油盡燈枯了，其心望著他那瞪得大大的無神眸子，只好答道：「你瞧我不是好好地在這兒嗎？」

古箏鋒道：「誰要敢在我……我古老四面前說小兄弟半個壞字，我古老四便要宰了他……」

其心想起那日偷聽到藍文侯對孫帆揚的回信，「咱們沒有親見，怎麼說也不相信董其心是那種人」，然後又加了一句「就是親眼見了，咱們還是不信」，想到這一句話，其心的心不禁酸了，眼睛也潮濕起來，人生一場，庸庸碌碌，能有這麼一句話的知己，那也死而無憾了。

古箏鋒的呼吸漸漸微弱下去，其心收起了胡思亂想，盡力運內功推拿，過了片刻，古箏鋒又睜開了雙眼，看著其心，眼中露出一種奇怪的神情，其心不禁感到有一些恐怖，過了一會，古箏鋒終於掙扎著問道：「小兄弟，我……我要問你一句話——」

其心道：「什麼？」

古箏鋒道：「你——你——究竟不曾從了那凌月國主吧？」

其心聽了這句話，傷心得幾乎哭了出來，丐幫諸俠如果真是有百分之百的把握知道自己不會服從凌月國主，因此怒而與孫帆揚大戰，那也還罷了，但是他們只是抱著一個半信半疑的疑團，憑著一個「信」字，一個「義」字，灑熱血拋頭顱而不顧，這種義氣真叫其心感激得話都說不出來了。

古箏鋒似乎知道自己的生命快要完了，他忽然變得急躁起來，急叫道：「小兄弟，是不是？是不是？」

其心偷偷拭去了眼角的淚水，雙手抱著古箏鋒寬大結實的肩膀，連聲叫道：「是的，是的，我當然不會附從那凌月國主的，當然不會……」

古箏鋒也跟著快活地叫道：「是呀……是呀……你當然不會的！」

其心驚奇地看著那無神的雙目中突然發射的快樂光芒，然後，他發覺那光芒慢慢地枯萎、枯萎，古箏鋒終於去了。

其心抱著那漸漸僵冷的身體，他的心也漸漸地碎了，這幾個鐵錚錚的好漢，一生在刀劍鮮血之中奮鬥，創下了轟轟烈烈的萬兒，卻依然免不了死在刀劍鮮血之中，實是可歎。

其心如麻木了一般，呆呆地坐在地上，也不知過了多久，他緩緩地站了起來，他意識到該做的事，於是他拾起一把劍，在地上挖掘起來。

其心把白翎和古箏鋒的屍體抱了起來，恭敬地放入坑中，他把泥土堆上去的時候，就好像在埋葬著一個最親的親人，等到一坏黃土新成，其心不禁棄劍長歎。

他緩緩地把所有的屍體都埋葬了，凡是認得的，他都用一段木頭做了一個臨時的墓碑。這時，太陽已完全下山了。

他滿懷傷心走下了山，燃著一枝樹枝做火把，希望能找到滾落山下的藍文侯，他在山中左轉右轉，不時高聲叫道：「藍大哥——」

「藍大哥——」

但是山中空蕩蕩的，只有他自己的回音，夾著不時起伏的幾聲犬吠狼嚎，淒涼之極。

其心望著手上的火把漸漸熄滅，他頹然地歎口氣，夜已經深了，在荒山上尤其顯得黑而神秘，對其心來說，這又是最寂寞漫長的一夜。

四六　不見是福

烏黑的夜，壓得人氣都透不過來，只有那濃濃厚厚的黑雲空隙中，偶而透出一點點稀疏的星光。

藍文侯緩緩地醒了過來，雖然醒了，但是眼前依然是一片烏黑，他搖了搖頭仔細地思想了一下，一股涼氣從心底裡直寒上來，他用雙手撥開了眼，但是依然什麼也看不見，於是他絕望地知道，眼睛瞎了！

一剎時之間，藍文侯心中彷彿想到了無數的事，又像是什麼也沒有想，他心中什麼也容不下，只有兩個字，瞎了！瞎了！

他悲憤地緊捏著雙拳，指骨格格地作響，數十年來的英雄歲月一幕幕地飄過腦海，他喃喃地告訴自己，別了，這一切都將永別了。

以七指竹神技名震天下的丐幫老大，武林中任何人一想到他，立刻就想到他那叱吒風雲英雄氣概，誰又想得到一世英雄的藍文侯會雙目盲瞎地躺在這荒山野嶺？

藍文侯巨大的胸膛急促地起伏著，他胸中有太多的不平，血與淚交織成的怨憤，他的面頰上掛著兩行英雄之淚——

「白老三是已經完了，古老四大約也完了，唉，我的老天爺，難道你硬要天下的好人全都死光嗎？」

藍文侯喃喃地低訴著，他的心情終於漸漸地平靜下來，他深吸了一口氣，胸中隱隱地作痛，他大著膽再吸一口氣，讓那口真氣在丹田裡運行了一周，除了劇烈的疼痛以外，並沒有中斷的現象，他吐出了那口氣，帶著淒涼的安慰告訴自己，傷雖重，但是又一次從鬼門關揀回了生命。

揀回了生命又怎樣？難道帶著這一雙盲目在武林中重振雄風嗎？那是不可能的，藍文侯頹然地長歎——

「完了，一切都完了。」

忽然，他發覺自己的身上覆蓋著一條薄薄的毯子，他當下大大地吃了一驚，這是怎麼一回事？

他分明記得自己從那慘不忍睹的血鬥中挨了掌震滾落下來，怎麼說也不該有這麼一條毯子呀！

他用手摸著那條薄毯，軟綿綿的，像是細羊毛織成的，他拿到鼻尖聞了聞，一股清幽的淡淡香氣傳入鼻中，他不禁愣住了。

這時，他聽到一個帶著羞澀的溫柔聲音在耳旁道：「你醒了嗎？」

藍文侯驚得要坐起來，一隻溫暖的手輕輕地按在他的肩上，藍文侯道：「你……你……你是誰？」

那溫柔的聲音道：「你聽不出來嗎？」

藍文侯聽她這麼說，又覺得這聲音似乎有些耳熟了，但是怎麼想一時也想不出來這究竟會是誰，他仔細地回想這聲音，搖了搖頭道：「我——我想不起來，姑娘，我們見過嗎？」

他從那聲音上判斷是個年輕女子，是以便稱以「姑娘」，耳旁但聽得「姑娘」輕笑了一聲，然後道：「沒有啊。」

藍文侯怔了一怔道：「多謝姑娘好心，我……」

那溫柔的聲音道：「你別多說話，瞧你臉上血痕，似乎是眼睛受了傷，傷得重嗎？」

藍文侯聽到「眼睛」兩字，便覺心上如同被針刺了一下一般，他強壓抑著滿腔激動，用最大的能耐平靜地道：「瞎了。」

一聲尖叫，充滿著驚震與駭然——

「瞎……瞎了？」

那女子像是自己的眼睛被刺瞎了一般地狂叫起來，她忘情地抓住藍文侯的雙肩，顫聲叫道：「你……你是騙人的吧……」

藍文侯感覺出那女子超出尋常的激動，他心中有一些感激，也有一些慘然，他暗思道：「這姑娘真是好心腸。」

但是他不得不答道：「是瞎了，一點也看不見了。」

他說完了這句話，忽然就沉寂了起來，那女子沒有說一句話，彷彿在忽然之間悄悄離去了一般，過了一會，藍文侯彷彿聽到輕微的啜泣聲，他低聲問道：「姑娘你——是你在哭嗎？」

啜泣聲停了下來，過了一會，那溫柔的聲音再度響起來：「不，不是。」

藍文侯聽到那語尾上還帶著一些哽咽，在這一剎那間，藍文侯心中忽然興起無限的感慨，他記得平日和白老三古老四閒談之際，白三俠曾說像丐幫十俠這種人，終生只為天下不平之事奔波拚命，到自己死的時候，只怕世上沒有一個親人會哭上一聲，當時古老四豪氣干雲地說，大丈夫但教馬革裹屍，便是死後立刻讓野狗餓狼啃個精光也不打緊，要什麼婦人孺子來哭孝？藍文侯想不到只是在一夜之間，說這話的人都已屍暴荒野，而自己不過廢了一雙眼睛，倒有人為自己一哭，想著想著，藍文侯不禁想得呆了。

他怎麼想也想不出這姑娘會是誰，但是那聲音卻是愈聽愈耳熟，他忍不住問道：「姑娘你貴姓？」

那女子遲疑了一會才答道：「安，安靜的安。」

藍文侯道：「在下叫藍文侯，安姑娘好心，真是謝謝。」

藍文侯雖然看不見，但是他彷彿覺得安姑娘微微地笑了一笑，他想問問這姑娘怎會半夜三更出現在這荒野山嶺，又怎會素昧平生就來照料自己的傷勢，但是他卻不便再多問了。

藍文侯想了一想，問道：「這裡距離山頂有多遠？」

安姑娘道：「山頂？啊！藍先生你是問方才那山頂？不，咱們已經離開那裡啦，這裡是兩個山巒後面的一片牧地，不是你滾落的那裡啦。」

藍文侯吃了一驚，自己昏的時間可真還不短，他問道：「現在是什麼時候啦？」

那安姑娘道：「天已經要亮了。」

藍文侯想到自己這一生將永遠再看不見太陽升起了，他的額上不禁暴出了一粒粒的汗珠。

那安姑娘溫柔地道：「藍先生，你……你的眼睛一定會好的，只要好好地休養一段日子。」

藍文侯扯動了嘴角，作出一個淡然的苦笑，他心中在流淚，但是他的聲調還是保持著寧靜，像是在說另外一個人的事一般，輕輕地道：「但願如姑娘所說的。」

那安姑娘道：「藍先生你遭了那麼大的不幸，竟能……竟能談笑自若，我……我真佩服你的勇敢……」

藍文侯搖了搖頭，暗自歎道：「所謂勇敢的人，只是把淚水往肚子裡嚥罷了。」

他感到有些口渴，微微動了一動，那溫柔的聲音立刻在耳邊響起：「口渴？」

藍文侯點了點頭，他驚奇於這安姑娘超人的細心，聽覺告訴他是她拿了水走近了，他掙扎著要坐起來，接著他又感覺到那隻溫柔的手輕輕按住了他的肩膀，他一吸氣，胸口猛烈的劇疼使他忍不住哼了一聲，再也忍不住，向後倒了下去。

他的頭沒有碰著堅硬的石頭，也沒有碰著刺膚的草上，卻跌在一個溫暖的懷中，藍文侯只覺得腦中嗡然發暈，他一生奔波江湖，日日夜夜所經歷的只是刀劍膿血，哪曾與女子婦人接近過？他只覺迷迷糊糊地，只感到那安姑娘輕輕地把他放在草地上，他才清醒過來，身上已出了一身大汗。

那安姑娘站了起來，藍文侯聽到衣裙索索之聲，輕微的腳步漸漸離去，藍文侯忽然覺得心中升起一種依戀的情緒，他自己也說不出爲什麼，終於叫道：「安姑娘——」

安姑娘停下身來，藍文侯道：「你……你是住在這裡嗎？」

那安姑娘想了想才答道：「我？……啊——是的，我與我……爹爹住在這裡……」

藍文侯呵了一聲道：「令尊大人？」

安姑娘搶著道：「他……他本來和我住在這裡，半月前到州城去啦，要……要很久很久才回來。」

藍文侯是何等老練的人物，他一聽這話，便覺得多半不是真的，但是他沒有作聲，只是呵了一下。

他呼吸了幾下，覺得體力略有恢復，便撐著坐了起來，手撐著地，打算要站了起來道：「那麼——安姑娘，在下告辭了，多謝姑娘搭救，此恩……」

他還沒有說完，那安姑娘已經搶著叫了起來：「喂——喂，你不能走——哎呀——」

藍文侯剛一站起來，只覺一陣天旋地轉，立刻又栽倒下去，安姑娘趕上來相扶，藍文侯已經摔倒地上，他只聞得一陣清幽的淡香撲鼻而過，接著安姑娘的手扶住了他，帶著埋怨口氣的聲音：「你，你傷成這個樣子，怎能就走？」

藍文侯這一跤摔得還不輕，背脊骨上疼痛欲裂，想不到自己已衰弱到這個地步，他呆躺在地上不禁輕輕地歎了口氣。

那安姑娘道：「你就在這裡休養一些日子吧。」

藍文侯感覺到扶在他膀臂上的那雙嫩手上傳來一種難以抗拒的力量，他終於點了點頭。

中午的時候，好心的安姑娘帶著笑聲，端了兩盤蔬菜一鍋飯進來，對藍文侯道：「來嘗嘗我做的飯菜，平日……平日爹爹最是喜歡吃我燒的菜了。」

藍文侯坐了起來，摸著桌上的碗筷，嘗了一口飯，半生半熟有如砂石，再吃了一口菜，鹹得幾乎跳了起來，他想起她說平常她爹爹最喜歡吃她燒的菜，那豈不成了鹽精了！

藍文侯心中在笑，面上可一點也看不出來，大約是那位安姑娘自己也嘗了一口她親手的傑作，這才搭訕著輕聲道：「好像太鹹了一點吧！」

藍文侯道：「還好還好。」

那安姑娘興味盈盈地看著藍文侯連吃了四大碗飯，彷彿是從來沒有看見過人吃這麼多飯似的。她看藍文侯吃完了飯，便把碗碟收拾了，藍文侯靜靜地坐在一邊，努力提氣運起功來。

瞎了眼的盲目生活，日子過得比蝸牛爬行還要慢，無聊得令人有窒息的感覺，藍文侯每一想到以後有幾十年這樣的日子要過，他不禁汗流浹背熱血如沸，當他以最大的定力把如火激情壓制下去後，緊接著的又是滿腹滿腔的寂寞與無聊。

那好心的安姑娘寒喧問暖，照料得無微不至，藍文侯一生也不曾過過這麼舒服的日子，他覺得那安姑娘透著好些難以解釋的古怪，她爲什麼會一個人住在荒山中？她與什麼爹爹同住於此分明是句謊話，她怎能憑一個人的力氣把受傷昏迷的藍文侯背過數重山巒送到這裡？她一個人留著藍文侯這麼一個大男人住在荒山中不怕嗎？

這許多事都難以解釋，藍文侯是個大丈夫，縱然生疑，也只是放在心中罷了，他只在黑暗中默默用功力療治內傷，他要用最大的智慧爲未來難過的數十年餘生作一個最聰明的安排，但是他無法做到這一點，因爲他根本無法集中心力來想這一件事，一想到那漫漫的黑暗，他就洩氣了，剩下的只是一肚子的怒火。

「喂！你快來瞧呀，咱們門外來了一對好漂亮的白羊——」

藍文侯聽見那嬌柔的嗓子在叫道，他扶著牆走到門口。

「喂——你快來瞧呀……」

藍文侯推開了門，信口答道：「我沒有眼睛怎麼瞧得見呀！」

霎時之間，安姑娘呆住了，她的興高采烈在剎那之間化爲烏有，她失色地扶著身旁的一棵大樹，忽然哭起來。

藍文侯緩緩地走上前，低聲道：「安姑娘，我說這話，絲毫沒有……沒有生氣的意思。」

安姑娘低泣著道：「你的眼睛……你的眼睛……」

藍文侯摸著自己的眼睛，黑漆的一片，他茫然伸出壯大的手，反慰撫著那激動抽泣的人。

漸漸，藍文侯的內傷好了大半了，他不明白的只是爲什麼那安姑娘萍水相逢地卻對他那麼好，藍文侯自生下來到現在，從來就沒有享受過這種溫暖，他想不通爲什麼時，只好這樣苦笑著對自己說：「她不過是可憐我一個瞎子罷了。」

忽然，門外傳來了尖叫聲，接著彷彿有野狼的嚎叫聲，藍文侯吃了一驚，伸手在桌邊抬起一根棒棍，就往屋外衝出。

他耳邊聽得狼聲就在數尺之內，急得他忘了一切，飛奔而去，沒料到在門口上被門檻一絆，哎喲一聲摔了個大跟斗。

只聽得安姑娘一聲低叱：「畜牲，撒野麼！」

接著是野狼痛嚎的聲音，一切又恢復了平靜，安姑娘回頭瞧見了摔倒的藍文侯，她走近來道：「一隻餓狼跑到咱們這兒來偷東西吃，被我打跑了。」

藍文侯沒有理她，他心中正在苦思一個重要的問題，從方才安姑娘那一聲低叱之中，他斷定那聲音是熟悉的，也許平日安姑娘總是那麼溫柔地對他說話，使他覺不出來，但是從這一聲低叱之中，他能確定這聲音他以前一定聽過的！

安姑娘見他沉思，還以爲他在想打狼的事，便笑著解釋道：「一隻餓狼餓得一點力氣也沒有了，我……我爹爹平日也曾教過我一點粗淺功夫……」

藍文侯忽然坐了起來，他一把抓住了安姑娘的手臂，緩緩地道：「安姑娘，你告訴我，究竟你是誰？我們以前一定見過的，一定見過的！」

安姑娘全身抖顫了一下，藍文侯追問道：「是不是？我們曾見過面——」
安姑娘忽然間恢復了平靜，她輕聲道：「一點也不錯，我們是見過的。」
藍文侯道：「告訴我，我們是在什麼時候見過？」
安姑娘的聲音忽然變得幽然：「讓我告訴你吧，是十五年前——」
藍文侯驚道：「十五年前？」
安姑娘道：「是的，十五年前，在洛陽——你還記得嗎？」
藍文侯呵呵一聲道：「嗯，不錯，十五年前我的確住在洛陽——但是，但是，我什麼時候見過你呀？」
那安姑娘道：「藍……藍文侯，你可記得沈大娘嗎？」
「沈大娘？沈大娘？你……你……」
霎時之間，藍文侯記起來了，那時他剛開始名震武林，在洛陽城外隻身擊退黃河三劍，成了武林中的風雲人物。那一年，他爲居宿的房東老太太沈大娘打抱不平，一夜之間殺了四個惡棍，送了三千兩紋銀要沈大娘逃離洛城。藍文侯想起這一段往事，不禁又驚又疑，問道：「你……你就是沈大娘身邊帶著的那個與家人失散了的表侄女兒？」
安姑娘的聲音忽然變得哀怨起來：「啊，真虧你藍大爺還記得哩，洛陽城裡那個天真的少女，她以爲住在沈姨娘家的那個青年房客能一夜之間爲她們的事殺了四個人，又毫不猶豫地送上三千兩銀子，那會爲了什麼？當然是爲了她啊，哪曉得，哪曉得當沈大娘感激得無以爲報，向那青年俠客提出將唯一的侄女許……配……給他時，他……他……他搖首一口拒絕了，還說什麼施不望報的話，藍……藍大俠，你真瀟灑啊，你可知道你的一句話把一個少女的心完全粉碎了？」

藍文侯聽得呆了，那是十五年前的往事，他早就忘到腦後去了，想不到在這裡會遇上昔日的故人，還有那一段無意中傷害了人尚不自知的隱情，他驚得說不出話來，只是額上冒著汗珠。

那安姑娘說到後來，已經泣不成聲了。藍文侯僵硬地喚道：「安姑娘，安姑娘，我不知該怎麼說才好，你……你後來與你沈姨媽離開洛陽後到了哪裡？」

安姑娘道：「姨媽帶著我到了南方，第二年她老人家就去世了，可憐我孤苦伶仃一個人在混日子……」

藍文侯聽她說得可憐，心中有一種說不出的難過，他以爲一生行俠仗義，所作所爲終生應無憾事，如今再細細想來，那其中也許不知不覺做錯了許多事，傷害了多少人，他想著想著，不禁汗流浹背了。

其實一個人活在世上，最可貴的就是那一股幹勁，如果人爲了怕錯，而不敢做事，那麼世上的事由誰來做？總要有錯才有對，何況是非之間只有一線之隔，一件事的是非，那只有靠時間去證明了。

安姑娘沒有再說下去，藍文侯忍不住問道：「後來呢？」

安姑娘道：「後來？以後的十年，我完全變了另外的一個人，生活在另外一個世界中，那詳細的情形你不必問，我不會告訴你的，那是我的秘密……」

「秘密？」

「嗯——」

藍文侯忽然想起一件事來：「這安姑娘只是十五年前與她見過，我連她的人全忘了，怎會記得那聲音？何況我覺得那聲音是那麼熟悉……」

他忍不住問道：「安姑娘，咱們以後沒有再見過面了嗎？」

安姑娘頓了一頓道：「沒有，當然沒有——」

藍文侯皺著眉苦思著，他覺得心頭的謎愈來愈難解了。

日子在黑暗中又溜去了一天。

自從安姑娘對藍文侯說過了以前的往事，她便不再提起那事，像是沒有說過一般，每日更是細心地照料著藍文侯，藍文侯在心深處深深地感激著，一種看似輕淡其實日趨濃厚的感情在藍文侯心中滋長著。

這一切的發展，有一天，到了最高潮——

那天，安姑娘如同一個瘋人一般狂喜著奔了進來，大聲叫道：「你瞧，你瞧，我找到了什麼東西？」

藍文侯愣然。她立刻又叫道：「啊！對不起，我忘了你看不見東西，不過馬上就可以看見了……」

藍文侯吃了一大驚道：「什麼？你說什麼？」

安姑娘興奮地道：「我在山中找到了一根『鹿角草』！」

藍文侯道：「什麼是鹿角草？」

安姑娘快活地笑道：「你不用管，有了這根鹿角草，我只要化三個時辰配製一味藥石，包你的雙目復明！」

藍文侯半信半疑地問道：「真的？」

安姑娘嘻嘻地笑了一笑，轉過身跑到裡面去了。

三個時辰後，安姑娘帶著一包熱騰騰的白藥膏走了進來。她叫藍文侯躺在床上，然後把那藥膏輕輕地塗在藍文侯的眼上，藍文侯叫道：「好燙。」

安姑娘笑道：「將就些吧。」

她幾乎是伏在藍文侯的身上塗弄著，藍文侯可以感到她身上的熱氣與呼吸，接著他聽到「嚓」地一聲撕布的聲音，他忍不住問道：「幹什麼？」

安姑娘笑道：「撕裙子給你包紮呀。」

藍文侯抬起頭來讓她包紮，卻正與她碰了個響頭。

安姑娘手中包紮著，口中快活地道：「包好以後，過半個時辰，你把布條取下，睜開眼睛瞧瞧吧，美麗的世界又屬於你啦！」

藍文侯道：「我的眼睛能夠再看得見時，我第一眼一定要仔細瞧瞧你這可愛的好心姑娘生得有多麼可愛。」

安姑娘輕巧地笑道：「咱們不是十五年前就見過了嗎？」

藍文侯期期艾艾地道：「那時候，那時候……」

安姑娘道：「那時候你天天和我們住在一塊，卻根本沒有看清楚我是圓臉還是方臉是不是？」

藍文侯想了一想，強辯道：「不，十五年了，你的模樣一定變了呀！」

安姑娘輕打了他一下，沒有說話，她雖然已經包紮好了，但是依然輕伏在他的身邊，藍文侯輕歎道：「十五年，十五年，你也該有三十歲了吧……」

安姑娘道：「不止，三十二歲零三個月。」

忽然，藍文侯伸手抱住了她的腰肢，低聲地說：「你記得那年你姨媽把你許配給我嗎？我……我那時真糊塗，你……你是這麼好的姑娘……」

安姑娘沒有說話，藍文侯道：「現在，是我求你，你……你還肯嫁給我嗎？」

安姑娘像是突然被刺了一下，她臉上的笑容全斂，輕輕地撐坐起來。藍文侯抱著她的腰肢搖著，催問道：「你回答我呀，你回答我呀。」

安姑娘盡力用溫柔的聲音道：「好，好，我答應你，你先放我起來呀。」

藍文侯高興地放開了手，安姑娘站了起來，淚水已如泉湧一般地流了下來，她默默地想道：「我該走了，悄悄地遠離了。」

她伸手摸了摸頭上光禿禿的頭頂，吞著自己的眼淚想道：「已經做了出家人，還能戀愛麼？他是第一個進入我心中的男人，也是終生唯一進入我心中的男人，就讓他永遠活在我心中吧，我沒有慾念，也沒有野心，佛不會反對他的弟子去愛人吧！」

她默默地望著那臉上包著布條的英偉男子，心中如巨濤拍岸一般澎湃著：「從那十五年前第一眼起，我就知道我這一生不會愛第二個人了，後來我雖做了出家人，可是我的心還是繫在他的身上，那年莊人儀煽動我與他作對，我怎會中那莊人儀的詭計？只不過是要藉機看他一眼罷了，想不到他一點也認不出我來，他那幾個寶貝兄弟蠻烈得如火藥一般，竟然真的拚起來了，我當時也氣了起來，打便打吧，以前姨媽提親的時候，你一口拒絕得好爽快，讓你瞧瞧我的本事，唉，居庸關一戰，想不到打得那麼糟，我真是又恨又急，那幾個死叫化還是不肯停手，非打到死傷流血才休，唉……」

她瞟了藍文侯一眼，繼續想道：「後來你們又來復仇，我十年來辛苦建立的威名全讓你給毀了，罷、罷，毀了也就算了，毀在你的手上還有什麼話好說呢？是天賜的好機會，我在這裡遇上了受傷的你，能有機會為你做一些事，我是多麼地高興啊……」

她輕輕撫了撫藍文侯的額角，溫柔地道：「從現在起，你一句話也不要說，默默數三百下，然後就可以拆開布包了。」

藍文侯點了點頭，他心中正編織著美夢，「安姑娘」伸手拭去了眼淚，默默地對自己說道：「該走了，真該走了，沒有希望的戀愛還是埋藏在心裡吧，有痛苦，讓我一個擔了吧，他……他睜開眼睛的時候，我已經走遠了，他也許要以為我是個天上下凡的仙女哩……」

她苦笑了一下，深深地望了藍文侯一眼，然後，像幽靈一樣地走了。

藍文侯默默地數著，好不容易數到了三百，他叫道：「喂，我可以拆開了吧？」

沒有人回答。

他又問了一聲，依然靜悄悄的，他終於自己拆開了布包，一道強光射了進來，使他目眩神暈，再等他睜開眼時，美麗的世界又呈現在他的眼前了，他激動得幾乎要大叫出來，但是他發現，「安姑娘」不在了。

他衝出門去，高聲叫著，除了自己的回音外，什麼也沒有，他不禁又驚又疑，連忙施展輕功向山前跑去。

他跑到了山頂，從一片叢林中忽然發現了一點白衣的影子，於是他發狂般地抄捷徑追了上去，身形之快，簡直疾逾流星。

終於他接近了，從側面的林子上抄了上去，他正想喊，忽然之間，彷彿全身的血液凍僵了——

那白衣女子正低著頭走著，臉上掛著淚痕，裙角缺了一長條，不正是給自己包紮眼睛的布條嗎？但是她——她竟是大漠的金沙神功九音神尼！

霎時之間，藍文侯彷彿成了木偶，原來是她……原來是她……

難怪她的聲音那麼熟，難怪她……

難怪她要離開！

藍文侯心中有千萬個要喊她的心意，但是他沒有勇氣喊出來，這時，他心中也同樣地想著：「沒有希望的戀愛，除了偷偷葬在心裡，還有什麼別的辦法？我現在只要喊她一聲，今後千百倍的痛苦就將壓在我們兩人的身上了……」

他呆呆地躲在樹後，心中凌亂如麻，直到山嵐模糊了那纖弱的身影，淚水模糊了自己的視線。日已暮。

夕陽西斜，暮色漸起，金黃色的天光在大地邊緣抹開，逐漸黯淡。

這一座山區綿延好幾十里，山勢雖並不甚高大，但山上道路崎嶇已極，一向是人跡稀絕，尤其是到了黃昏時分，就是山邊小道上都久久找不出一個行人。

背著陽光的山道上已是一片暮色蒼蒼，加以久無人跡，道上雜草叢生，道邊樹葉濃密，晚風吹拂處，陰影暗暗地在地面上速動，令人有一種陰森的感覺。

這時天色更暗了，山路上忽然響起一陣腳步聲，轉角處走出一個身高體闊的大漢。

這大漢走得並不十分急促，不像是趕路模樣，但在這種時刻卻隻身在這等荒僻之處行走的，實是罕見。他抬頭望了望天色，歎了口氣喃喃道：「青山綠水四海爲家，唉！這些日來我是受夠了。」

他搖搖頭，放開胸前衣襟，讓晚風吹在健壯的胸脯上，抬起手來拭了拭額前的汗水，忽然之間，他的手停在額際，收回已踏出半步的前足，凝神傾注一會，面色微微一變，輕輕走到道邊。

他微微沉吟一會，蹲下身來，晚風吹過，傳來一陣人語之聲。

人聲愈來愈近，那大漢蹲在道旁，兩旁樹葉雜草叢叢，整個人影都被掩蔽得十分嚴密。

只見道路那一邊走來二人，左邊的一個年約六旬，面目清癯，右面的是個少年，大約二十一、二歲左右，兩人邊談邊走，走到那大漢隱身不遠之處，忽然停下身來。

只聽那老人道：「庭君，你大師伯可太囉嗦了——」

那少年接口道：「只因那姓齊的小子關係重大，而那黃媽卻又吞吞吐吐，彷彿有什麼秘密在她胸中……」

那老人嗯了一聲道：「你大師伯確也顧忌這一點，再加上你方才不留神，那東西竟被搶去——」

那少年滿面愧色道：「是弟子一時大意……」

那老人哼了一聲道：「這山坳的確是太險峻了，以你大師伯和我自估，也毫無辦法在她毀了那東西之前能及時搶回。」

那少年嗯了一聲，老人又道：「好在那東西到實在無法時，讓她毀去也無所謂，你大師伯倒有耐心和她僵持。」

兩人一老一少，聽口氣倒像是一對師徒，蹲在道旁的大漢這時用足目力，只見那老人雙目不怒而威，精光閃爍不定，分明是內家絕頂高手。他經驗充足，早就長吸了一口真氣，十分小心地換氣。

那老人望了望天色道：「月亮就快升上來了，再等她一會，咱們走吧，看你大師伯有什麼妙策。」

說著兩人緩緩向原路走去。

那躲在黑暗中的大漢輕輕吁了一口氣，緩緩站起身來，忽然他似乎想到了什麼事，便又蹲下身來，在地上拾起一塊小硬泥，向右前方約略五丈外輕輕一彈，「拍」一聲，小泥塊落在道中。

大漢又等了一會，不見動靜，這才站起身來，撥開枝葉，一縱身跟著走了過去。

走過路角，只見二十多丈外，站了四個人。

這時天色已暗，距離又過遠，那大漢目力雖過人，但也僅能模糊分辨有二人是方才那一老一少，還有兩人便看不清楚。

他想了一想，輕輕吸足了一口真氣，慢慢沿著樹叢的陰影向前移動。

他從那老人的舉止上便可看出那老人身懷絕技，自己萬萬不可有分毫大意，是以雖尚隔如此遙遠，但仍萬分留神。

他小心翼翼向前移動，約莫移了五六丈左右，這時忽然月光一明，月兒從雲堆中爬出，地上一明。

那大漢身在暗處，看那明處事物格外清楚，加以距離又縮短了一段，已可瞧見那四人的眉目。

一看之下，只見那四人之中，除了見過的一老一少外，另一對也是一個老年和一個少年。那老年的相貌簡直威風已極，神態舉止之間，彷彿有一種君臨四方的氣度，大漢心中不由暗驚。

轉目一看那少年，大漢心中猛然一震，幾乎驚呼出聲，只見那少年英俊瀟灑，正是近日名動江湖的齊天心。

原來那日齊天心與金南道一戰，失足跌下山崖，知情者皆以爲齊天心已死，豈料他墜落之際，雙手亂抓，迷迷糊糊之間抓到了一根山籐，竟在即將粉身碎骨之際，停了下來，大難不死。但天魁等人又近踪而來，趁齊天心傷勢未癒，將他擒住。

大漢瞧見齊天心面部表情，那大漢正是丐幫幫主藍文侯，他是老得不能再老的江湖了，入目便知齊天心是受了人家穴道禁制，動也不能動。

以齊天心的功力竟受制於人，藍文侯心念電轉，卻始終想不起那兩個人是何來路。

四七　騰蛟起鳳

且說其心往蘭州趕去，他眼見丐幫諸俠只爲證明自己清白，竟然不顧樹下強仇，終因自己趕來遲了一步，造成無可挽救的結局，他心中愈想愈是悲痛，一時之間，只覺世間坎坷多舛，望著滾滾黃沙的大道，往來人眾騎士忙忙碌碌，心中只覺發癡，也不知他們到底爲了些什麼？

他邊行邊想，腳步不由得放得慢了，走了半天，大道已盡，又是茂密棗林，崎嶇山道，他邁步走入林中，這時正是臘月交盡，林中一片枯黃，北風吹起，更顯得無限淒愴，其心睹景傷心，心中只是翻來覆去想道：「西天劍神在凌月國實在是位尊已極，一人之下而已，劍術更是神化，可是至死之時，仍是對『名』這一關耿耿於懷，他聽到天劍是施出絕傳的『大風劍法』才勝了他，歡喜得恍若大勝了天劍一般，唉！『名』之一關，難道是這麼難以堪破麼？」

他是世間少有之聰明人，對這問題卻是想不通，其實是他天性大異常人，深沉多謀，心中未存名利好勝之心，不然一沾爭名鬥勝之心，便如春蠶作繭，愈纏愈緊，世人一生鑽營，捨名利其又如何？

其心踏著枯枝敗葉緩緩前行，心想明春花開天暖，這林子又是一片青蔥，生意盈盈，可是死去的人卻是無法再見一面，他自己出手替丐幫解了幾次圍，丐幫諸俠就爲自己犧牲了性命，最可悲的只是爲了自己的聲名，名滿天下的藍大哥，竟會領丐幫剩下的全部力量，和對方作孤注一擲的火拚。

他愈想愈亂，一時之間丐幫十俠的面孔一張張閃過眼前。丐幫諸俠都是豪放不羈的，像古四俠雷二俠根本可說是面貌獰然，乍看起來幾乎使人厭惡，可是目前這一張張臉都顯得那麼親切，那麼大仁大義，默默地背負起沉重的擔子，沒有一句怨言，也沒有一點畏縮，默默地散播著人間正義的種子，不望世人感恩，也不望世人讚揚，照理說應該是最淡泊的人生了，可是對於聲名卻看得比性命還重得多，人性變幻，那是最難以琢磨的了。

他想著想著，忽然一陣沉重的呼吸聲從左邊傳來，其心凝神一聽，心中一怔，忖道：「這分明是有人運功療傷，運轉真氣，這林中難道有高人隱藏？」

他循聲輕步走去，那聲音愈來愈是急促，好像已到了最緊要關頭，他轉了兩個彎，只見前面一片枯草坪，當中端坐著一男一女兩個人，面對面一言不發。

其心一瞧之下，幾乎出聲叫了起來，原來那男的正是和自己忘年之交的四川唐瞎子，和他對面坐的，卻是那病容滿面的中年婦人五毒病姑。

兩人見其心走近，臉上卻是一點表情也沒有，那唐瞎子雙目失明也倒罷了，那五毒病姑和其心交過手，可是對其心突然到來，卻是視若無睹。其心心中一凜，戒備著不敢前去。

唐瞎子呼吸急促，似乎強忍體內痛苦；其心全身運足真氣，他緩緩走向唐瞎子身旁，想以內力助他運功，他一步步走近唐瞎子，卻是全神注視五毒病姑，他全身密佈真氣，舉步之間自然流露出一種沉若山嶽的懾人氣勢來。五毒病姑縱有再大神通，要想出手暗算，也是毫無希望。

其心走到唐瞎子背後，伸手正待抵住唐瞎子後背，唐瞎子倏然就地一滾，滾出了數尺之外，其心見他滿臉惶急之色，他心中轉忖道：「難道唐瞎子和五毒病姑鬥毒，不願別人出手助他，其實這五毒病姑是人人皆可誅殺作惡多端的女魔頭，何以拘泥於此？」

他眼角一瞟五毒病姑，仍是神色未動，雙目低垂，盤膝而坐。其心心中忖道：「女子天性原本狹窄淺浮，這人沉著如此，當真是個大大勁敵了。」

忽然唐瞎子臉色一變，頰間儘是青濛濛的一片，十分獰惡可怖，其心沉吟無著，但見唐瞎子呼吸漸漸平和，調息暢順，其心心中一寬，知道唐瞎子已度過了生死大關，但臉上青氣卻是愈來愈濃，唐瞎子本來長相就不好看，眼珠又是死板板的永不轉動，此刻再加上滿臉青氣，直像陰間放出的索命厲鬼，牛神馬面了。

唐瞎子忽然哈哈一聲長笑道：「五毒病姑，你這區區之毒，就算難得倒我老兒，豈能難得倒老兒這破肚皮，哈哈！你遍採各種毒藥，合成這短命藥物，可是白費苦心了。」

那五毒病姑仍是一言不發，唐瞎子手舞足蹈，似乎高興無比，他見對手五毒病姑不言不語，只道是對方被自己難倒，心中更是得意，口中又道：「你這味毒藥配製可謂煞費苦心，厲害也夠厲害了，可是仍有一點漏洞，你如認輸，老兒說給你聽也罷。」

他和五毒病姑約定比較下毒手段，原本是想除去這武林中人人談而色變的女魔頭，可是目下被自己想出了對方所出之難題，竟是高興已極，只覺是在爭強鬥智，對於五毒病姑認爲是唯一對手，要否殺她，倒是次要的事了。

唐瞎子見五毒病姑仍是不言不語，他心中煩躁，不知五毒病姑又在弄什麼鬼？雙耳凝神聽去，仍是絲毫不見動靜，唐瞎子陰陰地道：「病姑，你是服輸了吧！老兒再數三下，你說不出老兒那味毒藥名稱，你就得自奉誓言。」

他大聲數數，數到了「三」仍是不見動靜，其心知五毒病姑性烈似火，心中也感奇怪！唐瞎子一數完「三」，當下緊接著大聲道：「你所配的藥是苗疆百年蟾蜍，雲南人面黑蜘蛛作主藥，貴州萬年腐屍泥爲副，加上長尾天蠍尿和成丸藥，蟾蜍蜘蛛之毒至陽，屍腐之泥至陰，君臣相左，原是攻陽攻陰，無懈可擊，可是你卻忘了一點，陰陽和合，原本可以收相輔之功，你卻將份量配錯了，反而得到陰陽消長之弊，哈哈毒娘，我老唐是何許人也，這一鬆懈，便不能制我於死。」

他伸手撫著肚皮，得意喝道：「肚皮啊肚皮！你真是我唐瞎子的老夥伴，如果沒你老兄，我唐瞎子今日豈能贏過這毒婆娘？」

唐瞎子忽地站起身來，他四下張望，雖是黑茫茫的一片，可是他彷彿看到了武林群豪都在向他唐瞎子恭維稱頌，他生平最得意之學乃是下毒解救之學，此時便用這門法子打敗不可一世的五毒病姑，真是得意之極。

其心見五毒病姑只是沉默，他心中犯疑，雙袖一捲，一掌襲向五毒病姑。唐瞎子連忙搖手叫道：「小兄弟使不得，你這一出手，這毒婆娘如要賴帳，豈不讓她落了口實。」

其心忙一收掌，他這出擊之勢何等凌厲，雖是收掌快速，掌風仍然掃到五毒病姑，五毒病姑倏然倒地，氣息全無，其心恍然大悟叫道：「恭喜唐大哥，你替武林除了一個大害。」

唐瞎子一怔，哦了一聲道：「原來這毒婆早就中毒身死，我還當她在鑽研我下的毒藥名稱哩！小兄弟你來得正好，我唐瞎子心中最存不得事，正要尋你問個真切。」

其心心中料到，唐瞎子也一定是問自己與凌月國主間的關係，他心中煩亂，不願再提此事，當下插口道：「唐大哥，你和五毒病姑鬥毒，用什麼法兒將她制死？」

唐瞎子心中犯疑，他知其心是用言語支開自己想問之話，但其心一提到下毒毒死五毒病姑之事，不覺心癢難搔，忍不住道：「小兄弟，你道我老哥和五毒病姑如何個比法，哈哈！這真是不要命的別開生面。」

其心道：「願聞其詳。」

唐瞎子道：「那五毒病姑也知道我老唐是個下毒的大行家，她一上來便出了個古怪的題目，規定雙方各出幾種毒藥，對方如是猜不出來，便是敗了的一方，立刻自盡。」

其心道：「唐大哥是毒中聖人，那五毒病姑想是橫行已慣，目中無人，真不知天高地厚。」

唐瞎子道：「正是正是！我唐瞎子豈能怕了她，當下立刻答應，結果嘛，對了三陣，第四陣正在對峙，小兄弟你便來了。」

其心道：「唐大哥，你真是好生大膽，你以身試藥，萬一找不到解毒之方，豈不是完了嗎？」

唐瞎子嘻嘻笑道：「這個！這個我唐瞎子根本就沒想到，天下雖大，難道有能毒倒我瞎子的毒嗎？真是笑話！笑話！」

他昂首而言，那光景真有前不見古人的味道，其心見他能將下毒如神的五毒病姑鏟除，心中更是折服。

「小兄弟，我的事講完了，瞎子可要問問你的事了。」

其心也正色道：「唐大哥，你難道不能信任小弟？」

唐瞎子微窘，他說道：「不是……不是老哥不相信於你，實在……實在……他媽的那些人說得……他媽的歷歷如繪，就像真的瞧見一般。」

其心緩緩地道：「有唐大哥這種義薄雲天的兄長，小弟還敢有辱大哥的聲名嗎？」

他言語之間，不覺又想起丐幫藍文侯幫主，心中一痛，便住口不說了。唐瞎子大喜叫道：「小兄弟你別往老哥臉上貼金，我唐瞎子一生殺人無數，原也算不得什麼好人，可是在根本上，自信還能夠得上一個『忠』字一個『義』字，小兄弟，為人但須心存忠義，世人交口非難，總有一天會水落石出。」

其心瞧著這粗壯的大漢，從他口中說出這段大道理來，當其字字似金，落地有聲，豈是巧言令色之輩所能說出，不由聽得癡了，他茫然應道：「唐大哥說得正是！」

唐瞎子正待開口說話，忽然腹間一陣劇痛，再也站不起來，其心心中大驚，連忙伸手去扶，只見唐瞎子青氣直透華蓋，隱隱之間竟有黑氣上升，其心見形勢急迫，一運內勁，按在唐瞎子背腹之間通心要脈。

過了半個時辰，唐瞎子臉上黑氣消失，仍是青森森一塊馬臉，忽然唐瞎子雙目一睜連道：「好險！好險！」

其心奇道：「什麼？」

他說話之間，右手真力仍是緩緩輸入唐瞎子體內，唐瞎子知其心正用上乘內功替自己逼毒，心中甚是感激。

又過一會，唐瞎子自忖無妨，他不願其心爲他多耗真力，便道：「好了！好了！五毒病姑當真好毒，她在毒藥中還加了附著，她大概也知道配藥份量不準，這又加了幾分攻隙銅綠之毒。」

其心道：「唐大哥，你無妨了？」

唐瞎子豪邁地站起，哈哈縱聲笑道：「我從毒中長大，豈有被毒倒之理！」

他愈笑愈是得意，忽然笑聲一窒，其心見他臉色大變，一副茫然失措的樣子，其心心中一凜道：「唐大哥，你毒素才除，先歇歇再說！」

唐瞎子口中喃喃道：「什麼毒藥，什麼毒藥？」

其心驚問道：「唐大哥，你說什麼？」

唐瞎子慘然道：「你唐大哥已是廢人啦！」

其心大吃一驚，他猶自不信生龍活虎的唐大哥在一刻之間怎變成廢人，唐瞎子淒涼地反覆道：「這是什麼毒，這是什麼毒！」

一時之間，他茫茫地瞪著其心，忽然又是一聲大笑道：「小弟，老哥哥一時糊塗了，天下豈有傷得了我之毒藥，真是笑話，真是笑話。」

他這話，雖是和適才同一句話，可是其心聽將起來，卻是疑心大起，心中忖道：「唐大哥只是怕我擔心，是以故作輕鬆。」

唐瞎子用力一拍其心手臂道：「小兄弟，老哥尚有要事，就此告別了，小兄弟，你自多多珍重。」

其心見他突然要走，心中更是有疑，他心中起了一個可怕的念頭，忖道：「難道唐大哥自知無法自救，他怕我見到他死時淒慘，是以要趕快支開我？」

他愈想愈覺可能，當下再不遲疑，大聲叫道：「唐大哥，你別騙我，你……你……定是中了毒。」

唐瞎子知道這個小兄弟足智多謀，豈是容易騙得了的，當下歎口氣道：「罷了，罷了，我老兒雖然能將體內之毒逼聚不發，卻不能解了，這是什麼毒，我竟查不出來！」

其心見他頹喪已極，他按在唐瞎子手心的手，也覺得肌肉放鬆，勁力全失，他脫口道：「唐大哥，你真氣散了嗎？」

唐瞎子沉重地點點頭，其心心中一寒，知道嫉惡如仇的唐大哥一身武功廢掉了，不說他結仇甚多，就是他那如火的脾氣，這日後的日子也不知怎樣過法。

其心定眼一瞧唐瞎子，只見他目光渙散，已到油盡燈枯的地步，他心中一震，忖道：「唐大哥死意已決，他此刻正在散功，我如不能助他重振生機，等到功力一散，那是神仙也束手無策了。」

其心在這當兒，心中真如千頭萬緒，一個法兒也不管用，驀然他雙目神光四射，注視著唐瞎子喝道：「唐大哥，世間還是有不解之毒，唉，縱是解毒大王，也有束手無策的時候。」

唐瞎子一怔怒道：「你說什麼？」

其心歎息道：「世間毒物真是五花八門，一個人心力有限，豈能一一了解其毒，要想窮有生之年，將各毒破解，看來是永無希望的了。」

唐瞎子明知他在相激，可是他胸中對於毒物之學真是包羅萬象，學富五車，當下不吐不快，再也忍耐不住道：「你年紀輕輕，豈知學有專長，那世間毒物雖多，可是如能依其生態分之，也不過有幾類而已，這個給你說也是枉然，你是不會懂的。」

其心沉聲道：「那麼解毒大王唐君棣怎會有想不出的毒物？」

唐瞎子搔首不語，他此刻的確不知自己是中了何毒，其心見他正在沉思，飛快一掌，拍在他泥丸穴上，唐瞎子身子一懈，倒在地上。

其心原見唐瞎子正在自散功力，知道如果自己出手阻止，他一急之下散功更快，那便束手無策，是以出言激得他心神分散，這才出掌拍倒。

唐瞎子一怔，隨即恍然道：「小兄弟你別瞎擔心，我瞎子豈是自尋短見的人，你快解了我的穴道，好讓我仔細想想解毒的法兒。」

其心見他似乎醉心於解毒，心想只有以此事將他絆住，他知唐瞎子脾氣，如心中存著一個苦思欲解的問題，定是鍥而不捨，在找到解答之前是不會放棄，五毒病姑所下毒藥一定非同小可，也夠他一輩子想了。

他正待去解唐瞎子穴道，終覺不能放心，忽然想起兒時父親攜他採藥時講給他聽的一個故事，當下便說道：「唐大哥，我講個故事給你聽！」

唐瞎子煩躁道：「小兄弟，偏你在這時候還講什麼故事？快快解開我的穴道！」

其心微微一笑道：「從前神農氏皇帝看到眾生疾病之痛，心中突生悲憫之念，發上誓願要救眾生百病。」

唐瞎子不耐道：「這又有什麼相干？」

其心緩緩道：「神農氏皇帝乃是大慈大悲的人，他此念一生，立刻遍行全國名山大川，找尋治病藥草，那天下草木藥石之多，真是難以計算，神農皇帝爲救眾人，終於以無上大勇，遍嘗百草，試其溫寒甘辛，乃悟各藥相剋相佐之道，傳下藥醫之術。」

唐瞎子聽其心侃侃道來，他雖精研毒物，可是都是從一本毒經上得到，此時聽其心說得有趣，不禁問道：「神農皇帝也太膽大一點，他遍嘗百草，又無解毒之術，難道不怕中毒？」

其心道：「神農帝何等大勇，他多次誤服毒草，總算生具異稟，能夠保得性命，可是終因體內毒素太多，臉上卻是青森森的，獰惡難看，唐大哥，你適才以身試毒，那是爲了什麼？」

唐瞎子想了想道：「那還爲了什麼啊，還不是打敗那毒婆娘。」

其心搖搖頭道：「不是不是，你是發了悲天憫人之念，這才以身試毒，要想救中原武林中人。」

這正是唐瞎子心中之意，他約鬥五毒病姑，雖是氣她不過，但終因怕她在武林中掀起腥風血雨，是以挺身而出，只是適才一陣爭鬥，倒忘了本意，此時其心一提起，唐瞎子大起知己之感。

其心道：「從前神農皇帝遍嘗百草，這就弄成一張青臉，唐大哥以身試毒，真可和神農帝先後媲美。」

神農皇帝乃是中國三皇五帝，其心敬佩唐瞎子爲人，竟將兩人並提而論，唐瞎子聽得一怔，忽道：「小兄弟，我臉色也發青了？」

其心點點頭道：「佛家說『我不入地獄，誰入地獄？』唐大哥，天下之大勇者豈有超過四川唐君棣的？」

唐瞎子反覆思想，心中只是喃喃忖道：「我不入地獄，誰入地獄。」一時之間，忽覺靈台之間一片清淨，他昔日仗義行俠，捨生拚死，只是心存一個義字，並未想到爲什麼該如此做，此時豁然貫通，心中激憤之情不禁大消。

其心見他神色轉了數次，他上前一拍唐君棣解了穴道，唐瞎子歡然道：「多謝小兄弟指點，老哥哥這就找個地方隱居，如果不能解天下萬毒，今生再不出來。」

其心聽他說得如此堅決，雖喜他重拯生機，可是日後會面之機卻極渺茫，其心呆呆望著他道：「唐大哥，日後小弟事罷，自當前來尋找大哥！」

唐君棣哈哈大笑道：「兄弟前途似錦，領袖群倫可指日而得，那時我唐瞎子雖不能目睹，這光景也可想得到。」

他真情流露，其心聽得一震，心中忖道：「他雙目已瞎，只道是我爹爹所害，如果他知道我是地煞董無公的兒子，他難道會如此？」

唐君棣一拉其心手，只覺豪氣千丈，他縱聲說道：「小兄弟，你怎麼不高興？咱們相識以來會少別多，豈能像娘兒一般依依不捨？」

其心長笑應道：「大哥說得是！小弟該罰。」

兩人撫掌大笑，其心想到這兩日夜間，故人凋零，目下唐瞎子又將走了，忽然一種無法壓抑的離情襲了上來，以他的深沉，竟是忍耐不住，笑聲中唐瞎子只覺手背一涼，他的感覺大是敏於常人，心中忖道：「小兄弟怎麼哭了，他平日英風颯颯，此刻難道是以為我無救了，是以流淚？」

唐瞎子大聲道：「放心，小兄弟，唐瞎子命又臭又長，總要看到小兄弟名揚四海，這才能見閻王去！」

其心勉強笑道：「唐大哥，小弟等著你便是！」

唐君棣連聲叫好，他此時心情大好，心中只是忖道：「我如能破解萬毒，這功德不也大得緊嗎？武功失去了，我更能精鑽此學，又打什麼緊。」

他扶起竹杖，向其心揮揮手逕自走了；其心看著他那巍巍身軀，雖是步履蹣跚，可是彷彿之間背後放出一團光輝，其心心中忖道：「人言佛光普照，成佛之尊頂上有光，唐大哥，其心其行，也真可立地成佛了。」

那竹枝篤篤之聲愈來愈遠，其心不再逗留，他爲了挽救武林浩劫，自己身受旁人百般輕蔑不用說，好友又一個個爲他受累，如果不能臻得全功，那是百死莫贖的了。

他飛快穿過林子，翻山越嶺只尋捷徑，走了數日，蘭州已是遙遙在望，他又默背了一遍強記下的機要，這才昂首挺胸進城。

這日正是新年初一，他東奔西走，這數年之間，哪裡還記得過年過節，這時只見大街小巷桃符遍貼，滿地都是爆竹紙屑，行人熙攘，好一番新正氣象。

其心漫步走去，忽見一個孩兒，穿著大紅新棉襖，頭上也載了一頂鮮艷皮帽，整個身體只有一雙小手和凍紅的小臉露在外面，那孩子頂多只有四五歲模樣，生得極是清秀可愛，正隨著大人打拱作揖，一雙小手捧得緊緊，卻是臉上笑瞇瞇的好不可愛。

其心見這孩兒生得可愛，不由多看了兩眼，那孩兒胸前小兜中滿滿裝著全是紅包，大人們還是不停地送，可見這小兒真是人見人愛了。

那小孩兒忽然轉過頭來，他當其心盯著看他，心中卻是一點也不害怕，黑漆漆的兩隻大眼溜了一溜，指著其心對他母親道：「這位大哥好好看啊！比華哥哥還好看得多。」

孩兒的母親溜了其心一眼，笑叱道：「麟兒莫亂叫，是大叔不是大哥。」

其心見他母子倆又笑又說，真是令人羨慕，那孩兒似乎對其心特別有好感，不住向其心招著小手，口中不停地道：「大叔！大叔，到我家吃飯去啊！」

其心見他天真無邪，心中暗笑忖道：「你這娃兒倒是四海，年紀雖小，大有豪士之風。」

其心向小兒揮揮手，那小孩兒的父親也向其心看了一眼，只見其心相貌斯文，氣質清華，他也是個大有閱歷之人，雖見其心穿得陳舊，可是絲毫掩不住高雅風姿，心中不禁暗暗喝彩，忖道：「西北地方，哪裡走來如此人物？」

當下拱手一揖道：「請教兄台高姓大名，小兒對兄台傾慕已極，就是在下也是如沐春風，喜不自勝。」

其心見他出言不俗，連忙還禮道：「晚輩姓董，令郎玉雪可愛，真是人間寵兒，兄長有子如此，真教人好生羨慕。」

那人年方三旬，白面微髯，他向其心微微一笑道：「小兒已代主人留客，兄台如肯賞光，小弟舍間就在前面不遠。」

那小兒見父親和這俊少年只是寒暄，他卻是一句話也不懂，心中甚是煩惱，忽然發現一樁奇事，嘟嘴道：「爹爹，這位大叔過年怎麼不穿新衣服？」

那中年漢子連忙喝叱，向其心作揖道：「小犬年幼，兄台大量，萬祈莫怪。」其心微微一笑道：「令郎天真爛漫，小弟喜之不勝，何怪之有。」

他心中卻甚感淒涼，他自幼失母，和齊天心命運卻是一般。別的孩兒一年到頭就只盼望過年，有吃有穿，其心卻從未享受過，他愈瞧那孩兒愈是可愛，自己風塵僕僕，難怪這幼兒要奇怪了。

他伸手入懷，取出一隻小元寶放那孩兒兜中，向那中年一揖作別，那中年卻在沉吟，孩子已叫道：「我要這位大叔別走，爹爹你快留住他！」

其心向他一笑，閃身人叢之中，忽然遠遠傳來一陣擊鑼之聲，一陣聲勢雄壯的叱喝：「安大人到！安大人到！」

其心定眼一瞧，街上百姓都紛紛讓道，前面兩人抬著兩塊巨牌：「迴避！」「肅靜！」其心忖道：「只怕是甘肅安大人到了，他新春出巡，不知為了什麼，人家老百姓一年到頭好容易有個休息，上街瞧瞧熱鬧，又要迴避於他。」

他四下瞧去，只見眾百姓並無不快之色，都是笑嘻嘻地閃在路兩邊，前面北風吹過，一個繡金大「安」字旗在風中展起，獵獵飛舞，好不神氣。

等到安大人官轎一到，眾百姓更是齊聲歡呼，呼聲震天，忽然轎門一開，一個五旬左右清癯老者緩緩站起身來，一張長方形的國字臉，劍眉挺準，文雅之中卻帶著威嚴，只覺依稀間有三分像安明兒。

自這人一露身，眾百姓更是歡喜，紛紛向總督拜年，自古以來，中國官場威儀何等嚇人，這總督乃是一方大員，位極人臣，像安大人這樣隨和與百姓見於街市之中，倒是未見的了。

安大人緩緩道：「多謝各位鄉親老伯！」

他出言雖緩，卻是字字清晰，其心忖道：「安大人內功也自不弱！」

安大人不住向眾人點頭招呼，眾百姓對他感戴極深，人眾愈擠愈多，其心暗想自己適才錯怪了他，這安大人原來是萬家生佛的大清官，心中不由大喜，也不知是替安明兒喜還是爲什麼，只覺很是愉快。

安大人正待歸轎，忽然眼角一掃歡呼道：「百超，你真是忙中偷閒，好容易幾天休息，也不在府中清靜養養心，倒出來趕熱鬧了。」

其心順安大人眼光看去，只見那人正是適才自己交談的中年漢子，那中年漢子長揖肅容道：「安大人勤政於民，真是文曲下凡，我甘肅百姓真是多年積德，能屬大人治下了！」

安大人一笑道：「百超，你不用跟我口是心非，你心裡不知又在轉什麼鬼主意兒，說不定是說：『你這官兒連新年也要騷擾百姓，真是大大不該。』好，我這就走！」

眾人見總督如此隨和可親，更是心中感激，只見那中年漢子道：「安大人時時心懷百姓，自是上天降福，學生昨夜接獲急報，甘西已獲甘霖，旱象全消，來春豐收可卜。」

安大人大喜，按不住站了起來道：「百超休得騙我！」

那中年漢子道：「治下無戲言，學生在安大人旗下怎敢打誑，只是學生昨夜接報已遲，不便打擾大人度歲，這才想今日下午稟告大人。」

安大人連道：「好！好！好！既是甘西有雨，那來年黃河之水灌溉是不會有問題的，我也不必去青龍寺了。」

其心忖道：「安大人新正便替百姓求雨，這樣的好官兒實在少見。」

安大人向中年漢子道：「百超你真逍遙，晚間來府中如何？」

那中年漢子道：「多謝安大人，學生下午尚須過訪友人。」

安大人一眼瞧見那中年漢子可愛的孩兒，招手叫他過來了，想要賞個紅包，他伸手入懷，卻無分銀，一來他居官已久，隨處都有人安排招呼，二來他為人勤儉，不好財貨，這金錢銀兩未放在心上，一時之間，竟拿不出來。

他情急之下，向轎夫示意，那轎夫甚是乖巧，偷偷獻上一個兩重的元寶，安大人接過，放在那孩兒手中，又摸摸那孩兒的頭，他抬頭一瞧，只見四下百姓忽然肅然，那中年漢子百超眼中閃爍著晶瑩淚光。

安大人大奇，中年漢子從孩子手中取過元寶，他激動之下，聲音發咽，好半天才道：「麟兒你謝安大人恩典，安大人您……您……愛民若溺，刻苦自己如此，這教我甘青百姓如何能報此恩？學生謹身受教，永不敢忘大人之身教。」

安大人不解，他見百姓一個個都瞧著他。眼光中流露出千般感恩，真恨不得為他赴死，他心中甚是感動，默默忖道：「真是堯舜之民也，真是堯舜之民，可惜我哪能及古聖先賢之萬一？」

他見眾百姓都甚沉重，心想這是新正大年初一，正是萬民歡騰之時，自己最好快走，他原是無意之舉，想不到百姓竟會激動如此，當下一揮手對中年漢子道：「百超，你胡說些什麼，我安靖原愧對百姓，只求多謀補救，何功之有？」接著哈哈一笑道：「百超，我雖有偷閒半天之思，可是朝廷威儀，倒是你落得逍遙自在，任性遊蕩。」

他說完放下轎門，轉往總督府中抬去，眾百姓目送這清官廉吏，人人充滿愛戴，久久說不出一句話來。

那中年漢子見眾人都以尊敬驚奇的眼光瞧著他，心中滿不是味兒。要知總督何等尊貴，竟和他像朋友一般談話，眾百姓如何不羨慕尊敬？而且眾百姓從未見過這中年漢子，自不知他居於何位，如何不驚？

那中年漢子攜眷匆匆離去，其心也擠開人群，直往甘青總督安大人府中走去。

他是舊地重遊，路徑甚是熟悉，走過數條大街，便見總督府高高大門。他才走近總督府，正待向守門衛士致意求見總督，忽然大門開處，幾個少女走了出來，其心定眼一瞧，只見其中一人正是總督千金安明兒。

安明兒眼尖，一眼便看見其心，她心中狂喜，忘形之下，直往其心之處跑來；其心又見到安明兒，心中也甚高興，他見幾個少女都好奇地望著他；心中不覺有些不好意思。

其心道：「安小姐，咱們又見面了。」

安明兒笑靨如花，迎著他道：「你是來蘭州嗎？快到我家住去，空房子多得很！」其心仔細打量於她，只見她身上著了一襲絲裙，比起布衣荊裙又自有一番美麗。其心低聲道：「我來蘭州，有重要事情稟告令尊，碰到你正好，請替我引見。」

安明兒心中大爲失望，她只道其心是專程來看她，此時聽到其心原是有事要找父親，不由心中一沉。

安明兒只見那幾個女伴好奇地望著其心，她臉上一紅，連忙招手叫她們上前，介紹道：「這就是董師兄，他上次救過我一命。」

其中一個女子口快，脫口道：「表姐，他就是你每天晚上跟我姐妹偷偷談論的那人嗎？」安明兒面若染脂，紅得透了，其心也訕訕的不好意思，幸好其中一個年紀大的女子道：「董公子遠道而來，咱們怎麼老是站在門口，也不請客人入內。」

安明兒這才請其心入內，她感激地向她表姐望了一眼。其心走進府裡，只覺府中白楊沖天，想到春天來之時，定是綠蔭遍野，園中雖大，卻少種花草，只是巨樹林立，顯得又是樸素又莊嚴。

安明兒引著其心連轉數徑，走過一個圓門，這才是內眷居寢之處，安明兒將其心帶進東邊一排房子，才一走上台階，迎出九個青衣婢女來。

安明兒道：「你們帶董公子去右邊寢室去，快，快！」

那些婢女吃了一驚，以驚訝目光看著其心，原來那右邊寢室正是安大人款待上賓所住，平日就是總督都是少進，想不到小姐竟會讓給這臭小子住。

其心見那婢女們眼神有異，心中暗暗好奇，面上神色卻是不變，那婢女在前開了門，他走進屋子，其心向內一望，只見屋中棋琴書畫俱全，牆間懸著一副米芾草書，筆走龍蛇，端的是絕世之寶。

其心向婢女問道：「這是安大人的書房嗎？」

那婢女抿嘴一笑，也不答話，其心見四牆潔白如雪，窗前綠絨厚呢，佈置得清幽高華，卻是不見絲毫富貴俗氣，心中不禁暗暗折服。

他再往內間走去，只見屋角放著一個極大書櫃，他走近一瞧，真是所藏豐富，無所不包，室中平放著大床，床底下是暖室大爐。

其心放下簡單行李，忽聽到安明兒在外面喊道：「董公子你先休息一會，我去請母親去。」

其心忙出來道：「安小姐，怎敢勞動夫人大駕，我這就隨你去見夫人。」

安明兒一皺眉道：「你是我朋友，我媽媽就是你伯母，什麼夫人長夫人短，你不嫌俗氣麼？」

四八　金沙神功

董其心搖搖頭道：「我總是小輩，豈對勞動夫……伯母大人？」

安明兒抿嘴笑道：「好，好，好，偏你年紀輕輕，行事卻像老頭子一樣，恭謹囉嗦，你就跟我去見媽媽去。」

其心一整衣冠，跟在安明兒身後，穿過了一條長長走廊，來到一排精緻屋子前。

安明兒輕輕一拍掌，當中一間正屋走出兩個青衣婢女來，連忙向安明兒行禮，安明兒道：「我母親在嗎？」

一個婢女恭身道：「夫人正在佛堂，小婢這就通報去。」

安明兒反身向其心招招手道：「咱們先在客廳中等等，媽媽參佛有時一坐就是一個時辰。」

其心走進客廳，安明兒坐在主位，讓他坐在主客之位；她向女婢一使眼色，那婢女獻上茶來，其心端起茶林，一陣清香撲鼻，真令人心曠神怡，他輕呷一口，更覺齒頰留芳，不由暗讚好茶。

安明兒也喝了半口，她笑吟吟道：「董……董大俠，這茶還過得去嗎？」

她原想稱其心爲「董公子」，終是少女臉嫩，而且又一向居高處優，從未如此稱過別人，總算她頗有幾分機智，心想其心行走江湖，武功又深不可測，稱他大俠總不會太離譜了。

其心道：「這是什麼茶葉？郁香如此。」

安明兒得意地道：「說起此茶還大有來歷，此乃天山絕頂所產，在大雪封山之時發芽，一到雪融反倒自然枯萎，那天山何等高聳險峻，就是平時也難攀上，何況是冰雪封山之時。」

其心道：「天生異草、靈藥，都是長於深山幽谷之中，往往使人可望而不可及，不然又如何能顯得珍貴？」

安明兒聽他說得有理，連連點頭，她乃是飽讀詩書，馬前揮筆成文的女才子，心念一動道：「深山幽谷自多靈氣，鐘靈所注，奇材自生，可是天生萬物，相收相剋，與其孤芳卓卓，不如各得其所，草澤之中，又何嘗不是異材並茂，豪傑崛起？」

其心一怔，他思想敏捷已極，一轉念之間，已悟出她話中之意，當下便道：「安小姐識見超俗，洒洒似玉，在下乃一介武夫，小姐不以卑賤相視，感激實深。」

安明兒悄臉一紅，心知其心已了解她話中之意，此人聰明如斯，真是難得，她見其心言語之間，仍是自卑自輕，便道：「人各有志，財富是身外之物，豈足道哉？」

其心微微一笑，對這總督千金心地忠厚，不禁大起好感，心中卻忖道：「這姑娘心地也忒好了，她總以爲我自卑自賤，其實，我豈是對名利在乎的人？」

安明兒又喝了口茶道：「這茶甚是清冽，其性柔而醇，如果多飲竟會醉了，所以有一個好聽的名兒，叫『冰心玉壺』。」

其心品了一口，那茶味果然悠綿沉冽，心想這命名當真是美不勝收，卻又能名符其實，真是上上佳作。

其心道：「『冰心玉壺』，端的是好名兒，安小姐慧人，這等美名，一定出自小姐手筆了。」

安明兒聽他連稱自己「安小姐」，比起去歲在甘蘭道上邂逅之時更加生分，心中甚是不喜，那名兒果然是她巧思偶得，原本是心中大大得意之事，此時卻了無歡喜之色，只淡淡地道：「雕蟲小技，難登大雅，董大俠文武雙全，真是笑壞行家了。」

其心笑笑不語，忽然從後堂中傳來一股輕煙，檀香瀰漫前廳。安明兒道：「家母禮佛已畢，檀香燃盡，便可出來相見了，董……你遠道而來，又當大年新春，好歹也要多住幾天，不然家家戶戶過年休閒，你行走卻是大為不便。」

其心道：「在下浪跡江湖，以四海爲家，真想不到剛好碰上過年，看來只好打擾幾天了。」

他身懷絕大機密，估計不但要向安大人報告，而且還要與總督大人共謀大計，必須耽擱幾天；安明兒聽他肯住幾天，心中大暢，掩不住滿臉高興道：「這幾年年年豐收，百姓大爲裕足，過年過節，從年初到元宵，可有熱鬧好瞧的了。」

其心正色道：「安大人愛民若赤子，清政通天，難怪上天降福，風調雨順。」

安明兒鼻子一聳，心中大是得意，臉上盡是自負的神氣，她望了其心一眼，那意思彷彿在說：「我父親真了不起，連你一個外鄉來客，居然也知道了。」

安明兒裝作不在乎地道：「喂！咱們不談這個，從去年大年夜起，蘭州城竟夜不禁，百藝雜耍，只要入夜便在咱們府前演出，真叫人目不應暇，有踩高蹺的，有走鋼索的丑兒，還有玩魔術猴戲的老頭子……還有……唉！一時之間也說不了那許多。」

其心見她眉飛色舞地說著，心中不由怦然而動，他再是深沉，終究是個少年人，此時聽到有熱鬧可瞧，怎會不喜歡？正待答上兩句，忽然後堂傳來一個柔和的女人聲音道：「明兒，你在和誰講話來著？」

安明兒叫道：「姆媽，來了一個我的好朋友。」

她口音一變，竟是南方人音調，原來她母親是江南女子，安明兒叫聲未畢，簾子一掀起，走出一個四旬左右富態雍容的貴婦人來。

其心連忙拜見。安明兒道：「姆媽，他叫董其心，女兒上次在甘蘭道上多虧他照料相救，才沒有吃到壞人的虧。」

她母親抬眼打量其心一眼，只覺此人明澈如水，容光照人，眼神之中一片湛然悠遠，絕無半點少年人浮滑囂張，真是人中之龍，衣著雖是陳舊，可是更顯得隨和可愛，心中暗道：「這孩子又俊又穩，難怪明兒為他神魂顛倒。」

她耳旁卻聽到其心道：「晚輩董其心，叩問總……伯母大人金安。」

安夫人連道：「董公子快請坐下，老身可擔當不起。」

其心依言坐在一旁，安夫人仔細瞧了其心幾眼，心中大是滿意，寒暄幾句，吩咐安明兒好好款待，便回後屋去了。

安明兒和其心娓娓清談，兩人都是一等一的聰明人物，談起話來，自是妙趣橫生，彼此之間點到即止，對方之意均能全心了解。

那安明兒談的都是女兒家日常趣事，她口才甚好，又是脆言如珠，說得很是動聽，談及捉弄教詩書的冬烘先生時，更是眉飛色舞。

其心很專心地聽著，不覺已是掌燈時分，安明兒愈說愈是高興，一直到婢女上來請兩人入席，這才雙雙走向正廳去。

其心只見廳中擺了一桌酒席，那廳子甚大，樑高數丈，極是氣派，圓桌周圍卻只放了四張椅子，侍候的婢女倒有五六個，安明兒道：「我姆媽爲你洗塵設宴，看來爹爹也要來。」

她話未說畢，內廳中一個沉著蒼勁的聲音道：「夫人排下家宴相邀下官，不知爲何事件？」

另一個聲音卻是安夫人道：「今日是大年初一，一來舉家歡聚，二來明兒有佳賓自遠道來，想見識見識你這一品大員哩！」

兩人談話之間，已然走進前廳，那安大人輕袍儒巾，雖是位至極品，猶是書生本色，其心上前見禮，安大人手一揮肅客入席。

其心在客位上坐了，安大人斟滿了一杯酒，向夫人深深一揖道：「夫人終年持家辛勞，下官在此相謝了。」

安夫人笑嗔道：「你是怎麼啦，酸氣沖天，也不怕別人笑話。」她雖是如此說，可是目光中卻是深情無限，笑著端起酒杯一口飲乾了。

其心忖道：「這安大人夫妻情重，富貴不移，少年相守相愛之情，安明兒雙親如此，真是人間幸運兒。」

安夫人道：「聽明兒說董公子文才武藝都是超人一等，大丈夫懷不世之才，何不奮發英資，爲民生求福。」

其心暗道：「安夫人談吐不俗，昔日也定是才女。」當下答道：「小侄才疏學薄，伯母謬讚實是汗顏不勝。」

安大人道：「在朝在野，只須心存忠義，同樣可爲生民造福，豈厚於此而薄於彼？」

安夫人道：「我是婦人之見，董公子莫怪！」

她知自己寶貝女兒對這少年鍾情已深，這人既到總督府來，只怕是想求個功名，但見其心神色淡然，不禁暗暗稱奇。

安明兒道：「菜都要涼了，姆媽咱們先吃再說。」

酒過三巡，四人邊吃邊談，席間甚是歡洽，那安大人只覺其心不但談吐不俗，而且論事卓然有獨到之處，他暗暗中將幾個施政的大問題和其心談論，其心輕描淡寫幾句，無不中肯，針針見血，那分析判斷之明確，更是不用說了，安大人愈談愈是驚奇，最後簡直佩服起來，只當其心是諍友良朋，磋切增益，再未將其心看作晚輩。

安明兒見其心和爹爹談得融洽，自己卻插不進一句，心中大是懊惱，她原爲爹爹能夠親來替其心接風，覺得面子十足，此時反倒感到爹爹實在礙事。

常言道：「知女莫若母」，安夫人早就看穿女兒心意，她幾次要打斷兩人話題，只是安大人滔滔不絕，簡直像逢到生平未見之知己一般，自己竟不忍插口打擾。

好不容易才講了一個段落，安大人心中暗暗忖道：「此人年輕如此，智慧通圓，猶在百超之上多矣，如能張羅府中，真勝過千百謀臣。」

一時之間，他著意籠絡，言語愈來愈是客氣，已忘了其心是他女兒的好友。

又過一巡，已是初更時分，這才散了宴席，安大人意猶未盡，但見夫人不住向他使眼色，心中一轉，不覺老懷大暢，哈哈笑道：「下官真是老得糊塗了，明兒莫怪。」

他一拂長袖，顯得瀟脫已極，和夫人雙雙走入內室；安明兒臉色通紅，半天才囁嚅道：「喂，咱們去找表姐表哥他們玩兒去。」

其心奇道：「你表姐還在府中，怎麼不來同席？」

安明兒眼睛一轉，看看其心並無異色，當下便道：「我姆媽設下家宴邀請爹爹，這是何等隆重，非是最親之人，外人豈可參加了？」

她脫口而出，其心心中一凜，忖道：「她將我看成最親之人，這是什麼意思，難道，難道……」

他偷眼一瞧安明兒，只見她似知失言，臉上紅得有若朝陽，卻是明艷清新已極。

其心心中暗道：「此間事一了便走，千萬不可自尋煩惱。」

安明兒起身和其心穿出走廊，只見燈火輝煌，笑語喧嘩。安明兒道：「咱們去賭賭運氣，看誰明年走運。」

她搶先走在前面，推開門和其心走了進去。這是一間花廳，裡面極是熱鬧，男男女女總有幾十個人圍著正賭得起勁。

安明兒低聲道：「每年過年總要賭個三天，托你之福，說不定我可撈上幾文。」

她邊說邊走，到了一處擲骰子桌邊，這些人都是總督或夫人親戚，見到安明兒都紛紛招呼爲禮，只因賭得正在興高采烈，略一點頭招呼，又都聚精會神於賭局。

安明兒從懷中取出數塊碎銀對其心道：「咱們合夥賭，我一個人可賭不起。」

那作莊的是安明兒一個遠房表嫂，她莊上正盛，正大把大把銀子往懷內收，聽言扁著嘴道：「小姐真是客氣，誰不知你有多少壓歲錢。」

安明兒一吐舌，模樣十分可愛，她本是千金小姐，這時活潑不拘，更是可親。她笑著道：「還說壓歲錢，都給玩戲法走軟索的人騙到袋裡去了。」

她向其心瞧瞧，其心摸出幾個小元寶放在桌上，安明兒道：「好，你先壓一兩銀子試試看。」

其心依言擲骰，三顆骰子在碗中轉來轉去，數十雙眼睛直視不轉，其心忽然想到上次那瘋漢賭錢的霸道模樣，心中直覺得十分有趣。

那骰子轉了幾轉，忽然一停，現出三個「一點」，眾人歡叫道：「豹子」。

那作莊的賠了一兩銀子，其心又壓上去，連擲數次不是六點便是「豹子」，面前已堆了十幾個元寶，安明兒喜得合不攏嘴來，她在其心耳畔輕輕地講：「你運氣真好，已經連過四關，這次小心一點。」

其心心中也甚高興，室中笑語喧嘩，爐火生得旺盛，滿生生春，暖暖地十分舒服，他從小就未好好過年度歲，這時玩得高興，露出孩子心性，那深沉的神色早就不見了，他回頭一瞧安明兒道：「咱們再過一次關。」

安明兒和他相識以來，從未見他如此快樂過，看著他滿面春風，不由得癡了，當下順口就道：「好，再過一次關。」

其心拿起骰子一擲，咕溜溜地轉了幾轉，倏地一停，三個骰子配成了「一二三」點，這是莊家只吃不賠的小點子，眾人一聲惋惜，那莊家吁了口氣，將十幾個元寶囊括而進。

其心歉然看了安明兒一眼，只聽到她附耳柔聲道：「不要緊，只賠進了一兩銀子，咱們再過。」

其心興致極高，又專心擲了起來，他運氣漸漸轉霉，擲來擲去都是小點子，不一會桌前銀子愈來愈少，安明兒又偷偷替他加上，過了一刻，他又連擲數個大點，贏了三把，場面又熱鬧起來。

安明兒正想叫他小心下注，忽然其心轉過頭來，用徵詢眼光瞟了她一眼，雖是徵求她的意見，可是卻充滿了渴望之情，像一個孩子想要一件心愛物事一般單純。安明兒道：「他一年到頭在江湖上跑，須得處處防人暗算，難得盡情玩樂，我怎可掃他興。」

只聽其心喃喃自語道：「還是不要太貪心的好。」伸手收回好幾個元寶錠子。安明兒將那銀錠向前一推道：「全下了，輸贏在此一舉！」

其心大喜，感激地向安明兒笑笑，他抓起骰子，心中竟有點緊張，像是身負重任一般。

安明兒忖道：「他內功深不可測，如果使了手腳，那是包贏不輸的了，男人們野心真大，如果是我，只要連贏兩三次，一定就要收手慢慢來。」

她注視其心，只見他白皙的頰上竟是一片酡紅，顯然很是激動。其心骰子一擲，卻只得了個一點，那莊家今夜也贏了不少了，心想要這次贏了，便不再作莊，目下其心只有一點，那是閉著眼睛擲也可得勝的局面。

眾人紛紛替其心惋惜，其心臉上紅暈漸退，又恢復了平時陽陽之情，作莊的一手擲骰，一手便欲收錢，可是兩粒骰子一停，現二三兩個點子，那最後一個骰子在碗中打轉，從六點滾到五點，四點，最後一露紅色，竟停在一點，眾人一聲歡叫道：「么二三，莊家通賠。」

其心舒了一口氣，他點了點銀子道：「咱們正好不輸不贏，不要賭了吧！」

安明兒點點頭，將一半銀子收了起來，其實她在其心聚精會神之際，偷偷替他墊上了好幾兩銀子，此時也不說破，好讓他高興一番。

其心又想：「剛才真是好險，可是愈是驚險，愈是出人意表，我常常都在千鈞一髮中得救，只要不到最後關頭，總是有希望的。」

兩人談話之間，已然走了一大段，鑼鼓之聲喧天，安明兒道：「玩把戲百藝雜耍的又來了，咱們趕快到府外廣場去。」

兩人漫步走出總督府大門，門外廣場佔地數百畝方圓，早已擠滿了看熱鬧人群，四周火把光亮，照得四周有若白晝，這是總督安大人特爲方便百姓新春快樂，免費供應火油。

那場中東搭一個棚，西搭一個台的，端的是百藝雜陳，令人眼花繚亂，安明兒走到一處馬戲猴戲的台子前，那台主識得這是總督千金，連忙命兩個小猴子獻上兩個又香又紅的蘋果來，安明兒笑著接過，遞給其心一個，順手丟了一個銀角子，那猴兒甚是乖巧，跳起來接著了，毛手毛腳塞入衣襟袋子，雙雙向安明兒其心合十道謝，眾人看得有趣，紛紛叫好。

這時正是新年，無論大人孩子囊中皆富，出手自然大方，賣藝的個個實力。表演得異常精彩，雖然夜寒似冰，北風如刀，可是場面倒反愈來愈是熱鬧。

那耍猴的是個中年，伎倆頗是不凡，猴性跳脫，在他手中卻是伏首聽命，竟能演出數幕情節簡單之鬧劇，其心見一隻衣冠楚楚的猴兒，在向女伴雌猴獻慇勤，真是維妙維肖，但猴頭猴腦，醜態百出，令人忍俊不住。

一聲鑼響，猴戲終了，眾人紛紛掏錢賞給頂盤小猴，忽然一聲驚呼，眾人循聲看去，只見那高空走鋼索的老者，一個失手掉落下來，待這邊猴戲觀眾舉目看時，已是身體懸空，只有一根手指扣住鋼索，那鋼索高約七八丈，如果摔將下去，就有十條命也沒有了。

北風疾吹，那老者身形隨風飄蕩，險象橫生，廣場上數千觀眾都凝神注視，玩雜耍魔術的鑼鼓聲也停止敲了，半刻之間，整個廣場寂靜得只有北風呼嘯之聲。

其心定神一瞧，心中暗暗稱奇，低聲對安明兒道：「這人武功很好，他裝模作樣不知為了什麼？」

安明兒驚道：「你說他是假裝跌下，故作驚險？」

其心點點頭，眼睛只是注視著那老者，忽然那老者手指一運勁，以一指之力，將身子吊起老高，他手指一鬆，向下虛空揮了一掌，平平穩穩雙腳又踏在軟鋼絲之上，他這一運勁，鋼絲顫動不已，老者身形隨著鋼絲起伏，竟像連為一體一般，眾人這才知道適才那老者是故意如此，不禁面面相覷。

其心暗忖道：「這老者輕功已到了爐火純青地步，蘭州城內怎會有如此高手？」

他想到此，心中暗存戒備之心，那老老身形左右擺動前行，就如風打殘荷一般，驚險已極，有些膽小的觀眾嚇得緊閉雙眼不敢再看，一些女子心慈，齊聲叫道：「別走了，別走啦，咱們給錢便是。」

那老者步伐又大又不穩，仍是步步前行，看似漫無法度，每步都有摔落可能，可是行家眼中，卻見他穩若泰山，就是千鈞勁力，也難推他下來。

那老者好容易走完鋼索，從繩梯走下。場中觀眾對他賣命演技，都大起同情之心，解囊極爲踴躍，遍地都是銅元碎銀，其心心念一動，待從懷中取出一角碎銀，正待試試那老者深淺，那老者突然向四周一揖，拉開破鑼嗓子道：「各位鄉親老爺太太小姐，小老兒來到貴地，多承各位捧場，本待練幾套粗淺功夫，博各位爺們小姐一樂，只是年老筋衰，適才如非托諸位之福，老早一命歸陰，小兒頑劣別無他長，倒有幾片蠻力，一身鐵骨銅筋，來，來，來，快出來與各位老爺見見面，練幾套粗活。」

他手一揮，一個年輕後生從台後走出，生得倒也英氣勃勃，他向眾人作了一個羅圈揖，彎身從台中桌後搬出一大堆青灰色岩塊來，塊塊大小相若，切得十分整齊。

那青年舉起一輛鐵錘，用力向岩磚上打去，那磚堅逾鋼鐵，砰然一聲火星四濺，只碎了一小塊。他朗聲說道：「晚輩幼時學書不成，棄而學劍，學劍又不成，只學來幾手粗淺功夫，如有不到之處，萬望各位多多包涵。」

他語音一畢，呼地一掌擊向一塊岩磚，滑啦一聲，那岩石裂成無數碎塊，眾人驚得連喝彩全給忘了，齊都暗暗忖道：「如果這一掌不是敲到磚上，血肉之軀豈不筋斷骨折，心碎肺裂？」

人叢中也有些練武之士，心中更是吃驚；安明兒嘟嘟嘴對其心道：「這人鐵沙掌功夫好深，你瞧他碎岩的力道均勻，每塊都一般大小。」

其心搖搖頭道：「這不是鐵沙掌，那老者武功比這青年強上數倍，這等高手來此獻藝，不知有何用意？」

那青年接著將岩磚一塊塊砌起，直砌到第七塊這才停止，他向眾人掃了一眼，一吸真氣，一掌緩緩發出，直往磚上擊去，他一按即放，岩磚仍是完好無損。

那青年微微一笑，一塊塊將岩磚掀起弄開，他連弄六塊岩磚，眾人伸長頸子去看，那岩磚端端放著，絲毫不見異狀。那青年雙袖一抖，一陣勁風拂過，那完好岩塊忽然從中裂開，岩粉四下飛揚，原來已成粉碎。

其心心中狂跳忖道：「如非岩石有詐，這人功夫已是震古爍今的了！」

那青年淡淡地道：「小可這套粗淺功夫，難上各位法眼，多多包涵。」

人叢中不諳武功的漢子也倒罷了，那些練過武的都是心神震動，這種內力，能夠連砌七塊硬岩，猶有餘勁碎岩，當真是前無古人的神功。

其心心中沉吟，那青年看來內功並未如何深湛，只是露了這一手卻是令人心寒，正在此時，忽然人叢中自然閃開一條空隙，其心一瞧，竟是安明兒父親甘青總督大人。

百姓紛紛讓道，安大人直往台前走去，他身後跟隨兩個便裝漢子，身手甚是矯捷，兩額微微鼓起，分明是內家高手。

其心見情勢有異，他目不轉睛地注視賣藝老者，安大人又走上兩步，驀然那老者右手一揚，兩柄刀如矢一般飛來，其心早留心戒備，手中扣了兩塊小石，也是一揚手向飛刀擊去，噹噹兩聲，正擊中兩柄刀身，哪知那老者勁力雄厚之極，飛刀又比石子沉重多多，撞擊之下，飛刀略略一沉，仍是向前直飛，其心鞭長莫及，真是束手無策，安明兒驚得花容失色，掩臉不敢再看。

安大人原是名將出身，功夫也自不弱，他正待閃身躲開，忽然他背後一名侍衛衝上前來，伸手便往刀柄抓去，此人叫陳多謙，年輕時原是祁連派高手之一，豈料那飛刀來勢霸道，明明抓住刀柄，可是虎口一裂，竟是把持不住，那雙飛刀餘勢未竭，一上一下正中咽喉前心。

其心驀然躍起，身形就如一隻大鳥一般，越過人群直往老者撲下，那老者奮起一掌，其心身在空中不好著力，身子順著掌勢一閃，輕飄飄落在地上。

那老者呼地又是一掌，其心凝神不敢絲毫怠慢，一吸真氣也是平掌推出。那老者忽然收掌叫道：「好小子，原來是你。」

他自知有其心在，一定佔不了便宜，這刺殺安總督的事更不用說了，當下轉身便同那青年跳躍而去，其心見他的面目黝黑，雙掌卻白若瑩玉，驀然想起一人來，當下叫道：「名滿大西北的冰雪老人，怎麼替人做起刺客來了，真是愈來愈不成氣。」

遠遠地聽到那老者怒哼一聲，其心轉身躍上台去，他伸手抓了一把碎岩粉，原來竟是乾麵，心中不禁釋然，那青年能穿過六塊岩石，雖是碎的是麪磚，但功力也自不凡，安總督蹲在那侍衛身前，瞧著那兩柄柳葉飛刀發呆。

其心見那兩柄飛刀深深插在要害，知道此人是活不成了，如果冒然拔起，只有死得更快，那安總督是武將出身，戰陣之經驗極是豐富，心中也知這貼身侍衛難活，目下之計，只望在他未死之前，能夠說出幾個心願。

其心默然上前，他伸手點了那侍衛通心之脈，止住洶湧流血，又在那侍衛後心推拿一番，片刻工夫真氣緩緩流入傷者體內，那侍衛悠然醒轉，一睜眼正瞧著安大人那張飽含憂慮的國字臉。

安總督輕聲道：「多謙，你有什麼未了之事，快快說出，我安靖原定替你辦到。」

他平日對部下極是隨和，都是以名直呼，那侍衛陳多謙吸了一口氣，振起精神，說道：「元帥，你沒事吧！」

安總督心中大悲，眼眶中淚珠轉來轉去，這兩個侍衛原是他為征西大將軍時的前鋒大將，不但衝鋒陷陣，勇猛過人，而且都有一身上乘功夫，安大將軍所向無敵，得力於兩人之力實在不少，後來班師回朝，皇上就令安大人鎮守西陲，拜了甘青總督，只因這兩人武功雖高，卻是疏於文墨，安大人以武將身分掌管文政，為恐惹人閒話，只將他二人留為近身侍衛，不曾外放為官獨當一面。

安靖原任總督已是多年，這兩人總還是以元帥相稱，忠心耿耿，並無半句怨言，此時陳多謙身負重創，醒來第一句話便是問元帥有沒有受傷，一時之間，安大人想到昔日在戰陣上出生入死，此人也不知救過自己幾多次，最後又代自己死去，真是悲不可抑。

那陳多謙見總督不語，只道安大人也受了傷，他眼前愈來愈是模糊，急道：「元帥，你趕快療去，俺自知不久人世……」

他說到此，一口逆血上湧，再也說不下去，安大人哽咽道：「多謙，元帥沒有受傷，你儘管放心，你論功論勞，早就該獨當一面，巡撫一省，元帥早有此意，只是……唉……　只是怕你為人耿直氣躁，不能政通民和，是以一直未派，現在就是決定也是枉然了，多謙，你好好去吧，煥章侄年少英俊，已有進士功名，我就向皇上……皇上保薦為甘肅巡撫。」

他說到後來哽不成聲，這兩位貼身侍衛都是功高位低，安靖原一直耿然於懷，此時悔之不及，心中真是悲痛已極。

陳多謙斷斷續續道：「元帥對俺……對俺……就像俺父母一樣，俺陳……陳多謙不會講話，心裡……心裡可……可明白……明白得緊，元帥，那巡撫是……是個文官兒……　我陳多謙……看到……文書……便是頭大……幹了巡撫，豈不要了俺的命嗎？」

他話聲未畢，身體一陣扭曲，雙目再也不睜了，安大人恭恭敬敬在屍首前拜了三拜，親自抱起屍體，便往府內走去，其心和安明兒雙雙跟在後面，廣場中眾百姓見到這麼一場驚心動魄之事，眾人愛戴的總督大人危中得安，都不禁暗自慶幸。

安大人抱著屍體走進正廳，端端放在中央巨案之上，他昔年奮發英挺，三十餘歲便為舉國聞名之征西大將軍，此時目睹同袍死去，感懷彌深，不能自已。

其心輕步上前道：「安大人先且節悲，晚生還有要事相告。」

安大人一怔，他見其心滿臉嚴肅，不由心中一凜，悲思略去，神智立清，對其心道：「董公子，有何指教？」

其心道：「大人如此稱呼，晚生如何敢當？就請直呼晚生之名。」

安大人點點頭道：「老夫癡長幾歲，你既和明兒相交，老夫僭越了，董賢侄，此間並無外人，你有要事只管說罷！」

他揮手叫安明兒離開，又吩咐另一個侍衛叫廳外四周警戒，安明兒無奈，滿心不喜怏怏離開。

其心沉聲道：「適才刺殺大人的刺客是西北武林第一高手，天山派掌門冰雪老人鐵公謹。」

安大人奇道：「老夫自信為官尚稱清正，昔年常在軍旅，又未曾開罪武林中人，這冰雪老人為何要刺老夫？」

其心道：「這中間有一個極大陰謀，那冰雪老人受人指使，他知大人愛才若渴，故意在廣場上現露身手，想要引大人走近下手。」

安大人道：「以這冰雪老人高去高來，就是潛身入府圖謀老夫，也是反掌之勞，何必要費這許多事，豈不小題大作？」

其心道：「他此舉定是要教百姓目睹大人被刺，大人鎮守西北，一旦被刺，甘蘭頓失重心，這百姓一傳，西北豈不是民心惶恐，不攻自亂了嗎？」

他此言正是那冰雪老人心中之意。安總督心中一凜，只覺這種看法最是恰當，當下急問道：「此人想激起西北混亂，難道另有圖謀？」

其心緩緩地道：「冰雪老人幕後指使的是西域凌月國主，此人志向不小，不在甘蘭，而在中國。」

他此言一出，安總督驚得站了起來，要知西域數十國，就以凌月國最是強大，往往派兵侵犯中國藩屬諸國，他曾派兵和凌月國軍隊打了數次，每次都因孤軍遠離，後援不繼，不敢深進而返。

其心這才將凌月國主陰謀原原本本說出，安總督只聽得又驚又喜，緊抓住其心雙手，激動顫聲道：「賢侄立了不世之功，老夫這就八百里快馬稟告皇上，報上賢侄之功，並請皇上定奪。」

其心搖手道：「此事不能延誤半刻，大人一方面分兵拒敵，一方面乘虛直入凌月國攻其不備，敵人就是聲勢再大，也不敢不顧根本之地，如果敵人回師，兩路夾攻，定可奏功。」

他侃侃而談，安靖原總督大是佩服，他拍手傳令那個近身侍衛，低聲說了數句。

過了一會，府外馬蹄聲起，那近身侍衛引進一個中年，正是其心在蘭州城中見到的那儒生。

安總督起身相迎道：「百超，又要擾你清閒了。」

那中年儒生作了一揖道：「安大人有何教我？」

他向其心微微點了點頭，坐在一邊。安總督將這事說了一遍，那中年儒生只是沉吟。其心道：「小可知閣下心存疑惑，是以不能決定，小可若處閣下之境，寧信其有而備之，不可不信而不備。」

那中年儒生向其心望了一眼，心中忖道：「好厲害的少年，我李百超豈是不能作決斷之人？」

當下沉著說道：「這位董兄說得對，此事關係蒼生氣數，寧信其有而備之，雖是軍旅小擾，萬萬勝過倉促無備。」

他轉頭對其心道：「在下尚有一事請教。」

其心知他懷疑自己，自己單槍匹馬深入虎穴，探得這天大機密，此事驚險，一髮千鈞，又豈是外人所能知道的？別人生疑自是理所當然，當下便道：「閣下只管相詢。」

中年儒生李百超道：「兄台假傳凌月國主之令，此事關係凌月國之命運，難道無人起疑嗎？」

其心道：「凌月國人視凌月國主如同天神，在下僞裝中了凌月國主迷藥，喪失心智，那些人自是信以爲真。」

李百超冷冷地道：「如此說來凌月國中無人，這種小計謀也會識不破。安大人，敵人如此，何足道哉？」

其心見他只是不肯相信自己所說，自己雖是老謀深算，可是對方也是思密多慮，一時之間要他信任，真是談何容易。

其心也冷冷地道：「智者千慮，必有一失，上焉者鬥智，每從極普通平庸中出人意料，愈是平淡無奇之計，往往愈能瞞倒自命聰明之人。」

李百超知其心出言相譏，他微微一笑，心中只是想著其心那兩句話「愈是平淡無奇之計，往往愈能瞞倒自命聰明之人。」覺得大有道理。

那安大人道：「百超，你心思周密，本有謀國之才，就是太過多疑，要知宰相肚量可容舟，你看我以誠待人豈會錯了，你該從此方面下功夫，才能領袖群倫。」

李百超恭身道：「多謝大人教訓，學生天性刻薄，如能有大人一半之宏量，那就行了。」

其心心中也想道：「我平日也是處處防人一著，雖是不至吃虧，可是比起藍大哥、唐大哥爲誠爲信拋生捨命，那便落了下乘，安大人此言倒正好也點明於我。」

安大人道：「目前大敵將臨，咱們同心協力，共濟危機，還不知能否度過，如果再互相猜忌，那只有坐以待斃了。」

李百超連連點頭，三人低聲密談，其心將強記凌月國邊境的地圖地名都默記了下來，安大人行跡遍西北，聽其心將各地形勢說得絲毫不差，又將敵人各處兵馬配備說得一清二楚，他雖多年未曾再上戰陣，可是到底是統帥過數十萬大軍的將軍，知敵情如此清楚，早已安下如何進攻之策。

那李百超見其心絲毫不滯地又畫又說，心中對此人之強記能力不禁暗感佩服，再聽其心所言句句在理，疑心一滅，便從大至小，都仔細計劃起來。

他心細程度，比起其心只勝不輸，若說分析領悟判斷，其心勝他多多。他邊談邊寫，過了一個時辰，已密密麻麻寫滿了好幾大張紙，儘是行軍配備，糧食運輸之仔細計劃，真是鉅細大小，包羅萬象，再無任何遺漏，他天生是個計劃的專家，再麻煩的事兒，只要由他著手計劃，都是條理層然，簡單明瞭，設想極是周到。

三人盤膝深談，不覺星移月沉，長夜將闌，安大人見一切妥善，長吁一口氣低聲道：「昔日謝安一局殘棋，已定破符堅八十萬大軍之計，諸葛武侯池畔觀魚，已定退五路兵之策，但願咱們一夕夜談，能破凌月國於千里之外，也替本朝立一佳話。」

李百超鼓掌笑道：「大人運兵如神，學生恭聆佳音。」

他滿臉喜色，顯然是對自己的計劃極是放心得意。其心低聲道：「凌月國主是天縱之才，不遭重創，終是中國之禍，大人奇兵並出，摧毀敵人主力，十年內，凌月國是無力東犯的了。」

李百超忽道：「董兄文武並勝，武尤蓋世，咱們那路深入奇兵，就請董兄率領，小弟從旁協助如何？」

原來三人訂下決戰方策，主力放在進攻凌月國軍隊，李百超終是不放心其心所說，便邀其心共同進軍凌月國，他好在旁觀察，如有不對，也好趕快自作打算。

其心搖頭道：「小可對戰陣之事，卻是一竅不通，凌月國主挑撥中原武林，小可還要東行中原，將凌月國主陰謀公諸武林。」

李百超還要相邀，安總督道：「這也是要緊之事，董賢侄行率穩健，定能竟得全功，長夜已闌，兩位快去休息，咱們明日再作計謀。」

其心回到房中，倒頭便睡，他心事一放，半年以來的奔走辛苦，以及受人誤解的閒氣，都像輕煙一般飄離。一覺醒來，已是日正當中，才一梳洗完畢，就聽到門外剝剝輕叩之聲，一個溫柔的聲音道：「你起來了嗎？」

其心哦了一聲道：「原來是安小姐。」便上前開門，只見安明兒似嗔非嗔地望著他，不知她心中想些什麼？

安明兒道：「聽說昨夜你和爹爹和李大哥秉燭夜談，通宵達旦，哪有這許多可說的呀！」

其心笑而不語。安明兒道：「你用什麼法子使爹爹如此心服，他開口三句話中總有一句是稱讚你，什麼天縱奇才，什麼老成謀國，告訴我這法兒，好讓我也去騙騙爹爹去。」

其心道：「我怎及得上你聰明，比起你爹爹更是差得遠了，老伯是說著玩的。」

安明兒道：「算你有本事，爹爹對李大哥的話已是言聽計從，可是他神色之間，彷彿你比李大哥更高了一籌。」

其心心道：「我出生入死，才換得你爹爹幾句稱讚，你一個小女孩家又豈能知道？」

這時已是正午，安明兒領著其心到了餐廳，李百超，安大人及安夫人都在相等，其心告了歉便入席坐下。

飯後安明兒本約其心去黃河看波，其心又被安總督拉到密室商談，安明兒眼圈一紅，委委屈屈去了。

三人大計既定，一些小節很快便商量妥當。其心見大事已了，不願再事逗留，便向安大人告辭，安大人知他不願受功，自古俠士多是推功肩過，其心如此，安大人並不覺怪，只叮嚀數句，約了後會之期。

其心本想向安明兒安夫人辭行，恰巧兩人到城郊進香去了，其心滿身輕鬆，向安大人深深一揖道：「晚生行將見大人名揚天下，立不世之功，晚生在此預祝了。」

安大人還了半禮道：「老夫破敵之後，慶功宴上希望能見賢侄。」

其心道：「小侄此去不知歸程何處，老伯德被生民，小侄雖在萬里之外，也必時時禮拜。」他改口老伯，實在對安大人甚是崇敬，那安大人也覺大爲親切。

他說完向李百超揮手作別，安大人喃喃道：「此子有若天馬行空，真是人間俊傑。」

其心漫步出蘭州城，他想到大事已了，安大人有李百超輔佐，此人謹慎，那是百無一失；目前先趕到中原武當山去，向武當掌門人周石靈解釋清楚，只要周石靈肯替自己出面，沉冤自可洗清。

他走了半個時辰，忽然背後蹄聲大作，一騎飛奔而來，遠遠地傳來又脆又嫩的聲音：「董……董大哥慢走啊！」

其心知安明兒追來，當下只得回身；安明兒跳下馬來，牽著馬和其心並肩而行。

安明兒道：「爹爹說你有急事，我自不便留你，你……你一個人……行走江湖，來去自如，人家……人家……」

她本想說：「人家可不能像你一樣。」但想到此話太過明顯，便含羞住口。

其心道：「他日路過蘭州，我一定來看姑娘！」

安明兒道：「你這『他日』也不知是一年還是十年，咱們作一場朋友，我就送你一程吧！」

她神態幽怨，其心不敢正視，兩人默然走了良久，來到一個小鎮，安明兒見路旁一個鄉下人挑了兩擔蘋果，那蘋果色香俱全，她想起其心愛吃，便站住揀了十幾個，其心立在一旁，忽見人影一閃，其心心內大震，身子一閃，便往右邊前去。

安明兒選完蘋果，抬頭一看，其心在遠處，她心中一急，伸手摸出一錠元寶，提起籃子欲走，那鄉下人見是一兩白花花的銀子，他大喜之下，只是揀那又大又紅的蘋果往籃中塞去，直塡得滿滿的無法再裝，可是比銀價尙差甚遠。安明兒慢聲道：「夠了夠了！」一縱身也往前趕去，那鄉下人見花白的銀子仍在手中，那女子只是一閃，便無人影，真疑是在夢中。

安明兒追了幾步，其心影子愈來愈遠，她頹然止住，望著手中提的滿籃蘋果，真不知是悲是愁。

其心跑出郊外才一住腳，側地閃出一人陰森森地道：「小子你自投死路，快快納命吧！」

其心嘻嘻一笑道：「人言凌月國主智通慧圓，廣大神通，想不到會被區區騙得唏哩呼嚕，真是枉得虛名之輩。」

那來人正是凌月國主，他絲毫不動怒氣道：「今日看誰死在誰手中，這才是最終結果，那區區小勝小負何足以道？」

其心知他恨極自己，非致自己於死地不可，看來對自己冒傳命令之事並不知，又怕他趕回凌月國去，那麼自己一番心血，和安大人安排一番計策豈不前功盡棄，他想了數下，卻是沉吟無計，心中忖道：「事到如此，也只有走一步算一步了，先拖拖再想計較。」

凌月國主臉色愈來愈是陰沉，他將其心看作生平勁敵，步步爲營，口中輕嘯一聲，手中連翻，直罩其心面門。

若說機智計謀，其心的確可以和他匹敵，若論武功，其心比他仍差了一段距離，他此刻心中存了必斃其心之念，出招更是凌厲，絕不留情。

其心勉力接了兩百多招，內力已然耗盡，凌月國主力道愈來愈沉，其心一個疏神，當胸著了一掌，一個踉蹌，跌坐地上。

凌月國主哈哈大笑道：「世間以成敗論英雄，你雖贏了老夫一場，今日卻又如何？」

他得意已極，彷彿將一個生平強敵毀了，笑聲未畢，又出手連擊數掌，將其心身上數大主脈震斷，其心奮全力嘶聲叫道：「凌月國主，你……你……多行……不義……你回去瞧瞧，凌月國成了什麼樣子，你……你……報應就要到了。」

凌月國主一凜，他向其心一瞧，只見其心神色怪異之極，似乎埋伏了絕大計謀，其心話一說完，再也支持不住，倒臥地上，氣息微微。

凌月國主心中忖道：「我在中原佈置已到最後階段，再過半月便是水到渠成，這小子一除更是無心腹之患，我且再找天禽溫萬里去，這小子臨死還想騙過於我，定是近數日之內，中原武林有所圖謀，這小子想騙我回西域去。」

他愈想愈對，對於這少年更覺膽寒，心想昔日諸葛武侯死後猶能退司馬懿數十萬大軍，這小子怕就是想倣法先賢，任他聰明機智，到底斃在自己手中。

他想想冷笑兩聲，上前又震斷其心兩根主脈，揚長而去。

這時夕陽西沉，天邊一片金色。

四九　聯手卻敵

凌月國主走遠了，倒在地上的其心慢慢坐起，如果凌月國主返回，只怕要驚得目張口呆了。

如果說凌月國主一生做錯了一件事，那便是他沒有乾脆把其心殺了！在他的想法中，毀了其心的七脈，成了一個生死兩難的廢人，是一椿得意之作，但是他怎料到其心是個生具異秉打不死的怪人？

昔年常敗翁沈百波生具這種異稟，他與當時天下第一高手百步追魂姬文央海濱一戰，姬文央把他打得奄奄一息地躺在血中，然而只是幾個呼吸之間，沈百波居然爬了起來，發出舉世無儔的霸拳，毀了姬文央的「六陽神功」（事見拙著「離雁孤星」）。

凌月國主留了其心一脈未廢，他萬萬料不到已經爲自己留下了禍根。

其心微微一運真氣，只覺全身裂痛，心知凌月國主故意不殺他，是要他活著多受活罪，八脈已斷其七，他苦笑一下，將一息真氣存於心胸之間，又支持不住，摔倒地上，只摔得滿臉鮮血。

其心胸中存著一息真氣護心，他四肢放鬆，百脈皆舒，也不知經過好久，其心只覺天黑了又亮，亮了又黑，全身之中，只有心房微微跳動。

到了第四天早晨，其心自覺腹中大感飢餓，他生意一恢，掙扎坐了起來，調息半個時辰，體內真氣漸旺，他長吸一口氣，知道斷脈仍未打通，又調息起來，忽然後心之處一股柔和的力道送入體內，其心心中著急，目眦皆裂，他心中狂呼：「不要在此時擾亂於我，此人雖是一番好意助我療傷，可是怎知我天賦異稟，這當兒亂我意志，完了，完了。」他雖心中急煞，可是口中卻喊將不出，一急之下，又復昏倒。

又過了半天，其心再悠悠地醒轉過來，那後心柔和力道仍是不停地輸入體內，其心一凜道：「我適才一陣昏倒，只怕有數個時辰，此人功力怎的如此深厚，他不斷輸入真力至體內，豈不累得半死？」

他心念一動坐起，睜開眼來，只見四周無人，背後原來是一根長杖頂在後心大穴之上，其心更是吃驚不已，要知以物傳力，原就困難無比，此人能將真力緩緩不斷由杖中傳來，內勁收發，已到隨心所欲的地步了。

其心循杖瞧去，那人在左邊一叢小樹之中，白衣翩翩，只露出一點身形。其心運運真氣，只覺強盛無比，比起未受傷之前幾乎增加了一倍，心想這人不惜耗費內家真力爲自己療傷，看來並非壞事，他一躍而起，背後一個女音道：「你主脈仍是未通，再過兩個時辰，說不定可打通一半唉！可惜武功……武功……」

其心知她意思是說武功不能練了，那女音頗是熟悉，一時之間，卻是想不起自己所識女子中何人有此功力，其心顫然站起身來，他向空中連擊七掌，每掌腳下向前進一步，吐了七口鮮血，臉上顏色愈來愈是好看，已然了無傷態。

他初出掌浮弱無力，就如小兒揮掌嬉戲，待發了四掌，已是掌風凌厲，到了第七掌上，更是石破天驚，激起一陣強勁掌風，八脈已然全通。

其心暗道：「下次凌月國主見了我，一定會氣得昏過去。」

過了許久，那樹叢中傳來一個聲音：「原來你有此本事，我是多替你擔心了。」

白衫一閃，走出一個高大少女，臉上蒙著白紗。其心一眼認出，原來是凌月國公主來臨，自己被凌月國主打得死去活來，救自己的卻是他親生妹子，世事之奇，冥冥中似早有安排。

其心道：「多謝公主大德，在下永不敢忘。」

那公主柔聲道：「你……你八脈已斷塞七脈，還能夠完全恢復，真是異人，是誰將你打傷的啦？」

其心見她言語誠懇，而且憂心似搗，心中不覺甚是感動，暗忖公主連她哥哥的手法都看不出，看來凌月國主雖是聰明多智，卻連他妹子身懷絕技也還不知，倒是自己知道了。

其心道：「我有一種特別體質，任何傷勢都可痊癒恢復，只要一息未泯，總可以設法恢復，如不是公主加以援手，小可還得大費周章，一個不好，練功之時，外魔入侵，那便會萬劫不復的啦！」

公主又道：「我問你，打傷你的，就是你所說那些誤解你的人嗎？」

其心點了點頭，他雖不見公主面容的表情，可是聽她語氣卻是十分激動氣憤，心中不由暗暗好笑，這做妹子的如此關心一個她兄長仇人，凌月國主見了真不知道如何感想。

公主忽問道：「董……董公子，常人如果學了上乘武功，那他會有什麼改變，譬如說性子囉、人品？」

這個問題其心好生難答，他想了想道：「這就要看各人天性如何了，善變的人，就是不會武功，也是一樣多變。」

其心這番話簡直是白說，敷衍搪塞，他說到後來自己也感到很不好意思，乾笑兩聲掩飾。

公主認真地道：「那麼你會變嗎？」

其心心想這公主思想好生怪異，問起這個幹嗎？當下只有敷衍道：「這個……這個……小可天資雖是愚蠢，是非之間，倒還不敢苟且，我想是不會變的。」

那公主道：「這樣便好了，喂！董公子！你願不願意嘗試？」

其心一震還未答話，公主又道：「你仇人眾多，道上危機重重，我……我教你一套武功吧！」

其心見過她暗中顯露功夫，知道這嬌生公主，功力比起天座三星只在伯仲之間，如能蒙她傳一兩項絕技，那是助益匪淺，當下心念轉動道：「小可天資低劣，不知能否學得公主心法？」

公主喜道：「你是不成問題的，只要你肯學便成。」

她雖是女子，爲人卻極是豪爽，說過便做，當下便把一套震古爍今的掌法，一招招傳授其心。

其心武學甚深，學起新功夫，本應收觸類旁通之功，可是那套掌法，運氣之怪竟是大違正道，至於變化精妙，往往差之毫釐，謬以千里。

其心默記其中招式，那公主手比口述，其心愈學愈是心驚，要知地煞董無公武學極是淵博，其心又受薰陶，自是涉獵極廣，可是公主所傳武學，卻愈來愈是怪異，其心簡直無法理解。

如果要一個天資絕頂聰明，可是從未學過武功之人，學起這門功夫倒還容易，可是要其心硬生生逆道而行，真是難上加難了。那公主說了半天，其心只是思索其中武學道理，覺千頭萬緒，一些平日當然的道理，此時也變成模稜兩可，高手調息內視，坐關精進，原是靜中求悟，講究的是靈台清淨一塵不染，可是此刻聽公主一說，靜固然好，動也未嘗不可。

他是聰明絕頂之人，苦思之下竟是愈見糊塗，那公主講著比著，但見其心雙目盡赤，也不知道爲什麼，她心中一怕，就住口不說了。

其心只是苦思，大凡聰明之人，心思靈巧，心竅往往都是玲瓏多孔，唯其如此，要他改變所思所學更是困難，其心就是如此，明知公主所授，是另一門至高功夫，可是自己卻是不能接受，愈是強制接受，心中反抗之力也愈增強，他腦中交戰不已，此刻如果再有岔想，那就非得走火入魔，其心心中暗發警兆，但卻不能靜止不想。

正不可開交之時，忽然一陣狂風，吹起公主長衫，其心只見白影一閃，驀然如焦雷轟頂，雜思盡除，心中只是忖道：「一塊白布要染上顏色那是很容易的事，如果一塊已染色的布，要想再往上著色，豈非大大困難，目下我就將以前所學當做忘記了，那麼自易接受。」

他一語之下，心中空空蕩蕩，真的如一片空白，他湛然望著公主，公主見他神色漸漸恢復，又慢慢講述起來。

其心凝神聽去，他心中抗力一消，只覺字字珠璣，句句都是上乘武學，那公主教了一個時辰，吁口氣道：「你好好練習，咱們明天再來學。」

其心恭身應了，此時身前這個異國公主，在他眼中已是高明良師，神色之間自然流露敬仰之色。

其心也吁口氣，像是經過一場激烈之爭鬥，疲倦之極，那公主放下一袋乾糧，她見其心出神，從側面凝視了其心好久，只覺愈看愈是心喜，彷佛只須多瞧上一眼，那便心中舒服不已。

她內心洋溢著千般柔情，愈纏愈緊，心中默默思念：「既見君子，雲胡不喜！」臉上一紅，便輕步走了。

其心也知適才真是險之又險，其實他天資固然聰明，還有世所罕見堅毅之性格，每到絕處獲得生機。他瞧著公主身形隱在前程林中，忽然想起凌月國主，受自己之計，此刻只怕並未返回凌月國，那麼安大人大事可成，不禁心喜。

他在被凌月國主擊倒之時，故意點明凌月國大亂將臨，這是置之死地而後生的絕計，非有大勇者焉敢如此？他對凌月國主性子摸得極熟，知道此人自負之深，此是凌月國主唯一可攻之隙，是以其心才在這方面下功夫。

如果同樣一件事，其心與凌月國主看法絕無大異，只是凌月國主如果一經判斷後，總是自信無誤，雖然先前心有疑惑，也會棄之不顧，其心卻是寧信其有，只要一絲疑念，必定追索不休，兩人雖是世間少有才智之士，性子卻有差別。

其實凌月國主智力絕不在其心之下，閱歷又大勝過其心，如果兩人出手對付一件事，或是對付另一個人，凌月國主手段更高過其心，只是其心專攻他性格之隙，是以兩人交手鬥智，其心總是佔了上風。其心天生聰明那是不用說，最難得是聰明之中還有幾分愚人木訥堅毅，也唯如此，才是十全十美無隙可乘的奇才，他適才硬生生壓制住心中澎湃，將一切拋諸腦後，若非木訥誠樸之人，焉能如此？

其心想了一陣，又開始練功，直到明月當中，這才沉沉睡去，他新傷初癒，白光下更顯得白皙似玉，次晨一起身，那公主已在林中相候，她面紗已除，其心見她眼圈發暈，心想這金枝玉葉，睡在幾層柔軟絨毯上，只怕猶嫌不舒服，這夜宿野外，難怪不能熟睡了，但想到公主是爲傳授自己武功，不禁大爲感激。

其實公主昨夜心中只是惦念其心不下，黑夜裡也不知到底繞到他身旁幾回，不覺長夜已過。

那公主向其心一笑，又開始傳授掌法，其心專心去學，進境甚快，過了兩日，其心已然領會到掌法精髓，那公主吃乾糧吃厭了，便上山去打了幾隻小兔，她在國內常常行獵，烤起野味，甚是內行，色香俱佳。

又過了兩天，其心已然學會，只見那公主愈來愈是不喜，鎮日沉默無言。這天下午，其心練完掌法，精妙之處，絲毫不誤。公主喃喃道：「成了，我本以爲你至少十幾天才能學會，想不到你如此聰明，唉！」

其心道：「公主傾囊相授，小可感激不盡。」

那公主微微一笑，笑容隱處，卻現出一絲悲涼之色，她心中忖道：「你謝有什麼用？你永遠也不會知道我爲你做的犧牲是多麼大。」

公主忽道：「董公子，你運氣發掌，擊向那株松樹去吧！」

其心依言發掌，呼地一聲，那碗口粗細松樹連葉子都不曾搖動一下，其心心中大喜，知道已練成一頂蓋世神功。公主輕輕一拂，那樹滑啦斷了，其心見自己著掌之處，樹風脈道都歪歪斜斜斷了，周圍的木質從內至外皆爲木屑，愈是內部碎得愈細。

公主道：「你瞧瞧你的手！」

其心一看，右掌忽然放黃，金光閃爍，就如抓滿金沙似的。他脫口而道：「這是漠南金沙功！」

公主點點頭道：「昔年『大風劍法』、『震天三式』、『金沙神功』，合稱天下三絕，可是此三門功夫在江湖上絕跡數十年，你今日練的正是『金沙神功』。」

其心暗驚不已，那漠南九音神尼金沙功他是見識過的了，雖是沒有學全，已是威力駭人，名震武林，自己得了這套神功，真是蓋世奇緣了。

那公主忽道：「你此去中原能洗除惡名嗎?還有別的事嗎?」

其心得意道：「我用公主教的武功，好好出口惡氣，管教中原武林，不服也得服。」

公主柔聲道：「你可不准殺人，如果你用金沙功多造殺孽，我心中豈能無憾?」

其心點點頭道：「公主請放心，小可決不敢忘公主教訓。」

這時日已黃昏，公主不再言語，她默默生了一堆火，正待將半片羌子去烤，其心連忙道：「這幾天有勞公主，小可實在感激，讓我來侍候公主吧！」

公主瞧了其心一眼，將半片羌腳遞給其心，心中卻忖道：「我心中挺願意服侍你，你難道不知嗎?」

其心接過羌子，他伸手將火中木材抽出數根，那火勢自然小了，他動作流利無比，一邊往羌子身上抹鹽，一邊不停地轉動，那火勢更是大小自如，控制得很是內行。

過了一會，羌肉透出陣陣甜香，其心對於烹飪，原是個大大行家，這時施展手段，更是香溢四周，公主心中暗暗稱讚不已。

其心撕了一塊羌肉，身子一彎遞給公主，那模樣就像是侍候大爺們的小廝，十分可笑，公主咬了一口，嚼著嚼著，卻分不出味道來，那離愁縷縷，愈來愈是沉重，其心心中輕鬆，躊躇滿志，不時妙語如珠，漸漸的已不將她看作異國公主，只當是一個好友了。

其心雖是說笑，那公主卻一句也笑不出來，其心大嚼一口，那公主道：「你雖會這套武功，可是我聽金丞相說中原武林龍蛇雜混，詐謀百出，你還要小心爲是。」

她接著又囑咐其心好些事，雖是幼稚可笑，可是其心卻是認真聽著，心想一個公主，平日何曾替別人想過半點，能想出許多事叮嚀自己，也真虧得她了。

月兒初上，火光中，其心想到自己每吃一次虧，多少有些便宜可揀，這絕傳武藝當真是天下學武之人夢寐以求的事，自己得到卻絲毫不費功夫。

默然間，公主又在火堆中加了幾節松枝，劈劈拍拍一陣輕爆，空氣中飄起一陣輕香。那公主面對其心凝坐良久，只覺心中無味，倏增愁戚，便輕步走了，不一會，樹叢中傳來陣陣笛聲，聲音幽怨，離愁片片，都隨著笛聲四揚。

不知過了多久，那笛聲止了，公主輕歎一聲道：「哀人生之須臾，歎聚合之匆匆！」

忽然眼前一黑，那火堆已燒燼了，其心受那音樂所感，又想起和丐幫諸俠聚合匆匆，如今天人永隔。還有那莊玲姑娘也不知到了何處，目下對這公主也捨不得離開了。

他一定神，靠在樹邊躺著，月色如水，寒光照衣，難得沒有凜冽北風，雖是空氣冷清，倒還不致令人不能忍耐。

他心中很亂，久久不能成眠，一眼望見被自己打折的松樹，不由又想到新學的武功，領悟到其中精妙之處，比起震天三式猶有過之，如說威猛之勢，卻是略遜。

他這數日將從前所學武功都已拋開，這時陡然重回腦中，竟有舊友重逢，喜不自勝之感，反覆比較，只覺震天三式與金沙神功互有長短，也分不出孰強孰弱。

忽然體內兩股真氣同時冒起，交結於肺腑之間，其心不敢怠慢，連忙翻身坐起，運功調息，只覺全身一陣火熱，汗透重衫，接著又是一陣冰寒，冷氣上冒，幾乎忍寒不住，這一寒一熱過了三次，兩股真氣忽然同時消失。

其心運氣之下，只覺真氣大盛，收發自如，而且沉厚延綿，心知是一陰一陽真氣交融，已達無所乘隙上境，當下雀躍不止。

其心將所學武功一招招從腦中想過，一時不可能的招式都變爲可能，而且是絕妙佳作，要知上乘武學，發招之間勁道全憑真氣運轉，這真氣既是隨心所欲，隨手發招也就是大具威力了。

他想了半夜，不停地融匯天下各門武學，只覺愈來愈是簡單，忽然眼前一花，昏倒地下。待他醒來，已是次晨。其心睜開目來，那四周仍是一片枯黃，可是其心眼中卻是景象大非，枯榮之間，只憑意之所至，枯即是榮，榮即是枯。

他這種感覺，原是練氣苦修之士夢寐以求的境界，其心福緣甚厚，連得兩種蓋世絕藝，又恰好是一剛一柔，相佐之下，練氣已達頂峰，靈台更是清晰，佛家稱這種境界叫「具大智慧」。昔年達摩師祖來華，一葦渡江，在少室山上練氣勤修，幾年之後，聞蟲聲若雷鳴，見滴水可窺盡大於世界，軟紅千丈，於是乃知大道已成。其心雖則未達如此境界，可是內力修爲已達舉世難見了。

他昂然站起，更是容光煥發，他雖巧悟佛門至高枯榮之理，可是潛在天性熱心，終與我佛無緣，此所謂江水易改，秉性難移了。

那凌月國公主悄然走出，對其心說道：「你便趕快到中原去了卻私事，咱們也該分別了。」

其心點點頭道：「公主大恩，小可來日總望有效命之時。」

公主秀眉一皺道：「董公子，你第一次在哪裡見過我？」

其心道：「在弱水旁啊！」

公主柔聲道：「你那時以為我是怎樣的人，便永遠如此看吧！」

其心一怔，公主又道：「弱水千里，卻是縷縷不絕，人心相知相通，雖在萬里之外，不也縷縷不絕麼，公子請上道吧！」

其心琢磨著她語中之意，那公主想到自己為他犧牲之大，這一生一世也不知有沒有機會讓他知道，她見其心俊臉樸然，心中只是喃喃道：「董郎！董郎！就是為了你死，我也是心甘情願，何況是區區武功？」

其心不語，公主心中忽感不安，她初識情味，雖是貴為公主，卻和少女情懷一樣，忽然患得患失起來，她幽幽問道：「中原道上，聽說頗多武藝高強、貌美如花的女俠，董公子，這可是真的麼？」

其心笑道：「天下豈有勝過公主的女子？就是男子，又有幾人能贏得公主？」

公主心中暗暗生氣自思：「我又不是問這個，武功高又怎樣，你是裝糊塗，還是真的不懂？」當下淡淡地道：「你再見我之時，只怕便不會稱讚我武功了！」

其心驚奇問道：「什麼？」

那公主瞧著心上人，想起自己的委屈，幾乎忍不住要向他傾訴，可是轉念想到：「我豈是爲要他感激而爲此？」當下沉吟不語，其心想了想，還道是公主稱讚自己進展，便笑道：「小可要趕上公主，還須一大段時間。」

那公主嘆口氣道：「董公子，目下中原即將大亂，兵荒馬亂之中難免失閃，但願你快快辦完私事，與其處在遍地烽煙的中原，不如到凌月國去。」

其心點頭應了，他連日來與兩個少女交遊，看樣子都對自己不壞，再不趕快離開，將來便更難了，那公主竟向自己透露了她國裡的機密風聲，那麼她對自己之好，是不用談了。

其心柔聲道：「天下將亂，那凌月國也未必安靖，公主雖是武功蓋世，還是要小心的好。」

他知安大人此刻已將進兵凌月國，是以出言點醒，那公主卻會錯了意，只當其心邀她並轡中原，當下喜道：「董公子說得是，我回國交代一下，這便在江湖上見識，也勝過在宮中苦悶。」

其心不再多說，轉身走了，公主凝望良久，大踏步往西走。

其心往東前行十數日又到了河南，這日走進山區，這座山區綿延極廣，山勢雖高大，路徑卻是崎嶇難行，他行到日暮，正想休息一刻，只見兩條人影如穿梭一般迎面而來，其心定神一瞧，喜得幾乎大叫起來，原來那前面的正是掉落山下的丐幫幫主藍文侯。

其心高叫道：「藍大哥！藍大哥。」

他立身暗處，是以藍文侯行走匆匆，竟是沒有瞧見，藍文侯一瞧這個小兄弟，真覺兩世爲人，緊緊抓住其心雙手，眼睛在他臉上看來看去。

其心又被藍大哥一雙又大又粗的手握住了，心中高興已極，藍文侯張大口，好半天才顫聲叫了一聲：「小……小兄……兄弟！」再也不能竟口。

這時他身後人影也縱了過來，其心一瞧，原來是那公子哥兒齊天心，此人不是被西天劍神金南道所殺了麼？他一時之間，連見兩個已死之人，真是不敢置信，饒他是足智多謀，此時山風呼嘯，星月無光，心中不禁透出一絲森森寒意。但是藍大哥那雙溫暖大手，卻仍抓住不放，其心一定神道：「藍大哥，你傷癒了吧？」

藍文侯一怔，奇道：「小兄弟，你怎麼知道？」

其心慘然道：「小弟都知道了，爲了小弟，丐幫諸位哥哥盡皆逝去，藍……大哥……此恩此德，小弟如何消受得了？」

藍文侯豹目環睜，他沉聲道：「只要小兄弟清白，這便是咱們丐幫的最大報酬，唉！古老四和白老三寧願死去也不願聽別人毀謗小兄弟。」

其心黯然道：「小弟趕來遲了一步，古四哥臨終之時知道小弟無辜，便安心去了。」

藍文侯道：「好！好！壯士沙場死，將軍陣上亡，咱們丐幫十兄弟能爲小兄弟賣命，也死得不冤了，可恨那孫帆揚不明事理，真是個糊塗蛋。」

其心道：「小弟正想向中原武林洗清冤枉，小弟含冤不辯，實有難言之隱，藍大哥來得正好。」

他看看齊天心站在一邊，雖然衣衫破碎，形容憔悴，仍是俊美如玉，就如暗中煦煦放光一般。其心連忙上前道：「齊……齊兄絕處逢生，小弟在此先賀。」

他本來一直稱齊天心爲公子，現在知道他身分，原是自己堂兄，是以改了稱呼。話才一說完，忽然想到齊天心心志高傲，此言不啻羞辱於他，不禁暗暗不安。

齊天心道：「董兄弟別來無恙，小弟好生高興。」

他被金南道打下懸崖，死裡逃生，經過如此大難，傲氣自然消了不少，他也知和其心之間關係，是以此地相逢，倍感親切。

這兩人幼時相見，在江湖上數次會面，都覺對方甚是親切，但隱隱之間兩人都有敵意，齊天心固然覺得董其心有些不順眼，董其心對齊天心也是深懷戒意，此時兩人會面，彼此又知道對方身分，不禁敵意全消，愈瞧對方也覺得愈是順眼了。

董其心忖道：「他不知我與他之間關係，是至親堂兄弟，我先是不說破。」

那齊天心也是同樣心意，兩人不約而同對望了一眼，沒由來地微微一笑。

其心道：「恭喜齊兄大仇得報，那西天劍神已被人給斬了。」

齊天心大驚道：「誰人有此功力？」

其心笑道：「東西兩劍神比劍，終究是東方劍神天劍董大先生技高一籌，金南道被殺了。」

他知天劍是自己親伯父，是以言語之間極是恭敬，齊天心喜叫道：「董兄，此事當真？」

其心道：「此事小弟親眼得見，如何假了。」

齊天心大喜，他先還因不能親自報仇而遺憾，此時聽說父親奮起神威，替自己報了仇，真是心神俱醉。

其心道：「董大先生單劍到了凌月國，和西天劍神激起一場人世再難得見的劍擊，小弟對董大先生神威，真是不能形容於萬一。」

藍老大聽他說著，心中對這小兄弟更是又驚又佩，他神出鬼沒，智謀過人，好像武林中什麼事都知道了，他遠去凌月國，只怕又是定了一項妙計。

其心不住捧著天劍，他知齊天心定是忍耐不住，那齊天心是草包脾氣，果然吃不住他一再相捧，吸了一口氣，故作平靜地道：「不瞞兩位，天劍就是家父！」

其心微微一笑，心想伯父定然告誡他不要露出身分，他卻忍不住說出，這位寶貝堂兄，實在是個標準公子哥兒，日後自己還得多替他設想。

藍文侯雖是吃了一驚，但他是經驗豐富的老江湖，早知齊天心身分不凡，此時聽他說出，並未太過吃驚，那天劍已達通神地步，也唯有他才能調教出如此弟子。

其心道：「原來是董公子，在下失敬了。」

齊天心連忙搖手道：「兩位不是外人，藍幫主救我性命，在下董名天心，家父近年隱居少林，以齊物論之精神自喻，是以我也改姓齊了。」

其心讚道：「董兄家學淵源，好生令人佩服。」

齊天心道：「你……董兄，是地……你也不錯呀！」

其心暗暗的好笑，這堂哥心中真是存不得半點事兒，連最後一點秘密也說了出來，原來他是知道我的身分了。

其心對藍文侯道：「醉裡神拳穆十哥呢？」

藍文侯道：「穆老十和雷老二有一件急事去了江南，不然我丐幫又豈會毀在孫帆揚手中？」

其心也是嘆息不已，天亡丐幫，那是沒有辦法的，不然丐幫加上穆十俠和雷二俠，縱然不能全勝，全身而退，是不成問題的。

其心方待開口，忽然那狹道上火光一閃，來了三條人影，藍文侯一瞧道：「說到曹操，曹操便到，老二，老十，藍老大在此！」

那三條人影飛快縱了過來，火光中穆中原光頭閃閃，顯然連方巾都未戴上。

三人躍到面前，穆中原感情激動，跳上前就將藍老大緊緊抱住，眼淚直掛下來。

其心道：「雷二哥，穆十哥，啊！還有馬回回大哥，真是羣英會了！」

馬回回驀見其心，他兩次受其心之恩，上前握著其心道：「小兄弟，你幹麼要跟凌月國主混在一起？」

他爲人爽直，想到便說，其心搖搖頭道：「此事說來話長，你和穆十哥、雷二哥趕到這裡幹麼？」

馬回回和藍老大也有數面之緣，連忙上前見禮，雷老二、穆十俠眼見其心神色自然，他們原來就不信其心爲虎作倀，此時雖然仍是不知底細，可是信心更增。

穆中原道：「藍大哥，小兄弟，我和二哥辦完事趕回，祇見那山坡上已是青塚累累，我和二哥到處去尋大哥和小兄弟，恰好碰到馬大俠也要尋找小兄弟，便結伴而行。」

藍文侯點點頭，齊天心冷落在一邊，齊天心雖然名滿江湖，可是見到他的人却是不多。

藍文侯忽然道：「今日咱們丐幫來齊了，加上馬大俠，齊公子和小兄弟，咱們還怕誰來？齊公子，咱們去會會那兩個人。」

齊天心大喜叫道：「此事與小弟身世大有關係，小弟雖有此意，祇是不好意思勞動諸位！」

其心忖道：「這齊天心口氣比從前要柔和得多了，連他都不敢單人上去，那人定是厲害之極了。」

他新得奇技，更是胸有成竹，那藍文侯將齊天心向眾人介紹，眾人都是吃了一驚，名滿天下的青年高手，原來就是此人。

馬回回叫道：「既是藍大哥、齊公子的事，咱們大夥兒一齊去。」

五十　瘋叟之死

柔和的陽光照在大地上，緊倚著山腳處，一條道路曲曲彎彎繞出去不知多遠，道路左方種植了好些植物。陽光照在樹梢，蔭影灑蓋路面。

道路轉角處，這時慢慢走出一群人來，三前三後，一共是六個人，這六個人中有老有少，衣衫打扮都是破破碎碎的，當先的一個大漢魁梧健壯，假若這時有武林中人經過，不會不認識他便是大名鼎鼎的丐幫幫主藍文侯。

和藍文侯並排走的是董其心和穆中原，不用說，後面三人正是雷二俠、齊天心及西北的英雄馬回回。

他們六人自從巧逢之後，一路而行，爲了找尋那兩個老人。這兩個老人的功力，藍文侯和齊天心乃是親眼目睹，任是齊天心天性狂傲，也不敢絲毫托大。

尤其是齊天心自從被那兩個老人所擒，那古怪的黃媽似乎要說出一件秘辛，似和自己一生有密切的關連，心中更急於找著那兩個老人。

而藍文侯當時在黑暗之中聽到黃媽提及自己神秘失蹤的恩師「九州神拳」葉公橋和這件秘辛有關，自也想找那兩個古怪的老人問個明白。

六人一路行來，心情都相當沉重，尤其是其心從藍文侯的述說中，猜知兩個老人，竟有一個可能是天座三星之首——天魁，那天座三星之名在武林之中流傳歷久不衰，簡直是無人不知無人不曉，而且人人不知不覺間都懷有一種畏懼之心，雷以惇、穆中原、馬回回雖都是身經百戰，但也不免有些緊張的感覺。

且說六人走了一陣，藍文侯忽問道：「以小兄弟推測，那兩個老人之一，怕是天座三星之首，這一點我十分贊成，不說他功力如何，便是那外表一股氣質，便可懾人心魄。」

齊天心點點首：「那日藍大哥還沒有來時，那黃媽在那姓郭的少年手中搶去一個小方盒，跳入山洞，形成對峙局面，那天魁似乎很重視黃媽及方盒，另外那個老人連催他乾脆下手硬奪，奪不到也就拉倒，他卻始終不出手——」

藍文侯嗯了一聲道：「我伏在暗中聽黃媽說及恩師，可再也忍不住，便想悄悄過去，無巧不巧，一掠身忽然發現左側有一個小洞，正好容一人蹲身，才一蹲入，發覺這小洞正和黃媽所在之洞相連。」

齊天心道：「他們兩個老人似乎早知洞內地勢極險，以他們的身手，尚無把握能在黃媽帶方盒一起跳下深崖之前得手——」

藍文侯頷首又道：「當時黃媽正不住地說著，我摸索著爬到洞內，和她低聲說話，她當時極為吃驚，登時住口不說，過了一會外面那老人似乎生疑，我急忙打手勢叫她繼續說，我在她耳邊交代，叫她等我潛到先前藏身之處，陡發怪音，製造混亂。當時急忙之間，我也忘了告訴她，我和恩師的關連，她只知我要出手救齊老弟，心中似乎也急亂不知所措，並未相問。」

董其心忽插口道：「大哥，你說後來你回到樹叢之中，黃媽陡然慘呼一聲，局勢一亂，你立刻飛身救了齊兄？」

藍文侯頷首道：「黃媽慘叫聲起，那兩個老人萬不料有人已潛入洞中佈置，身形一閃直掠向山洞，想來是要搶救那方盒兒不要隨黃媽墜入深淵。我當時立刻出手搶救，那仍站在齊老弟身邊姓郭的少年，也絕料不到突生此變，不由呆了一呆。我一掌拍活了齊老弟的穴道，但他一時氣血靈活不開，真力提之不上，只是可施展輕功逃身。姓郭的少年在身後大吼出掌相阻，我當時心知，如在這一掌下，不能脫出身去，那兩個老人只要一回身，確是插翅難逃。是以我鼓足全力，點出一指，那姓郭的少年可能倉促之間提力不純，竟被我一指擊出三丈之外！」

他說到這裡，馬回回忍不住讚道：「藍兄七指竹震動武林，幾時有福能開開眼界——」

藍文侯微微一笑又道：「但就這麼一瞬間的耽擱，齊老弟和我才起步，那兩個老人已回過身來。我心中暗叫一聲糟了，卻見那兩個老人見了我一指發出，竟呆立當地，口中似乎喃喃呼道：『七指竹……七指竹又現世了。』我當時不暇多想，就乘這絕佳時機全力奔了出去，現在想起這一句話來，更可見那兩個老人必和恩師有很深的淵源了。」

齊天心歎了一口氣道：「黃媽提及董家當年事變，家中還有一位秦管家。不論如何，只要找著那兩個老人，事情大概就可以弄明白了……」

藍文侯頷首道：「那黃媽在洞中曾提了一句，說那兩個老人在將齊兄擒捉之前，曾計劃要到終南山去，咱們到終南山去碰碰運氣，卻不一定會找得著哩。」

其餘五人均未出聲，他們也知終南山綿亙遙遠，希望實是不大，好在大伙都沒有什麼急事，隨便走走尋尋也不礙事。

其心近來身負奇冤，但是這幾個人都深深相信他，他自己也明白，雖未將整個事情相告，但就憑他輕描淡寫否認了一句，大夥兒就釋然於懷，他心中甚是感動，好幾次都想和盤相告，但想想這等大事還是不說爲妙，好在事情不久便會揭露。

這一日，六人已來到終南山區，先找了一家客棧歇了下來。

一連趕了好幾天的遠路，大家都免不了有些疲累，紛紛上床休息，只其心心中煩雜，遲遲不能入睡，便乾脆起身靜坐。

他心中思潮起伏，想起自己出生入死，整日用盡心計，對於江湖險惡已感厭怠，他忽然覺得自己的雄心似已全失。

人家說少年人不知天高地厚，其心小小年紀，卻識盡人間，已像是一個老得不能再老的江湖，鋒稜全圓，能低頭處便低頭，不到萬不得已，決不出手與人衝突，這種性情卻真也是百年難見。

也不知坐了多久，房門輕響，走入一個人來。

其心抬頭一看，只見正是自己堂兄弟齊天心，這幾日來，兩人感情十分親密，其心笑道：

「齊兄還未睡嗎？」

齊天心搖搖頭道：「難以入眠，董兄，咱們到外面走走如何？」

其心笑道：「坐在屋中也確是太悶，現在時辰還早，鎮中定仍熱鬧非凡，咱們這就走吧。」

兩人一齊走出客棧，鎮上燈火輝煌，兩人走到熱鬧地區，轉了兩個圈，忽然齊天心用肘輕輕觸了觸其心，低聲道：「董兄，踏破鐵鞋無覓處，得來全不費功夫，你瞧，那邊那個少年就是那姓郭的……」

其心斜目一看，心中微震道：「郭庭君！果然是天座三星……」

齊天心道：「咱們要不要過去？」

其心一沉吟道：「說不定他也早已發現咱們，咱們等等故意跟他一程探探虛實。」

齊天心嗯了一聲，正在這時，郭庭君轉了身，緩緩走向一個地攤。

其心微一皺眉道：「他想擺脫咱們。」

齊天心心中一急，足尖微用力，身形一閃，到那郭庭君身後不及三尺，冷冷道：「姓郭的——」

董其心正待相攔，卻已不及，一轉念身形一轉，混在人群之中。

這時燈火閃閃，人影幢幢，一混入人群就很難尋找，那邊郭庭君停下步來緩緩轉身。

齊天心劍眉一軒道：「姓郭的，你還認識我嗎？」

他含怒相問，聲調自然不免稍大，登時身邊人都發覺他們兩人僵持，愛看熱鬧的人已慢慢聚集過來。

郭庭君冷冷一笑道：「脫網之魚，郭某記得！」

齊天心怒道：「你師叔師父也來了嗎？」

郭庭君似乎眼色微微一變，冷冷道：「你管得著嗎？」

齊天心大怒，正待發話，忽然瞥見郭庭君眼中凶光一掠，他近日經歷大進，心中一動，一口真氣已提了起來。

說時遲，那時快，郭庭君右手一探，一式「毒蛇出洞」，竟點向齊天心雙目。

他出手好不快捷，而且力道威猛，手臂一抬，竟挾了一股絲絲破空之聲。

齊天心身形陡然向後一倒而下，雙足釘立，一式「鐵板橋」翻在地上。

郭庭君不待招式用老，好快的變式，左手一振，鐵掌猛向齊天心小腹之處拍下。

郭庭君乃是天魁的得意弟子，他爲人陰猾狡詐，早料到齊天心翻身相避，這一式好不陰狠。

倘若齊天心沒有及早生了警惕之心，這一下偷襲，很可能便可成功，只見郭庭君左手一拍，齊天心身形倒翻，陡然大吼一聲，右手一橫，猛可平平擊出一掌。

「拍」一聲，兩掌相交，內力泉湧而出，齊天心身形倒翻，一陣顫動，而那郭庭君可萬萬不料對方竟有防備，這樣一個是蓄力而發，一個是輕靈出招，內力一觸而分。

「呼」地一聲，郭庭君身形一仰，後退一步，但他卻身形一側，借一震之力，竟不再出招，一閃而入人群之中。

齊天心腰間微一用力，直起身來，這一刹時郭庭君竟已混入人堆。

他不料郭庭君偷襲一招不成，轉身便走，可見定有什麼秘密不願和自己多夾纏，心中越發想找著他弄個明白，但卻見人潮雜亂，急切間再也找不著。

卻說那郭庭君混入人群，左閃右閃，已走出二十多丈，忽然迎面一個人攔住去路。

他急切間身形一游，向左閃去，那人影全身文風不動，足下卻輕輕一掠，又正正攔在他身前。

他心中一震，仰頭一看，只見一張俊美的臉，正是董其心。

他早就看見董、齊兩人，方才齊天心一人上前，他沒有注意到董其心到什麼地方去了，卻不知其心先他一步，已混入人群，自己算計落後一步，心中一橫，怒道：「好啊，姓董的，咱們又遇上了。」

其心冷哂道：「姓郭的，你的膽子怎麼愈來愈小啦？」

郭庭君怒道：「你說什麼？」

其心道：「只敢偷襲一招嗎？」

郭庭君臉上微微一紅，這時人群一分，他回首一看，只見齊天心已找了過來，心中暗急，卻冷冷道：「姓董的別狂，咱們便要瞧瞧到底誰的功夫高強！」

其心冷冷道：「捨命相陪。」

這時又有一群人擠了過來，擠在其心身後，郭庭君仰頭一瞧，突然吸了一口氣，後退三步。

其心心知郭庭君的功力的確不弱，也不敢托大，凝神注意。

忽然之間，在人群之中擠出一個人來，對準其心的背後發了一掌。

「呼」一聲，那人發掌之處距其心不過半丈，其心急切之間反手倒拍，內力隨掌，疾湧而出，只聞「嗚」地一聲，那人身形陡然騰空，大吼道：「郭庭君，快走！」

說時遲，那時快，其心只覺身形一震，週身竟然一寒，他來不及吃驚之際，郭庭君的身形已騰空而起，一躍之下，凌空越過三丈，直飛過自己頭頂。

其心只覺怒氣上衝，猛吸一口真氣，朝空發出一拳。

這一拳其心乃是全力施爲，只聞嗚嗚怪響大作，郭庭君身形在凌空一窒，悶哼一聲落在地上，足步都有點兒踉蹌。

齊天心在一邊目睹巨變，他料不到對方也有一個同伴混在人群中，正所謂螳螂捕蟬，黃雀在後，這一下變化太快，他一怔之下，那兩人已身形起落，遠在二十丈之外。

他猛吼一聲，身形一掠便待向前追去，其心開口道：「別追了！」

齊天心一怔，只見其心緩緩走過來，一手搭在自己肩頭，低低說道：「我……我受了暗算！」

齊天心猛吃一驚，其心又道：「咱們就這樣走，快走出這些人群，你扶持點……」

齊天心面色一變，身形一掠，不理周遭嘈雜的人聲，閃了兩閃，便落在黑暗之處。停下身來，輕輕扶著其心急道：「你……你受了傷？」

其心暗暗吸了一口氣道：「還好，是白骨幽風的掌毒……」

齊天心吃了一驚道：「白骨幽風，那個暗算你的人是誰？」

其心微歎了一口氣道：「羅之林，怪鳥客羅之林。」

齊天心呆了一呆，其心又道：「咱們先回客店吧。」

齊天心持著其心胳膊，走回客棧，進入其心房內，燈光之下，只見其心面上陣紅陣白，他方才親見其心凌空發掌，那內力造詣簡直已不可思議，卻在一對掌之際吃了大虧，心中不由暗驚。

其心盤膝坐在床上，暗暗運功一周，緩緩睜開雙目道：「真氣尚差三脈，齊兄請助我一臂。」

齊天心伸手搭在他背心上，緩吐內力，兩種雄渾的內力在其心體內運行一周，其心一躍而起。

齊天心仍不放心問道：「沒事了嗎？」

其心點了點頭，歎口氣道：「那怪鳥客果真陰險毒辣，好在我方才反手出勁時並未托大，生生將他幽風毒功逼開不少，中毒很深，方才運功三轉，已逼了出來。」
齊天心哼了一聲道：「那天魁天禽教出來的弟子可真是死不要臉……」
其心微微一笑道：「可是咱們也不得不佩服他們應變之快，手段之巧，你我兩人先後出手，竟不但未打探出他們的下落，還帶了點傷……」
齊天心哼道：「那倒不見得，那郭庭君分明被你內力所傷……」
其心道：「他可能未料到我能凌空吐力，那一掌可真打得不輕，他的內傷至少也得調養十天半月。」
兩人說了一會，其心道：「現下已可斷定，那兩個老人是天魁與天禽，而且他們一行四人確是來到終南山區。」
齊天心點首道：「你先休息，咱們明晨開始好好尋找，我就不信找不到他們。」
次日，其心將昨夜的經過告訴其他四人，四人聽了都不由心驚。
藍文侯聽完後說道：「照這樣說來，他們的實力又多了兩人？」
其心嗯了一聲道：「郭庭君一時怕是復原不了，但天魁天禽兩人聯手，已足夠橫行天下，再加了怪鳥客，咱們確實不可絲毫大意。」
藍文侯點點首道：「那麼咱們便到山區去找吧。」
六個人一起出了客棧，向終南山區行去。
他們心中都不由暗暗緊張，齊天心和董其心走在最後，董其心低聲道：「齊兄，等會兒若是果真遇到他們三人，這可是生死關頭，他們的手段你是親自見過，可不須再和他們講什麼光明正大。」

齊天心哼道：「尤其是那怪鳥客，等會我一上手便出殺手，好歹叫他知道厲害！」

其心嗯了一聲道：「咱們雖然人多勢眾，實力極強，但較之對方天魁天禽兩人都毫無把握，等會兒鹿死誰手尚不可知。」

六人說說行行，不一會便來到山腳，沿著山道爬上去，山道崎嶇，好在六人腳程極佳，並不吃力。

走了好一會，突然來到一個分岔山道路口，六個人停了下來，齊天心道：「咱們不如分成兩批搜過去。」

雷以惇點點頭道：「這兩條路我都走過，右方一條遠，左方的近，大約在三里之外又可相交，咱們不如分為二組，在三里之外相會，如有什麼發現，立刻長嘯招呼。」

他是老江湖，大家自無異議。藍文侯道：「那麼，我和馬兄、穆十弟走右方這一條路，小兄弟、齊兄和雷二弟，你們走左邊。」

六人招呼一聲，各自走入分道。

其心和齊天心、雷以惇匆匆地向左走去，雷以惇是名滿天下的拳劍高手，他和其心、天心所不同的是沒有他們兩人那先天練武背景，他的每招每式都是從拚鬥中領悟出來的，那其中實用精妙之處，與齊天心那種名門高手相較，又是一種不同的威力。

這時他們施展了輕身功夫，雷以惇的姿勢看似沒有其心及齊天心輕靈美妙，但是加上了許多古怪的小動作，使速度大為增快，其心看了，不禁大是佩服。

齊天心道：「從前人說：『昔人已乘黃鶴去』，雷二俠這手輕功真如騎在巨鶴背上飛行一般，真是在下聞所未聞，見所未見。」

雷以惇淡淡一笑道：「雷某這套杜撰的粗淺功夫經過高手一讚，真要身價百倍了。」

其心想起昔年在莊人儀的莊院中，雷以惇和穆中原搶救姜六俠的往事，雷二俠掌劍齊施的雄風英姿一幕幕生動地浮上了他的眼前，他偷眼打量了雷二俠一眼，英雄雖健，畢竟歲月催人老了。

他們飛身攀過一座小山，林木蒼蒼，僅有的一條羊腸小道彎彎曲曲地伸展下去。

忽然，雷以惇叫道：「你們瞧，那隻死鷹——」

其心循他指處望去，只見丈外樹上一隻死了的大鷹翅羽掛在樹枝上，其心走近去把那死鷹取了下來，只見那鷹比尋常老鷹大了幾乎一倍，頭上一圈黃毛，閃閃發光，他仔細一看，大鷹全身完好，只有鷹腦上嵌著一粒細小的白石子。

其心指著那白石子道：「這分明是用手指彈射而發的，好厲害的準頭！」

雷以惇卻是一皺眉，沉聲道：「看來咱們是走對路啦！」

齊天心道：「何以見得？」

雷以惇道：「這種鷹不比尋常，經常都是飛在十丈高空之上，專門擒食空中飛鳥，極少低空盤旋，這白石子輕若無物，竟能射殺十數丈高的巨鷹，那彈發石子的人指上的功力簡直是不可思議了！」

其心道：「你是說——天魁？」

雷以惇道：「極有可能！」

齊天心道：「這鷹屍尚未腐，如果咱們猜得是，只怕距離已經不遠了……」

他們小心地前行，然而走了許久，再沒有一點發現，除了雷以惇外，其心和齊天心都漸漸有些鬆懈了。

穿過那一大片叢林，輕風徐徐地飄拂著，三人都不由得抬頭望了望高朗的天空。

齊天心在心中默默想著，他和董其心目下成了並肩作戰的盟友，兩人上一代血淋淋的深仇真不知該如何了結，如果父親看到了這情形，他會作什麼想法？

董其心只是默默地走著，到了西方凌月國一行以後，他出生入死幾次，真是幾世為人，那些生死存亡間的經歷使他更加顯得鬱鬱寡言了。

突然，雷以惇又輕聲地道：「慢走——」

其心和齊天心同時停下腳步來，只見雷以惇面上露出一種奇異的表情，正凝視著地上。

其心道：「怎麼？」

雷以惇指了指地上，路邊草叢上出現了一件怪事——

只見一大片平坦如茵的綠草上，竟然有如被人用火燒過的一般，顯出幾個光腳印來。

其心和齊天心互望了一眼，心中都升上一陣寒意，雷以惇抬起頭來，臉上的神色很陰沉。

其心道：「雷二哥，你說怎樣？」

雷以惇皺著眉道：「難道說是天魁碰上了大高手？」

齊天心仔細看了草地上的腳印，那幾個光腳印上光禿禿的，不但寸草不留，而且連地上的黃土都被燒焦了，他默默走到草地上，雙腿微彎，低喝道：「董兄，咱們來試一掌——」

其心怔了一怔，他立刻明白了齊天心的意思，但是他仍遲疑了一下，他和齊天心可謂是武林中青年高手中的一時瑜亮，雖然從開始起其心就拚命地隱藏自己，甚至躲到莊人儀的秘居地去做一個小廝，但是他愈是隱藏，反而聲名愈是大震武林，他對齊天心在張家口相逢時懷著戒意，繼而在洛陽相逢時帶著微微的敵意，這一次相聚卻抑不住先天的親情和他相親起來，但是他們兩人始終不曾真正地探出對方的高低深淺，這時其心被他一叫，心中不禁轉了好幾轉——

齊天心卻是絲毫沒想到這許多，他只是大叫道：「董兄，快呀！」

其心望著他沒有機心的臉，不禁暗暗覺到慚愧，他伸出手來與齊天心的雙掌一對。

齊天心叫道：「董兄留神，我發勁啦！」

只見他深吸一口氣，立刻一股渾厚無比的勁道直逼了過來，其心一絲也不敢大意，把十成功力聚集在雙掌之上。

董家的神功自從天劍地煞的突隱而絕跡武林，由於天心其心的出現而重振雄風，這又是一次由兩個姓董的人用這神功相對。

其心只覺對方內力如驚濤擊岸一般洶湧而至，強大深厚的地方猶自超過他的估計，他奮起全力阻擋了一陣子，漸漸覺得有些吃力了。

齊天心的頭頂上冒出一絲蒸氣，他出全力攻過去，卻見其心彷佛是若無其事的承受了下來，他心中不禁暗暗佩服起來。

這只是其心的涵養功夫高而已，事實上，其心也早把功力提到十二成了，只見齊天心猛喝一聲，雙腳猛可一沉，同時之間，四隻手掌一分，好像沒有任何力道一般輕鬆，但是過了半刻，兩人之間才發出一陣嗚嗚怪鳴的暴風！

雷以惇忍不住大叫道：「好掌！」

齊天心退開兩步，只見草地上也如被燒過一般顯出兩個腳印來。

他低首細看，只見那兩個腳印都是寸草不存，但是腳印的四周依然有一兩根的半焦斷草，他抬起頭來，黯然地道：「這光腳之人功力遠在你我之上，但是——絕不是天魁！」

雷以惇點首道：「不錯，天魁怎地打著赤腳？」

其心道：「依小弟猜測，必是這光腳之人與天魁拚鬥的痕跡。」

齊天心道：「一點不錯，天魁只怕就在附近了——」

他說到這裡，忽然輕歎了一口道：「董兄，你好深的功力！」

其心搖了搖頭道：「齊大哥的功力真是深不可測。」

他這句話全是由衷之言，但是齊天心卻覺得他是說客氣話，心中不禁有些不悅。雷以惇道：「咱們的行動得要小心。」

其心想了想忽然問道：「齊大哥，以小弟的看法，在這世上青年高手有你這種驚天動地般的功力，怕是難再找第二個了——」

齊天心揚了揚眉毛道：「董兄何必太謙？……」

其心打斷他道：「你必須相信我這話，武林中傳說的一些不可一世的青年高手我全會過，小弟說句厚顏的話，只怕沒有一人能敵得住齊兄的攻勢，小弟只是仗著熟知董家內功的訣要，依著齊兄的勢子守禦，自然佔了便宜——」

齊天心卻沒想到這一點，他是個直腸子的人，一聽上也就釋然了；雷以惇一旁觀看，他是個老於世故的人，一眼便看清其心這話乃是極妥當的解釋，他心中不禁暗讚道：「好厲害的少年。」

齊天心道：「只是這光腳的高手會是什麼人呢？」

其心道：「咱們先在這附近找一找，雷二哥你瞧怎麼樣？」

雷以惇點首道：「我就是這個意思。」

三人沿著林子向左奔去，這時三人全施展開了輕身功夫，當真是疾逾奔馬，有如三條黑煙一般。

忽然之間，其心停下身來，於是其他的兩人也停了下來，其心低聲道：「聽……」

靜靜的山野，只是風搖樹梢的聲音，沙沙作響，過了一會，一陣怪異的笑聲傳了過來，三人互望了一眼，一齊向那怪笑聲方向奔去。

過了一會，輕風又送來較清晰的聲音，雷以惇道：「方向不錯了，咱們快！」

三人如流星趕月一般飛奔而前，漸漸，已能聽到斷續的聲音：「……王八蛋……老王八蛋……」

齊天心跑在最前面，他不禁回頭問道：「是天魁的聲音嗎？」

其心和雷以惇都搖首道：「不像……不像……」

過了一會，聲音便清楚了，仍是那兩句：「王八蛋……老王八蛋……」

其心咦了一聲道：「奇怪，這聲音好生耳熟呢。」

雷以惇道：「不要奇怪了，快追上看看就一切明白啦。」

這時，他們轉過了一個山彎，怪叫聲陡然響亮起來：「老王八，王八蛋……」

他們飛身躍過一道山溝，轉出林子，只見兩個人正在十丈之外一起一落地拚鬥著。

董其心低沉地道：「天魁！」

然後兩人一齊向另一人望去，只見一個破爛褸襤的老人，光著腳板，正在與那天下第一名手的天魁殊死大戰，其心驚道：「是他，原來是他！」

雷以惇問其心道：「你見過他？」

其心點點頭，他忽然大叫道：「你們看——」

只見十丈之外，兩個人忽然都像是瘋了一般地搶攻起來，那天魁在忽然之間彷彿化成了千百個人一般，滿天都是他的影子，而那個瘋老兒更是不成話兒，只見他手舞足蹈，完全不成章法，本來那尊容已經夠難看的了，這時更不成樣子，口中又不乾不淨地罵起話來：「老王八……臭老兒，臭老兒。」

彷彿他自己挺香挺年輕似的。其心暗暗皺眉道：「天魁那雷霆萬鈞般的攻勢怎麼竟攻不進他那亂無章法的拳腳中去？」

齊天心道：「咱們下去瞧瞧吧——」

就在這時，全然想不到的事情發生了，只聽得場中一聲炸藥般的暴震，接著又是一股狂飆直撲過來，三人的衣襟嗚嗚作響，眼睛都要睜不開來，接著，他們發現場中站著的只剩下了一個人！

那怪老人倒了下去，其心和齊天心一齊飛躍而下，其心大叫道：「天魁，你瞧瞧是誰來了？」

天魁眼都不抬地冷笑道：「小子，你還沒有死嗎？」

其心和齊天心落在他身前五步之處，採取了犄角之勢，其心冷笑道：「莫說是你，就連凌月國主那隻老狐狸也都以爲我死啦，嘿嘿，偏偏我就沒死。」

天魁嘿然冷笑兩聲，沒有答話。

齊天心道：「天魁，你怎麼不呼救求援呢？」

天魁仍然冷笑不語，齊天心緩緩向倒在地上的老人走去，天魁微一抬掌，齊天心悚然止步，凝神以備，天魁忽然微笑道：「不用看啦，已經報銷了。」

齊天心說不出話來。其心道：「你以爲你的詭計不錯嗎？嘿嘿，可憐呀可憐——」

天魁知他又要耍花樣，索性裝著很感興趣的模樣道：「什麼可憐？」

其心道：「你以爲凌月國主與你一般的心思嗎？哈哈，那隻老狐狸真是個少見的奇才，你天魁論武學麼，算得上天下第一人，若說鬥智，那就免提了，在下只警告你老先生一句話，先賢有云：『兔死狗烹，鳥盡弓藏』，先生要留神啊。」

他信口胡扯一番，說得天魁好像是凌月國的走狗一般，天魁雖是老奸巨猾，也忍不住氣得吹鬍子瞪眼睛，他冷笑數聲，不再理睬其心。

其心道：「所以我說呀……」

他還待說下去，忽然之間，天魁對著齊天心猛衝過去，齊天心大喝一聲，舉掌便是一封，他心存警惕之心，一出手便是平生絕學，只聽一聲悶哼，天魁藉著他的掌力飄出十丈，地上卻留下一長串點點滴滴的血跡！

雷以惇和其心叫道：「好掌！」

齊天心茫然搖了搖頭道：「天魁原來已經被怪老兒打傷了。」

他們三人連忙向倒在地上的老人走去，其心伸手一摸脈門，脈膊已經停止了。

他心中一慘，說不出話來，雷以惇也是一摸，黯然歎了一口氣，齊天心叫道：「怎麼？還有救嗎？」

雷以惇道：「死了。」

其心想到這瘋老人可能是自己上代恩怨中的一個關鍵人物，這一來又如石沉海底了。

三個人呆立在那裡，半天不知所云。

其心喃喃道：「從此那些神秘，都將隨著你的屍體長埋地下了……」

他話尚未說完，忽然一個沙啞低微的聲音響起：「誰說……我死了？……」

三個人都聽得清清楚楚，他們對望了一眼，其心再摸老人的脈門，仍然是冷僵靜止的，然而他們立刻又聽見低微的聲音費力地說：「……誰說……我……死了？……」

涼風一過，三人都不禁毛骨悚然——

請續看《七步干戈》(四)

上官鼎武俠經典復刻版3

七步干戈（三）

作者：上官鼎
發行人：陳曉林
出版所：風雲時代出版股份有限公司
地址：10576台北市民生東路五段178號7樓之3
電話：(02) 2756-0949
傳真：(02) 2765-3799
執行主編：劉宇青
美術設計：吳宗潔
業務總監：張瑋鳳

出版日期：2023年6月 新版一刷
ISBN：978-626-7303-43-6
風雲書網：http://www.eastbooks.com.tw
官方部落格：http://eastbooks.pixnet.net/blog
Facebook：http://www.facebook.com/h7560949
E-mail：h7560949@ms15.hinet.net
劃撥帳號：12043291
戶名：風雲時代出版股份有限公司

風雲發行所：33373桃園市龜山區公西村2鄰復興街304巷96號
電話：(03) 318-1378
傳真：(03) 318-1378
法律顧問：永然法律事務所 李永然律師
北辰著作權事務所 蕭雄淋律師

行政院新聞局局版台業字第3595號 營利事業統一編號22759935

定價：320元

國家圖書館出版品預行編目資料

七步干戈 / 上官鼎著. -- 二版. -- 臺北市：風雲時代出版股份有限公司, 2023.05 冊； 公分

上官鼎武俠經典復刻版
ISBN 978-626-7303-41-2 (第1冊：平裝). --
ISBN 978-626-7303-42-9 (第2冊：平裝). --
ISBN 978-626-7303-43-6 (第3冊：平裝). --
ISBN 978-626-7303-44-3 (第4冊：平裝). --

863.57　　112003682